我爱你本来的样子

王大易安 著

中国工人出版社

图书在版编目（CIP）数据

我爱你本来的样子 / 王大易安著．—北京：中国工人出版社，2018.8

ISBN 978-7-5008-7046-3

Ⅰ．①我…　Ⅱ．①王…　Ⅲ．①长篇小说—中国—当代
Ⅳ．① I247.5

中国版本图书馆CIP数据核字（2018）第194210号

我爱你本来的样子

出 版 人	王娇萍
责任编辑	吴　迪
责任校对	董春娜
责任印制	黄　丽
出版发行	中国工人出版社
地　　址	北京市东城区鼓楼外大街45号　邮编：100120
网　　址	http://www.wp-china.com
电　　话	（010）62005043（总编室） （010）62005039（出版物流部） （010）62379038（社科文艺分社）
发行热线	（010）62005049　（010）62005042（传真）
经　　销	各地书店
印　　刷	三河市万龙印装有限公司
开　　本	880毫米×1230毫米　1/32
印　　张	9.875
字　　数	170千字
版　　次	2018年10月第1版　2018年10月第1次印刷
定　　价	38.00元

1

那日天气不错，田野之上一片净沚，就好比盘古开了天地，云蒸霞蔚的风雨尚没有成就一番气候。不远处有三两村民在燃秸秆，袅袅尘烟腾空十米，便被秋风吹散。轻烟散开的地方出现了疏密不同的印记，再向上，白变成了蓝，澄澈的空中，启明星依稀可见。

王俊冲着父亲的坟墓磕头。旁边的大爷从三轮车上卸下来百十个劣质砖块，拍拍身上的灰尘、草芥，说：

“你爹的坟地好，当时一铲子下去就是红土。你看这方位，冲着东边，紫气东来，你家以后肯定不缺钱。”

王俊点点头，心想老头儿说得对，之前自己家经营一家很小的建筑公司，进进出出不过三五百万，七八年之后，自己再睁开眼的时候，家里的筒子楼已经变成别墅了。只是老头儿的因果关系错了，父亲死前，家里已经有钱了，再来的运气，是来凑热闹的，不是救急的。

王俊把一大车纸全烧了，有纸钱、汽车、苹果手机和丑得要命的“姑娘”。手艺人怕别人不懂他的艺术修为，在“丑姑娘”的大腿上写了歪歪扭扭的“美女”俩字。

老头儿又说：“你真孝顺，烧这么多东西。要不你的烧鸡给我吧，我早饭还没吃，干活儿的人吃饭没个点儿。”

王俊有点烦了，说：“纸钱匀你点行吗？”

老头儿觉得挺没趣，可是在这荒山野岭，自己肯定打不过这个留着长发的小伙子，只能忍气吞声地说：“我受不起。谢了。”

王俊烧完纸钱，在坟前抽根烟，看不远处一树桃花开得鲜艳。诗里说得好，长恨春归无觅处，不知转入此中来。在荒野之中，吹着风，看野草和杂花铺开一片又一片，王俊的心情舒展了许多。恍惚之间，王俊觉得坟茔周遭的虚空中有无数双眼睛在看自己。那虚空中有成百个上千个一平方厘米的境界，绵软，荧光微闪，透明如小孩子吃的果冻，是他钻不进去的宇和宙。

脚踩着烂泥，手里攥着挑纸钱的小木棍，王俊默默体会周围的一切，体悟着人间。人间的事忒多，还杂。老百姓生不论魂，逝不认尸，倒也是不嫌累，见人死了就要造坟墓，把坟墓做得像姑娘的乳房，可能觉得生命就该留在子宫里，哪天阴阳两界相通了，子宫动一下，挑动黄土天下欢，两边的人就可以再次见面。

王俊是死过一次的人了，病床上一躺就是八年多。八年来，没有思维，没有动作，只有气若游丝的一股气儿。渊沉的梦，巡游的神，庙里烧香，供的是一尊很物质的佛。自己拜自己，是为生也。很原始，也很实在。醒来之后，王俊发现周围的很多事情都变了。昨天成了遥远的事情，陪伴自己的女朋友、好哥们儿，全都毕业许久，走远了，离散了。王俊心里特难受，特憋屈，偶尔逼自己一下，莫名其妙地思索起来生死的托意。对于生死，王俊觉得——当一枚硬币独处时，硬币的正面会说："我看不到任何同类，我是世界上最孤独的!"它是正面，可硬币还有反面呢。可悲的是庸人永远看不到反面，甚至感觉不到反面。可是智能一旦启发，人们就会发现硬币的正反面是一体的——当它们彼此感知时，就会拥有一种稍纵即逝的温馨感觉，欢喜和怆怏，勃然或衰颓，互交互融，授人以大顿悟。顿悟之后的大脑，特想用这一半拥抱另一半。可是另一半是一棵树，还是某个姑娘呢？王俊就想不明白了。

王俊站在父亲的坟前继续抽了两根烟，把烤鸡和水果送给老头儿，然后开上大奔去剪发，又钻进商场买衣服，一下午没干别的，净收拾自己了。

话说这世上的事，很多都爱凑到一块儿。

这不——年月日，时分秒，赶巧了，王俊出院后第一次逃离母亲的视线，四处撒欢的这一天，城东不远处的国际机场，关旭婉玉从美国飞了回来。

关旭婉玉运气不好，飞机晚点的时间，足够杜牧在扬州做上几个春梦。春梦刚刚醒，关旭婉玉就接到了好朋友吴茜的电话。

电话里，吴茜兴冲冲地说："你命真好。男朋友前赴后继，从资本主义到社会主义，五颜六色的人民供着你。言归正传，就在你飞行的这段时间，我问了橙子，王俊醒了。"

关旭婉玉使使劲儿，把行李从托架上拽下来，大口喘着气说："他醒了？"

"别的先别说，我就问你，你是不是还惦记着他？"

关旭婉玉犹豫了一下，想一下王俊的模样，顺着吴茜的话头，说："嗯。"

"日思夜想？"

"有这么点儿意思。白天不想，夜里也会梦到。"

"我和橙子说好了，帮你约一下王俊，咱们找个时间一起聚聚。我打算帮你们再续前缘。你们这绝对就一牡丹亭的现代版啊，肯定是你的到来，让他获得了新生。"

"我不知道你在说什么，他不是一直在——"

“晚上再说！我还有事儿。”

“喂喂——”

吴茜正在收拾东西准备出门，挂掉电话之前，撂下来一句话：

“暂定周六下午四点，大学图书馆二楼的西餐厅，不见不散。我争取把柳梦梅给你带过去，到时候你们俩来上一段生死恋，我赌等着给你们当红娘！”

关旭婉玉打车回家，到西江市的郊区——东江镇。

东江、西江本来各自为城，中间隔着一条江，两边的风俗都不一样，东江的人年夜饭吃面团，西江的人年夜饭吃五色饺子。两个小城镇相安无事到20世纪90年代，老百姓突然变得活跃了，村里的人疯了一般，全都涌向了本就不大的两个小城。楼建得越来越多，两个城镇被迫连在一起，都变成西江了。可是住在东江的人，还是愿意说自己的家在东江。

东江着实算个老城了，历史可追溯至17世纪初期，这里由驿站形成村庄，农蓑圃笠披挂，饮食男女杂居。20世纪的时候，这里又由村庄形成城镇，方圆十里无城郭之分，十万夫家供课税。远望过去，整个城镇有一定的斜度，有立体感。东面高，连着一座山。稀稀落落的树木昂然挺立，树皮经受风吹日晒而龟裂，像树立了几十年的碑碣。西边的那条河绵延而来，悠然而去，一眼望不到头。河水将部分水分渗入田地，却又捕获来雪水和农夫的汗水，自私自利，故而深不见底。山和水都挺卖力气的，利用这不大的一块地儿，生养了越来越多的姑娘，还有老头儿和小孩子。大家肤浅地体验着一个又一个所谓的新时代，随时做出相应改变。

关旭婉玉下车之后，在自家小区门口的河边驻足。

小区的一边是废旧的电影院，原本棕黄色带些酡红的门板，经过风雨洗涤，呈着有土色的绛紫。关旭婉玉走上一段台阶，坐下。

回到祖国，回到家乡，关旭婉玉觉得眼前的一切都很亲切。

继续看——

不远处，牌楼的倒影在江水里随波浪浮动。一闪一闪的光，虚幻中的真实，偶尔脑海中会有一些清晰的影像出现，某某和某某某。

王俊？

王俊！

当年的男朋友，竟然醒来了。

像是一场梦。

关旭婉玉觉得最近发生的事情都不可思议。

两个星期之前，关旭婉玉在美国的时候，特意去找朋友聊天。关旭婉玉的这位朋友是个胖而矮的男士，少白头，娃娃脸，专业是心理学。该仁兄学心理学不求闻达于学术圈，纯粹是为了显摆自己多聪明。为了能在问答网站上发几篇“有影响力”的文章，他还兼修相术、堪舆、太极，每日不管多忙——当然，也没见得他有多忙，都要抽出时间来读一些诸如《易经杂说》《神峰通考》一类的神书。说白了，此人就是花着家里腥不拉几的票子，在国外天天满嘴“志于道，据于德，依于仁，游于艺”——暂时就称之为“道”吧。别说，这招还真有用，不光东方人，几个西方人也被他的乖张举止震住了，大家背地里都称之为“大师”。这位仁兄愈加志气满满了，夜不能眠的时候，他觉得第欧根尼敢叫国王滚蛋，也不肯让自己挪挪脚，毕竟自己比国王更有派，比上帝还要神秘。

关旭婉玉对朋友说自己在美国诸事不顺。比如，自己工作的目标越降越低，最后还是没有着落，坐吃山空，前途堪忧；比如，祸不单行，男朋友因为家中的某些变故，引发了一系列心理反应，有事情想不开，堵着难受，心一横，脚一跺，就在卫生间自杀了。那哥们儿死的时候浑身光着，注射了从化学实验室带来的药物。第二天关旭婉玉发现他的时候，男朋友已经僵硬，由于死前大小便失禁，所以浑身酸臭，满屋子骚味儿。

关旭婉玉觉得自己的生活彻底完蛋了，她来找朋友商量对策，其实是想让朋友帮她下定回国的决心。

关旭婉玉捋一下散在额头上的头发，说：

“我六年前出的国，当时我的英语很差，生活几乎不能自理，所以男朋友追我，我就答应了，两人毕竟有个伴嘛，一起租房子也能省点钱。我前男友你知道，出车祸之后就昏迷了，什么时候醒没个准信儿。现在的男朋友为什么自杀，我也没想明白，可能我的命不好吧。”

“俩正常人在一起谈恋爱，尤其是对我们来说，又漂洋过海，是件很麻烦的事儿。野鸳鸯其实挺好，毕业就分手，问题就是你动情了，这就不好了。”

关旭婉玉点点头，继续说：

“我在男朋友死后也开始考虑自己的归宿。国外的生活显然不适合我，我在这里生活了六七年，没什么朋友，工作也找不到。最主要的是，我不喜欢国外的生活，看见教堂里面挂着的耶稣就心惊肉跳，也不喜欢参加学生团体组织的 seminar，总觉得没话可说。真的，我不是矫情，我现在真真切切觉得自己走丢了，处处找不到落脚的地儿。我梦想以后可以安安稳稳地过日子，就像小时候抱着大号布娃娃，使劲儿抱着，身心安稳。”

“你最近有什么反应吗？”

这位博士终于想起来心理学还是一门科学了，赶紧抖擞精神，如是问道。

“头晕，没精神，彻夜难眠，一睡着就不断地做梦。最近一段时间我还胃疼、胸闷，各种小毛病层出不穷。为此我开始早晨起床跑步，但是除了让我上午的时候打瞌睡，就没有其他反应了。”

“你很想回国是不是?”

智者对这个症状很熟悉了。

关旭婉玉蹙着眉，沉吟道：

“我现在不知道回国好不好。”

“其实我是学临床心理的，主攻智力水平的评测，我不知道为什么很多朋友工作和感情遇到问题了，都来找我。根据经验，来找我的人里，很多人都回国了。其实回国好不好，谁也说不清楚，但是如果你觉得孤独，那还是回去吧。相比高一点或者低一点的薪水，活得舒服最重要了。真的!”

智者说着大咬一口脆梨，溅出来的汁水喷了关旭婉玉一脸。智者砸吧砸吧嘴，心想这梨又买岔儿了。唉！还是烟台的苹果好吃，嘎嘣脆，还甜。

关旭婉玉重点擦了擦溅到嘴边的汁水，说：

“回国要重新建立自己的朋友圈，难啊。”

“其实大部分的人都没有朋友圈，工作之后不过是几个同事天天一起逛街喝茶而已，貌合神离，豪猪抱暖。前段时间我遇见一个朋友，女的，长得跟岳云鹏似的，头发带卷，逛街的时候她突然感到很压抑，直接昏过去了，一觉睡了十多个小时。到医院检查了一个遍了，最终结果为因为平时生活太孤独了，造成了心理上的困顿。”

“我都一个多月没有逛街了。”

智者给关旭婉玉倒了杯水，再猛啃一口梨子，然后继续说自己的人生经历：

“去年吧，对，就是去年，我回国的时候，一个朋友让我带一台 iPad 给她。那个女孩和我同一年出生，结果现在连网购都不会，我真瞧不起她。老子我半夜回到县城，打车把 iPad 给她送过去。你猜她干吗呢？她刚跳完广场舞准备回家休息，穿得毛绒绒的，在小区门口等我，从九点多等到十一点，也不嫌烦。我之前觉得这种生活很无聊，但是看着她穿得跟树袋熊似的无所事事还不心烦的样子，我觉得这太幸福了。”

“可能她也抑郁。”

“事实证明，人家活得比你舒服多了。”

关旭婉玉慢慢敞开了心扉：

“其实来找你，我就是想聊聊回国的事儿。”

“回国，找个工作，家里安排相亲，按部就班生活下去，对于你来说绝对是最优选择。”

出于某种虚伪的自尊感，关旭婉玉很想反驳这种论调，可是闭眼想一下——回国找个男人，相亲，结婚，每天公公婆婆伺候着自己，下班就在家里看看电视剧，这生活也不错啊。听说现在国内的女孩都被公公婆婆宠着，单凭这一点，祖国就比美国好太多。

说到底，资本主义社会还是差点儿人情味！

关旭婉玉失魂落魄地走出朋友的公寓，谨遵“医嘱”，顺手把楼道口连汁带水的大包垃圾带下楼。

初春时节还是有点儿凉。关旭婉玉站在路边，傻傻地瞅着灰蒙蒙的街道。一只灰猫正在灰色的篱笆上行走，留下一串片片散拙的梅花脚印。两个黑人男孩走过来，手里拿着一本美国短篇小说集。他们也穿着灰色的外套，两双圆溜溜的大眼睛，看起来像深海里的游鱼。

天要黑了，关旭婉玉赶紧坐地铁回家。晃晃悠悠两个小时，一出地铁，一块湿漉漉的报纸“啪”的一声盖在了关旭婉玉的脸上。

周围几个外国人看见姑娘的窘态，出于礼貌，视若无睹地走过。

关旭婉玉拽下报纸，擦一擦脸上的脏水，觉得被报纸拍了这么一下，心里的骆驼已经被最后一根稻草压趴下了。

回到家，关旭婉玉给妈妈打了个电话，说：

“妈，我准备回去了。”

就在关旭婉玉对着河水发呆的时候，王俊穿了一身刚买的运动装，驱车来到曾经就读的大学。

西江大学不是名校。这大学甚至原本都称不上大学，只是近年来经过了数代校领导的公关疏通和西江市政府的大力支持才挂上大学的牌子，名称从西江师范学院摇身变为西江大学。西江师范能够改名，最大优势是它有个了不起的名号：全亚洲最大的大学。不过说来惭愧，西大并不大，可新到任的校长有王安石闲居金陵时的风范，和围墙有仇，把两个校区的围墙全部推倒，学校就变成全亚洲最大的了。

历史反复证明，革故总比鼎新来得容易。

成为大学的西江大学，多的只是几座大楼而已，教学和科研能力依旧式微。我国封建社会时曾有善于改革之士，上疏皇帝要求废除科举制，原因不是促进教育发展，而是该同志认为平民的子嗣不懂为官之道，仿佛清朝政府购买了外国枪炮但不会用，所以新官员要在朝廷原有官员的子嗣中挑选。西江大学完美继承了古风，原封不动沿用此法，凡是西江大学教师子女，本科毕业便可申请留校任教。那些托祖上福荫在西江大学教书的年轻教师心里也发虚，所以先前比较尽职，上课前把课件反复斟酌，并一脸峥嵘示众。后来看到其他老师都不尽心，也就懈怠了，偶尔遇到不知趣的学生，问的问题他们一次两次都解释不透彻，愤怒援引《周易》里“初筮告，再则渎，渎则不告”的古训，加持自己筛选出来的传统文化，告诫学生问问题要适可而止。

再差的学校，学生毕业后都会怀念它。这是人之常情，却被很多学校当成资本了。校友会的人对此大做文章，到处立牌坊，觉得学生们毕业后不继续对着学校骂娘，说明学校还是不错的。

来到学校，停下车，王俊兴奋地走在校园里，左边瞅瞅，右边看看，对周围的一切充满了好奇。他身着翻毛的运动卫衣，看起来像一只卷毛狮子狗，有时候傻傻站着，呆呆地看着过往的人们，有时候钻进小树林里，抄近道来到土建学院的实验室。莫名其妙地发出“嗯嗯”“嗬嗬”一类声音。

大学变化不大，教学楼的墙皮十年前就开始掉，现在掉得差不多了。斑驳的墙体并没有显示出岁月的清冷，而是被贴上了很多活动的海报。贴上又撕掉，依稀可见一些字样，什么狗哥的毕业演唱会，致敬青春岁月，什么精神病院的主治医生进校园，关爱青年就是关爱未来。姑娘们依旧十八九岁，腿长，腰细，更加时尚了。放眼看过去，刚学化妆的女孩，把脸蛋当作画布，潦草几笔涂得眉眼“白玉盘中看却无”，拙笨又可爱，漏洞百出，留给了男生很多机会。最让人感到不愉悦的是咖啡厅里摆的书变了，之前都是些无端崖之辞，搭补文艺青年的觞咏，现在满头满脑的书都极其世俗化，一本本文不通字不顺的所谓畅销书，内容无怪乎《黄帝内经》里所说的“乐其俗”“善附人”“好利人”，教育人不要激愤，要圆滑，还美其名曰——励志。

王俊暗暗感悟周围的变和不变，然后在靠窗的位子上坐下。

伴随着“咔咔咔”的一阵脚步声，河边的咖啡馆里，穿着高跟鞋打工的女生送来一杯咖啡，笑着说：

“先生慢用。”

王俊问女生：

“你是哪年上的大学？”

“2015 年。”

“今年大二？”

姑娘点点头，笑一笑，走开了。

王俊喝一口咖啡，盘算，今年是 2016 年，2015 年上大学的女生已经大二了。往回退八年，也就是 2008 年，那年好像是北京奥运会举办的日子。北京的超大体育场里，巨人迈着矫健的步伐走来，见证着祖国的腾飞和富强。

2008 年，王俊正读大二。

读大学的男生，最大的特点——穷，被王俊演绎得淋漓尽致。坐公交到五爱市场，两百块钱买一套西装，雄赳赳气昂昂地去参加辩论赛，脚上蹬一双劣质皮鞋，走起来挤得脚丫子疼。

似乎是在电台招新的时候，王俊认识了关旭婉玉和吴茜。

那是在外教楼的一楼，王俊等待面试的时候，见到前面的两个女孩身姿媚曼，灼灼其华。女孩管不住自己的嘴，吃得多，发育得也快，文胸勒紧了肉。脖颈之上，秀发散发着清香，丰润得像是天池里的水草。

王俊和陈凯一起去面试。陈凯总是穿着黄色卫衣，外号橙子。

橙子撩闲，两个美丽的姑娘回过头来，普度少年。

王俊细看两个女生。一个女孩头发天生蜷曲如同何首乌的茎，戴着红色边框的眼镜，两个大大的酒窝堆砌着其他女生露齿难及的笑意。只是妆太浓了，笑容走进别人视野先要杀破重重脂粉的包围，失色不少。另一个姑娘生就一副标准古典美人的面庞，眼睛大得恰到好处，顾盼生情，储存淡淡惆怅——那惆怅如同龙涎香，淡香幽远，不像市面上的女子，惆怅如同某些学校的科研经费，来得容易，但是说不见就不见了。

“何首乌”叫吴茜，“大眼睛”叫关旭婉玉。

王俊喜欢上了关旭婉玉。

那时候关旭婉玉在校报做编辑，王俊认识关旭婉玉之后，就喜欢写点儿东西交给她。其实王俊看书饶是不少，只可惜太懒了，不愿意花时间琢磨语气语调，写作基本上靠抄袭——还要说是“联想”和“参考”。这两个词说得有水平，就像许多人做学术明明盗用别人观点，事发后还说是自己看了别人的东西“生发出来”的，仿佛自己的理论只得别人的精气，怀胎生产却全是自己的功力。其实这“参考”说白了只是抄袭的美名，只可惜模糊理论的创始人 L. A. Zadeh 教授不知中国年轻人写东西爱抄袭的事儿，要不然这完全可以作为他经典理论的好例子了。

对，越模糊越好，要把文章写顺，还要捎带着表达爱意，顾左右而言他，妆罢低声问夫婿，画眉深浅入时无。

一个通宵写一千个字，一千个字其实只是给一个人看。情意含而不露，像司空图所说的“不着一字，尽得风流”，求的还是王士祯所说的“神韵”。

工作之后的人恋爱，逻辑是你喜欢我我就喜欢你，你不喜欢我我就不喜欢你。可是对于当年的王俊来说，显然浪漫情怀多了些，小动作也多了一些，用西方爱情哲学的观点，可以称之为“爱情技巧崇拜”——崇拜姑娘遍体的美，向往星空的裙摆之处泛红的潮，晚上抱紧被子，钻进自顾自经营的情和欲的大环境。

王俊喝一口咖啡，点燃一支烟，开始细细追思自己曾经的恋爱过程。那些事情似乎就在昨天，可是由于自己睡的时间太久了，情节已经记不大清楚了，他记得自己得了急性肠胃炎，在医院里打点滴，关旭婉玉去看他。

那天是周六，关旭婉玉穿着灰色长裤，绵绵的，外套是黑色薄羽绒服。

看着关旭婉玉穿着如此随意，臀部线条隐约可见，王俊特别激动，暗暗觉得豢养这么一个姑娘在家里，肯定比放上百十斤黄金摆件都要怡人。

王俊熬过了最初肠胃疼的阶段，握住关旭婉玉的手，表白。

关旭婉玉款款笑着，接受了王俊的追求。

女孩似乎总是比男生要成熟一些。王俊下课之后，就飞奔到E座教学楼门口，等关旭婉玉。跑的时候书包没拉上，中性笔总是掉出来，捡起来弄了一手黑。关旭婉玉背着背包走过来，冲王俊招招手，不急不躁，款步姗姗。然后两人手拉着手，去食堂吃饭，去图书馆一楼上自习，晚上王俊送关旭婉玉回宿舍。

王俊抽完一支烟，喝一口咖啡漱漱口，来到C座女生宿舍楼门口，在楼前的台阶上坐下。

之前有无数次，王俊总在这里等关旭婉玉。楼下有小猫，王俊当年无聊的时候喜欢在楼下的路边逗小猫玩，偶尔也会带着火腿肠来喂它们。王俊寻着回忆，到楼角看一看，发现果真还有小猫在，不过已经八年了，今天的猫咪，或许已经不是之前的猫咪了。

王俊记得，当时就是在自己逗小猫玩的时候，关旭婉玉说自己想出国留学，可惜家里没有足够的钱。

关旭婉玉话说得轻松，王俊却把这事儿放到心上了。

王俊一个月后就和几个研究生的朋友联手在郊区开了补习学校。

学校类似一个四合院，北边和东边的两排建筑和村庄的房屋连为一体，一边做成了卫生间，另一边装修成了办公室。南边两个大房间，是教室，高高的屋脊挑战着科隆大教堂，上帝近在咫尺。

房东被聘为卫生和纪律管理员。王俊依稀记得那人的眉毛像是国画里一个偏锋，垂下来，压抑着小小的眼睛，阻塞了心灵的窗口。鼻子似乎备受打击，敷在脸上伴随着气流忽起忽落，鼻毛依稀可见。圆圆的一张娃娃脸，白嫩得可以去做化妆品广告，只可惜白而不润，像是被浸泡许久的尸体。这人不光长得像女人，心思也堪比女人那般细，这份细心全被他用在贪财好利上了，几毛几块钱也拿出来说上三五十分钟。王俊每个月都要从收入里拿出来一部分钱，付这个人的房租和工资，剩下的钱，一个月大概一两万。王俊觉得坚持三年，到大四的时候，就该有三四十万了，可以帮关旭婉玉出国了。

王俊每天骑着淘来的二手摩托车，从大学学校出发，一个小时到补课学校，然后开始工作。有时候下课晚了，就住在这里，早了就回寝室，再早一点的话还能赶得上接关旭婉玉下晚自习。

就这么每天来来回回，终于有一天，王俊累得迷迷糊糊，摩托车失控撞上了大巴车。

在那一瞬间——王俊至此还记得，自己想到最重要的事情是当月的收入还在自己办公室里，这些钱关旭婉玉不知道，怕是最后又被那个胖子贪去了。这是王俊最后的思维了，随即一声闷响，王俊被快速移动的大巴车带出去十多米，翻滚几下，撞到了路边的护栏上，脖颈上一阵炽热，顺着颈椎一路蔓延下去。

王俊想叫，却死活叫不出来，与此同时，眼球开始疼，像是被人捏住了。王俊只能闭眼，可是这一闭眼，就是好久好久。

当年男生 A3 宿舍的 437 住着王俊、橙子、赵飞、狄龙。王俊出事之后，三兄弟和王俊父母同时赶到了医院，看到了头大如斗的王俊。

外号“鸟王”的赵飞泡妞无数，自己开放，就看不惯哥们儿的痴情，冲着王俊的父母说：

“王俊这是在给关旭婉玉那小娘们儿赚钱，妈的，她出国凭什么要王俊赚钱？今天王俊出事了，她竟然不来！”

后半句没说，应该是“你们先忙着，我再去糟蹋几个，多少帮兄弟们搂回来点”。

橙子赶紧拿出手机打电话给关旭婉玉，同时息事宁人，说这事儿怪不到关旭婉玉头上。

赵飞向来鲁莽，看关旭婉玉到了医院，把姑娘堵在门口，冷冷地问：

“你知道我哥们儿为什么被撞吗？”

关旭婉玉知道这时候不能对此加以辩驳，便不去理会赵飞，使劲儿往门里挤。

赵飞不依不饶，继续拽着关旭婉玉：

“医生刚才说，王俊可能醒不过来了。你恋爱就恋爱呗，你怎么这么贪心呢？你这么玩有意思吗？”

王俊的母亲陈淑荞过来推了一下赵飞，让关旭婉玉得以到床前看看王俊。

关旭婉玉看着王俊满脸血肿，登时哭了出来。

陈淑荞倒也镇定，轻叹口气对关旭婉玉说：

“小关，王俊的事儿不怪你，但是打工这事儿他跟我说过，的确是为了给你赚出国的学费。你这几天有空儿，就多来看看他，陪他说说话。他清醒的时候，都不愿意跟我和他爸说话。”

王俊的父亲王启明生性木讷，平时在家里也不怎么说话，现在看到儿子这样了，更不知道该说啥，在门口一个劲儿地抽烟。

就这样，王俊一躺就是八年。

王俊昏迷的前半年，关旭婉玉经常来医院，后来越来越少，到最后一个学期也来不了两次。出国之前，关旭婉玉最后一次来看王俊。关旭婉玉觉得这有可能就是永别了——谁也不知道王俊能不能醒过来，或许等她留学还没回来，王俊人就不在了。

八年后，王俊醒来，父亲已经得病去世了。

为了给孩子治病，这位苦苦经营着专业分包公司的老板努力扩大公司经营领域。在许多酒席上，为了能拿下项目，他将满满一大杯白酒一饮而尽。喝醉之后，王启明就到医院里陪儿子，在儿子床前的地板上将就一晚。已是副处级干部的陈淑荞看不得丈夫如此辛苦，也辞职下海，利用自己的人脉，助丈夫一臂之力。

得益于国家喜好的经济形势，没几年的工夫，王俊家的公司一跃成为西江市首屈一指的房地产开发公司，房地产开发和建筑施工都做得有声有色。

王启明赚够了钱，可是从来不过度享受，每天忙完了工作，就一个人找个僻静角落傻坐着抽闷烟。为了孩子的病，他多次到庙里祈祷，还在儿子当年就读的学校里设立奖学金，扶助贫困学生。按照王启明的逻辑，做这些事儿都是在积德。

王启明平时并不提及儿子，但是在投标的时候，尤其是通宵加班做报价的时候，还是会不经意地说：

“我儿子聪明，报价非常准，别人想什么他都知道。”

大家知道王总又想儿子了，只能顺着说王俊很快就会醒。

王启明叹口气，继续埋头做报价。对于新开发的商务系统软件，儿子当年用得比自己熟练多了。每次自己算错数字的时候，他多想儿子在背后奚落他两句，可是这种时刻似乎再也无法出现了。

无数个夜晚，王启明躺在病房的地面上，盯着屋顶发呆。他不敢找医生询问儿子的病情，他怕医生说孩子没救了，更怕孩子的身体突然变冷了。每当过节的时候，这位老父亲都感到痛苦煎熬。王启明记得儿子小时候，每逢八月十五就喜欢在老家用彩纸做灯笼。

王启明在堂屋门口抽完一根烟，说：

“王俊，来，照着，带爸爸上厕所。”

王俊就挑着灯笼在前面带路，带爸爸上厕所。

夏天的时候，依旧是在老家的葡萄架下面，儿子跟着舅舅学武术，伸胳膊踢腿，跳起来甩个二踢腿，双节棍耍得虎虎生风。

可是现在呢？自己苦苦赚钱给儿子治疗，可是钱够了儿子怎么还不醒来呢？

这个老头一直焦虑至死，都没有听到儿子再叫自己一声"爸爸"，而儿子在他死后不到一个月就醒来了。

王俊醒来之后，陈淑荞花了一两天的时间，给他讲父亲多么辛苦，讲自己家这几年来的变化。除了父亲的去世让王俊伤心，朋友们的远去也让王俊感到苦闷。尤其是关旭婉玉，出国之后，一次都没有给母亲打过电话。

在王俊醒来的前几天，狄龙天天来，头天带着各种营养品，然后每天都要承担给王俊买饭的任务，有时候王俊吃过饭了，狄龙还要带一些水果过来。

陈淑荞对王俊说："你别伤心了。你看，狄龙不天天都来看你吗？"

王俊叹口气说："如果他不在我们家的公司做商务经理，他会想着来看我？感情是还在，可是人似乎都变了。"

“大家都忙。”

“上学的时候他们不这样，陈凯和赵飞到现在都没来看我一眼！”

“你那些哥们儿和上大学的时候不一样了，年轻人都要买房子，要结婚，二十来岁的年轻人，比我们这些老人都忙。你好好养病，下午胡秘书带你出院。明天我去找一下你们学校，让你去大学读个在职的学位，学一学专业知识。你爸给你学校捐过不少钱，给你找个学上应该不难。”

王俊点点头，起身做一些简单的伸展运动。刚开始的几天，自己运动一会儿就汗流浃背，但是随着锻炼天数的增加，肌肉慢慢恢复了，现在可以做俯卧撑了，出汗之后脑袋也不会发蒙了。

王俊刚要去洗澡，病房进来了一个中年妇女，门口一个小女孩看自己一眼，又退了出去。

陈淑荞看到有人来，赶紧起身迎接，道：“妹妹，你怎么来了？”

“我怎么不能来，咱们儿子醒了我不能来看看呀！”

陈淑荞把王俊叫过来，说：

“王俊，这是你刘姨，你还记得吗？咱们住政府大院的时候和人家是老邻居。对了妹妹，咱们闺女呢？昨天还给我发信息说今天要来呢!”

刘晓庆把东西放下，回头看看，纳罕道：

“你说这丫头，死命催着我来看王俊，现在又不见了。听说王俊醒了，我家丫头可激动了，非催着我来。”

王俊纳闷了，敢情还真的有人惦记着自己呢？可惜自己虽然还记得这个刘晓庆阿姨，却想不起来她还有女儿了。

大家寒暄几句，刘晓庆就回去了。中午王俊和母亲一起吃外卖，下午陈淑荞要去公司开会，让胡秘书开车带着王俊来到城中的一栋别墅。

下车前，王俊问胡秘书：

“姐，我想自己住，咱们单位有地方住吗?”

“陈总给你准备了一栋房子，离商场和电影院都比较近，正在装修。你要是不想在家里住，就出去住呗。不过要等一两个月，你病还没完全好，而且新房子装修了要散散味儿。”

“姐，你叫什么?”

“我叫胡灵，大家都叫我老虎。”

“我上大学的时候，别人都叫我小狮子。”

“为什么这么叫?”

“因为我上课睡觉打呼噜，像杀毒软件那个瑞星小狮子。”

胡灵笑道：“我们王总之前说你可是好学生。”

“我爸那是随口说的，我之前可没少让他操心。对了，我这几天在医院里用电脑看了看最近的房价，上面写的一平方米都好几万了，真是这样吗？”

“对啊，十多万的都有了。”

“那……你一个月挣多少钱啊？”

胡灵尴尬地笑一笑，说：“一万。我都不敢想买房子的事儿。不过您不用担心啊，王总给你准备了好几套房子。”

王俊看看车窗外的楼群，心想难怪朋友们都这么忙，都没时间来看自己了。这么贵的房子，什么时候能攒钱买上一套啊。这几天在医院里，狄龙每次买来水果，他都要趁别人不注意的时候看看价钱。不知道是在医院附近的原因还是别的什么原因，简单几样水果就要一二百。如果这些人一个月赚一万块，那一天也就三百，狄龙真够义气的，来看自己一次，就要花掉大半天的薪水。辛辛苦苦赚来的钱，花得这么轻松，放在自己身上也会肝儿疼。

王俊还想问胡灵工作累不累，薪水在公司里算不算高的，可是毕竟刚认识人家，也不好多问，只能下车，在胡灵的带领下回房间休息。

回家后的第一天晚上，王俊联系狄龙要来了橙子和鸟王的手机号。狄龙让王俊下载微信，王俊按照狄龙的指导，费了老大的劲儿才下载成功，前前后后花了将近一个小时。

王俊觉得自己太笨了，什么都不会。肯定是因为妈妈是老板，狄龙才愿意花一个小时来教自己怎么用手机，所以在软件下载好之后，他赶紧跟狄龙说再见，不想继续麻烦人家了。

过了一会儿，狄龙发来几条讯息，是当初几个朋友的微信名片。王俊加了鸟王和橙子的，可是没有敢加关旭婉玉的。他不知道该怎么和关旭婉玉联系，或许人家早就有男朋友了呢？或许已经结婚了呢？或许已经有孩子了呢？人家不联系自己，自己还有什么脸面联系人家呢？

王俊因思念关旭婉玉而焦虑，而难眠，他想登录 QQ 给关旭婉玉留言，却发现已经忘记了自己的 QQ 号和密码了。老电脑已经找不到了，王俊站起来，看看陌生的家，觉得自己还在梦里，还没有醒来。

王俊在女生宿舍门口傻坐着，把自己醒来以后的事情梳理了一个遍，然后一口气跑到 437 男生宿舍。

来到 437 宿舍，王俊推开门，屋子里面四个衣着不整的小伙子抬头看看来人，一人问道："哥们儿找谁呀？"

王俊不知所措，支支吾吾地说：

"我是这个宿舍的……不……我，我之前住在这里。"

一个精瘦的高个子赶紧站起来，递了一根烟给王俊，说：

“哎哟，原来是学长呀！来，进来坐！抽烟吗学长？”

王俊突然哭了，说：“我找鸟王和橙子。”

学弟们面面相觑，不知道这哥们儿是怎么了。

2

周六，王俊来到约定好的图书馆二楼西餐厅，等橙子、吴茜。

最近几天王俊的活动量有些大了，身体感觉有些不适，所以得空儿就得眯一会儿。闭眼休息之前，他看了一眼不远处的女生宿舍。想到姑娘井井有条的卧室，床单永远干干净净，想到那些女生很多都嫁人了，而那些中年男子虽然昏聩无能，却有能力保持生活的平衡，王俊就有强烈的挫败感。

闭上眼睛几秒，王俊就打起了瞌睡。

“王俊！”

王俊睁开眼，看见橙子和吴茜朝自己走来。

橙子穿着皮夹克，西服长裤，很有职场的气息。王俊站起来，张开手臂，和橙子拥抱。橙子拍拍王俊的后背，动情地说：

“你丫的终于醒了，想死我了！”

“我也很想你们啊。”

王俊坐下，示意服务员过来，点了一些茶水，然后问橙子：

“你最近忙什么呢？”

“我考了公务员，天天坐班。”

“鸟王呢？”

“在一个国企的三级单位做建筑投标，挺能折腾的，总来找我办事。咱们不就是学土木的嘛，不干这个还能去演电影呀？”

“你呢？”王俊问吴茜。

“我在一个专科学校里当老师。”

“真没想到天天酗酒的姑娘当老师了，真可怕。对了，你们俩现在怎么样了？”

橙子看看吴茜，有点儿不好意思，说：

“我们早就分了，你现在身体怎么样？彻底恢复了吗？”

“我还好，真没想到你们竟然——你们当时不挺好的嘛。”

橙子尴尬地笑一笑，不理会王俊的话茬，关切地说：

“真为你感到高兴。这么多年我一直很想你。”

王俊很受用橙子的热情关怀，心情好了很多。顾左右而言他：“也不知道鸟王、关旭婉玉他们现在都啥样了，我这一直没见到他们。”

吴茜觉得王俊开了个好头，赶紧抢着回答：

“关旭婉玉刚回国，你想见她吗？”

“这事儿我说了算吗？”

王俊太想知道涉及关旭婉玉的更多的细节，既然关旭婉玉回国了，他就想让别人告诉他关旭婉玉从机场离开的时候穿着什么衣服，回国后是打算继续深造还是直接工作，包括最重要的，她现在又恋爱了吗？王俊闭上眼睛，心里想的是关旭婉玉生活的种种姿态，还幻想如果这里不是西江市，而是在上海，在银川，在一个村，蓦然回首看到关旭婉玉正好在自己身边，会是一种什么场面。

橙子似乎在王俊的沉默中察觉到了王俊的难堪，赶紧透个底儿："王俊，关旭婉玉一会儿就来见你。"

"到哪儿了？"王俊迫不及待地问。

吴茜拿出来手机，给关旭婉玉打电话，电话里，关旭婉玉说自己已经到图书馆楼下了，正在结出租车的账。

王俊腾地站起来，看见图书馆楼下，旗杆旁边，果真有一辆黄色出租车。看着姑娘走下车，王俊想到了十八岁的自己，想到自己暴虎冯河，非要帮心爱的女生赚够出国学费的决心。那时候的自己——其实也是现在的自己呀，是玩家，也是顽家，认定爱是爱，一万年的珊瑚礁，配上蓝色的大海刚刚好，不死不灭，死亦不灭。王俊至今记得和关旭婉玉在学校南门的小宾馆里开房的情形，刚刚二十岁的关旭婉玉靠在躺椅上，玉腿粉艳露凝香，身体周边仿佛升腾着袅袅青烟。王俊躺在床上，瞥一眼姑娘以及姑娘身后的楼群，觉得青山自与云为期，今天到这儿了，不搞定这个姑娘就不算圆满，不长相厮守这辈子就算白活了。

王俊飞奔下楼，一口气跑到旗杆旁边。这个地方曾经是他们约好见面然后去食堂吃饭的地方——就在那个地方，王俊多次驻足，烟蒂被扔到脚下，搓来搓去，形成了一个又一个弧线。

“老婆！我醒了！”

王俊对着心爱的女生这么喊。

可是王俊并没有跑下去，因为这几天里，他断定关旭婉玉已经知道自己醒了，可是她并没有给自己打过电话，这就让他有点不知所措了。

她为什么不联系自己呀？

是出于什么样的考虑呢？

王俊想不明白，他只觉得可悲，一个冲动可以带来的安慰被压抑着，周围每个人都像是不动情的演员，情节推进缓慢无力。

“王俊！”

关旭婉玉走了过来，叫了王俊的名字。

王俊没有站起来，他甚至不敢看关旭婉玉，他盯着眼前的水杯看，看着看着，眼泪就流了出来。

橙子坐在王俊旁边，关旭婉玉坐在王俊对面。王俊看见了关旭婉玉的裙摆，他激动，过了许久才带着哭腔支支吾吾地说：

“对不起，我没有给你赚来留学的学费。对不起。”

橙子伸出一只手，搭在王俊肩上，说：“没事了，没事了，你醒了就好了。别哭了哥们儿，她不是回来了吗？”

王俊心里在对关旭婉玉嘶吼你为什么不第一时间来找我？可是说出来的，是一句轻描淡写的“你还好吗？”。

关旭婉玉微微点头，说：“还好，刚回国，准备在国内发展。”

屁话！明明是不好，还要说好。王俊止住哭泣，拿出一张纸巾擦擦脸，然后抬头看看关旭婉玉。

眼前的女孩还是那么漂亮，皎白的脸面上有一层细微的光。王俊一直觉得这个会唱歌、爱看书的姑娘是小仙儿，不食五谷，吸风饮露，印花的板鞋穿在脚上，她可能自己都没意识到自己是那么美。王俊觉得在整个学校里，甚至在整个世界上，只有他王大少爷知道了关旭婉玉的美——此刻的王俊，还是这么迷信。

只可惜啊，现在的大龄女青年，似乎已经不觉得自己的美是怡人的春光了，可能她们化妆的时候，想到的是带有攻击性的社交便利吧。所以对于这次见面，关旭婉玉化了成熟的妆容，举止也稳健。有点过了。可惜姑娘不自知。

王俊长舒一口气，对关旭婉玉和大家说：

“再见到你真好。再见到你们真好。”

关旭婉玉微微一笑，语气平和地说：

“真的对不起，当初我不知道你是为了我才那么拼命赚钱。”

王俊愣了几秒，心想，你应该知道呀，为什么说不知道呢？王俊无奈地摇摇头，苦笑一下，喝一口果汁。

“没事，都……都过去了。你竟然真的去留学了，我真为你感到高兴。对了，你以后做什么工作？准备直接工作？”

“我妈妈帮我找了一家投资单位。”

两人聊得挺尴尬，橙子看再这么聊下去，饭都没法吃了，就赶紧岔开话题，对王俊说：

“王俊，你不是挺想鸟王的吗？就是赵飞那小子。他这几天公司集训，完事儿回来，咱们一起聚一下好不好？”

王俊把手里捧了半天的水杯放下，连连点头：

“好啊，我是挺想他的。我记得去年我们和信息学院踢球，那帮小子骂人，还放倒了狄龙。鸟王真仗义，操着标枪差点透了那帮兔崽子。忒解气了！”

橙子赶紧纠正道：“不是去年，八九年前了！”

王俊拍拍脑门：“你看我，糊涂了。”

橙子问道：“狄龙在你那儿是吧？”

王俊说：“不是我这儿呀，是在我妈的公司。我们中午天天一起吃饭。”

橙子吃了一口水果，说：

“他跟你说了吗，他新交的女朋友是音乐学院的，刚毕业。特美一姑娘，唱民歌的，非常有气质。”

王俊不耐烦地冲橙子挥挥手，说：

“没说啊！一个字都没提。这小子呀，现在太秀气！处起来都不像兄弟。我都不知道说他什么好了。”

橙子接过服务员递过来的菜盘，继续说：

“他找我的时候，是因为买房。他老婆比他小两三岁，今年正好研究生毕业，要成家就得买房嘛，找我借钱。”

王俊对这个话题很感兴趣，赶紧问：“借了多少？”

橙子寻思一下，说：“当时也没说多少，我就给了两万。”

王俊想起前几天妈妈给自己买西装就花了三万多，而工作五六年的狄龙，两万块钱也要单独借一个人的，王俊觉得心里有点莫名其妙的压抑，他猛喝一口果汁，说：

“明天我去问问他吧。对了，他什么时候找的你？”

“也就二十天之前吧。”

王俊之前和狄龙的关系一般，只因为是一个宿舍的，所以当兄弟处着。虽然关系不是很好，但是听到自家哥们儿生活这么拮据，王俊还是感觉这事儿和自己很有关系。王俊知晓了狄龙的生活状况，就对朋友们的生活更加好奇了，向橙子追问道：

“你在哪儿安家了？”

橙子摆出来一张苦脸，说：“安家？哪有那么好安家，我还和父母一起住。不过我家那边快拆迁了，我现在就等着坐收渔翁之利呢。一切等拿了拆迁款再说。”

“你们呢？”王俊继续问别人。

吴茜觉得王俊问得有些鲁莽了，但是考虑到王俊毕竟还是“十八岁”的少年，就耐着性子敷衍道：

“我也是，还和爸妈一起住。”

关旭婉玉故意不回答王俊，故意制造片刻的尴尬。关旭婉玉早就被安家和就业的种种事儿搞得很是烦恼了。想来自己辛辛苦苦出国读书，投入大量精力和财力，回来之后理应飞黄腾达了吧，可是家里牵线的新工作一个月才五千，这个薪水远远低于自己的预期，但是由于自己找工作一直不顺利，也只能听家里的安排了。就自己这处境，该怎么回答王俊？

王俊也知趣，不再问大家的生活了，继续跟大家聊大学的生活，前言不搭后语，一帮人聊了一个多小时，橙子觉得再吃下去没啥意思了，就说：

“吴茜，要不然我们先走，让关旭婉玉跟王俊待一会儿？”

大家都不说话，橙子站起来拉一把吴茜，对王俊说：

“老四，你留下来照顾关旭婉玉吧，我和吴茜先打车回去。你们就别干坐着了，去看个电影呗。”

说完，橙子冲王俊做了个鬼脸，拉着吴茜离开了。

王俊按照橙子的安排，带着关旭婉玉到三楼的电影院看了一场电影。看电影期间，两人依旧没什么话好说。王俊借口上厕所，去卫生间拿出手机来翻看关旭婉玉的朋友圈，图片刚划了三五张，就看到关旭婉玉和别的男人相拥在一起的画面。

王俊吸一口凉气，收起来手机，透过卫生间的玻璃，看了一眼窗外熟悉的校园景色，顿时觉得河流迟滞，情色腐败，他的心情瞬间更低落了。

在这八年里，尤其是醒来的前几天里，王俊不停地做梦。梦里，他无数次来到大学，恍惚中，混沌中，好多不真实的景象出现在大脑里。佛陀在河边的咖啡店路过，影子打在果实上，树杈摇一下，姑娘们显灵似的出现。在灵光中走来的，是花仙子，也是母夜叉，态浓意远带着绰约的风韵，肌理细腻透露着张扬的欲望。姑娘们都太不像话了，露了那么多的肉，表情却一点儿都不温柔，不协调。王俊觉得自己是御史大夫，负责治妖，那些姑娘就是妖——王俊站在河边对一切怒目而视，矢志维护场面不混乱，却无奈总也动不了手脚，发不出声。闷着一腔的贪和欲，跟河里的鱼一样，盯着日光看啊看，无能为力啊无能为力。

醒来才发现，这种感觉是种有前瞻性的暗示。姑娘们果真是更美了，似乎靠情感操控不了了。

王俊想再看一遍关旭婉玉的朋友圈，发现关旭婉玉已经把她和别的男生的照片都删了。王俊似乎在关旭婉玉删照片的事儿上找到了一个落脚点，看完电影之后，两人一起到河边散步。

王俊问关旭婉玉："你又恋爱了?"

关旭婉玉也不知道王俊知道多少关于自己的事儿，就说：

"谈了，又分了。男朋友不想回国。"

"也不能怪你，毕竟那么长时间了。"

"听橙子说你又开始读书了?"

"在职的一个班，你们都不在大学里了，我也懒得读全日制了，没意思。"

"在职的课程也挺好的，至少学起来轻松。"

"你住哪儿？我送你?"

"我在城里还没地方住，还得回东江市，要不你送我到车站吧。"

"我没事，我送你吧。"

车上，胡灵的电话打了过来，问："小王总，陈总晚上有个局，是咱们这边住保办的朋友张罗的，你参加吗?"

“我和同学晚上有个聚会。”

“那好，我跟陈总说一下。晚上需要我过去接你吗?”

“不用了，我不喝酒，自己开车回家。对了，我问你，狄龙是不是最近在买房子呀?”

“对啊，就这个月的事儿。还找我借钱了呢，我哪有钱呀!”

“那他的房子买了吗?”

“买了，听说借了高利贷。”

“他现在干吗呢?”

“加班呗，最近公司事儿挺多的。”

“好吧，我一会儿自己联系他吧。你忙去吧。”

看王俊挂了电话，关旭婉玉问道：“狄龙挺上进呀，我记得他家里挺困难的，没想到这么快就买房了。”

“是啊，现在已经是商务经理了。”

“真厉害，我还没工作呢。”

王俊小心翼翼地把车开出拥挤地带，然后踩一脚油门，驶上高速路，说：“我在想一个问题。一个项目两三个亿，就算是十个点的利润，也有二三百万。从前期投标，到后续履约，也就二三十个人参与。一个项目干两年，二三百万分下来，一个人两年的提成就十多万。这还是一个项目，商务经理动不动就同时管好几个项目，可是他们的收入为什么还那么少?”

“账算得好有什么用？钱总之是到不了他们手里。我最近一直在找工作，在西江市，上班族一个月一万块就算很多了。鬼知道钱去哪里了呢。”

“关旭，你如果有什么困难就直接找我吧。我醒来之后一直想着你。可能对你来说大学已经很遥远了，可对我来说就在昨天。”

关旭婉玉不说话了。虽然关旭婉玉明显体会到王俊依旧爱着自己，但是她觉得自己如果和王俊走得太近，就会显得自己很贪婪，别人会说她看上了王俊家的钱呢。在关旭婉玉的思虑中，她考虑更多的是两个人合不合适，而不是爱情的深与浅。当然，还有更重要的一点，那就是对于关旭婉玉来说，她有点害怕太过真挚的恋爱了。这应该是很多女孩成熟之后的普遍心理——虽然很多姑娘求爱若渴，可若是真的冷不丁扔给姑娘一份真挚的爱情，她们会觉得好厌恶啊。她们可以和一个不动情但言辞得体的男人在短时间内完成爱情的搭建，但是对于一个冲动的男孩，她们多半会觉得这份爱无法受用。

到了目的地之后，关旭婉玉没做停留，说了再见就下了车。

王俊恋恋不舍地看着关旭婉玉关上车门，转身走开，心里万般不舍。王俊迟迟不愿离开，他闭上眼睛，十秒后睁开眼睛，天就黑了很多。

天黑得这么快，王俊就有点孤独了。可是自己这么孤独，关旭婉玉到家后也不给自己打电话、发信息，王俊突然就感觉自己快要被逼疯了。王俊赌气似的猛踩油门赶去公司，高速路上多次超速。

3

“狄龙，你真行，跑去借高利贷，都不跟我开口？当我还是个植物人吗?”王俊没有回自己的办公室，径直来到商务部，看屋里只剩下狄龙一个人了，开口就这么质问狄龙。

狄龙愣了一下，反应过来之后嗫嚅道：

“你看你说的，都是你醒之前的事儿了。”

“那这几天你为什么不说?”

狄龙放下手里的活儿抬头看看王俊，他感觉王俊把自己当兄弟看是件好事，就顺着王俊的倔脾气说了说心里话：

“说实话，你是少当家，我怎么好意思跟领导开口要钱。”

“你觉得这是在往我脸上贴金是不是？回头公司里的人都说，和我一个宿舍的哥们儿借高利贷买房子，我有脸面是不是?”

“王俊，我就说实话吧。你可能和我们的想法不一样。可是我都毕业好多年了，现在兄弟们之间哪有太深的感情。喝酒的时候，都是好哥们儿。可是到借钱的时候呢？橙子和我关系好，我开口了。鸟王也是我的好哥们儿，一个宿舍的，我就没好意思开口。你我——咱就掰开了说吧，当初你和他们俩关系不错，咱俩的关系确实差点事儿吧。”

“差点事儿？看你现在干的事儿，这叫差一点事儿吗？”

“你设身处地想想我的感受。”

“我想了啊。”王俊自己点燃一支烟，递给狄龙一支。

“你的设身处地说到头还是站在自己的角度上来考虑问题，觉得我该怎么想，觉得我该怎么做，可是我也是人啊，我有自己开得了口的时候，也有开不了口的时候。”

王俊也稍微察觉到自己和狄龙之间的隔阂了，这份隔阂不仅仅是因为关系不够好，而是因为他还是少年，可是狄龙已经是标准的成年人了，两者的处世模式迥然不同。

王俊掏出打火机给狄龙点上烟，说：

“别的别说了，你借了多少？”

“十五万。”

“十五万？”

王俊有些不理解了，继续说：

“你的房子也不大，首付一共也就三四十万吧。这里两万，那里三万，高利贷十五万……”

狄龙叹口气，吐个小烟圈，有点憋气似的说：

“王俊你别说了。我刚工作的时候，一月两千七百块，今年刚过万。两千七百块的工资是什么概念？一天七十，这些钱不够你打一次车的吧？而且我是农村来的，还要赡养老人。买房我父母统共给我四万六千块，这是他们的老底了。”

王俊也觉得自己说话太直白了，赶紧解释：

“你想错了，我就是觉得这事儿太浑蛋。我虽然来公司没几天，但是我从小就接触项目，我懂你们的工作。你的商务工作我更明白，动不动一个项目就给公司赚了一个点两个点，多的时候五六个点，这可是不少钱呢。我很纳闷，为什么不多给你发一些工资。好了，你别怪我刚才冒失，我明天就去找我妈，十五万，一分不少给你，作为你的奖金。”

狄龙本能地拒绝：“你这么做有点侮辱我了。”

王俊随手在办公桌上抓过来一个玻璃杯，弹一下烟灰，又朝垃圾桶里吐口口水，说：“这怎么算侮辱呢？”

“别人怎么看我？”

王俊觉得这事儿有点绕了，就说：“狄龙，你是跟我怄气呢？还是故意跟我绕弯子呢？说白了吧，公司里别人赚多少钱我不管，但是我现在得把你的事儿先解决了。”

“我觉得不是这个理儿。”

“你要不要吧？”

“算我借你的吧。”

“好的。我今天心情不好，想跟你喝点。咱们天天一起吃工作餐，也没时间聊天，现在十点多，刚好吃点夜宵。”

“周六吧，今天我加班。”

王俊把烟掐灭，站起来拍拍狄龙的肩膀，长舒口气说：

“钱我真不用你还，你这么辛苦，该拿那些钱。明天钱打给你，你立马把高利贷还上，别再招惹那些人了。以后再有事尽管来找我。”

狄龙竟然没有如释重负的感觉，而是觉得有些压抑，有些委屈。在王俊要离开办公室的时候，狄龙说：“王俊，这就是我们之间的区别。我有五六年的工作经验，虽然没读好学校，但是好歹是本科学历。我辛辛苦苦干这些活儿，积累所谓的工作经验，可是到最后，我的所有努力还是抵不上你一句话。”

王俊知道狄龙是为了自己的尊严才说这气话，虽然八年没有醒来，但是从小的生活历练依旧让他在思维能力上胜过狄龙。王俊哂笑一下，并不生气，微微叹一口气，说：“我知道你的意思。下个周末，我叫上橙子和鸟王，到时候好好聊聊。到时候把你女朋友带上，我让关旭婉玉和吴茜也过去。”

“你们又好上了？”

“不，我今天恰恰有点烦她了。所以我想多见见她，试试水，看看能不能继续处下去。”

回到家之后，王俊立马找陈淑荞说了狄龙的事儿，说自己要给狄龙十五万元。

陈淑荞把面条端过来，对王俊的要求不发表任何意见。

王俊吃一口面条，说："管理归管理，但是我一个宿舍的哥们儿如果被十来万的高利贷拖垮了，这以后别人说起来我还怎么做人啊。"

"你说得对，但是这些钱你就别走公司账务了。明天你到我办公室拿钱，直接把钱给他。记住，这是你们哥们儿之间的事儿，和公司没关系。还有，借的就是借的，借了他不还你可以不催，但是别闹得跟扶贫似的。懂吗?"

王俊想了一下，明白了母亲的意思，赶紧点点头，说：

"知道了。"

陈淑荞看看儿子，教育道：

"还有，别总是说这个项目几个点的利润，那个项目几十个点的利润，以后你就明白了，到你手的钱真没那么多。这些利润，好多人瞅着呢。从你投标的那一刻开始，利润就开始分解了。"

王俊也觉得自己今天在大家面前太张扬了，他好像是在故意显示自己得到的社会信息更多、更高端，借此来掩盖自己八年来的人生缺席。可是如此这般急躁，岂不是更会让人瞧不起自己？吴茜今天看自己的眼神就跟看小孩子似的，狄龙也挺不开心的，这充分说明自己的表现太差劲了。

再说了，为什么非要追求不必要的优越感呢？恰到好处的交流才最重要。一个人在深夜里发散思维，分析利弊，在白日里张嘴说话，与人为善，其主观是禅定后的冷暖自知，而客观是和世俗社会互动的某种必然结果。绅士所谓的气质，说到头来是主观和客观的协调。太过冲动，内外不分，只会主客双泯。喝点酒之后说话就没个把门的，全然沦为蝇营狗苟之辈，说得越多错得也越多，到头来是竹篮打水一场空，言不及义还丢人。

王俊啧啧两声自嘲一下，然后对母亲说：

“妈，我知道我错在哪里了。对了，我最近跟胡姐学得不错，我会努力的，尽量早点为你分忧。您在外面也少喝点酒，注意身体。”

回到房间之后，王俊在微信上建了个群，告诉朋友们下周聚会的事儿。他想单独问关旭婉玉打算什么时候入职，准备在什么地方租房子，可是信息敲出来，又删掉了。王俊反复琢磨之后，觉得自己还是别那么鲁莽为好。自己向来不喜欢被人牵着鼻子走，所以更不会主动把鼻子凑过去，水不到，傻子才会傻呵呵地去挖渠呢！

随后，王俊来到书桌前，摊开项目管理的书看起来。这几天，他每天晚上都要看书看到身体觉得有些不舒服了才睡觉。

就在王俊回家吃过饭，洗过澡，发完信息然后开始学习的时候，狄龙才坐着末班车赶回家，在车上还在审核专业分包的报价。

狄龙回家之后，邵楠正在床上用平板电脑看电视剧。狄龙泡了碗泡面，简单吃了两口，然后开始打扫卫生——房子快要到期了，这两天房东要来看房子，所以每天房子要收拾得干干净净，免得被罚钱。

收拾完屋子，简单洗漱之后，狄龙躺在床上，把王俊要给自己十五万元奖金的事儿跟邵楠说了。

邵楠听了之后大为欢喜，笑嘻嘻地说：

“你妈妈给的钱不是还剩下两万吗？咱们暂时也没什么太急的事儿了，你就能用这些钱给我买钻戒了吧？然后我们去拍婚纱照。我朋友去了欧洲，我比较喜欢澳大利亚。咱们就去澳大利亚拍吧，毕竟一辈子就这么一次。好不好？”

狄龙点点头，心想是该给女朋友买个钻戒，然后他打开用了好久的笔记本电脑，开始查租房信息。邵楠就要毕业了，新工作签在市区，他要在两人公司的中间找一个住的地方。

房租最近明显又涨了，看上眼的地方一居室都要两三千块，太贵，狄龙一直看到凌晨两点才睡。

另一边，王俊也是凌晨两点才准备睡觉，在此之前学了两个多小时的管理课程。可能狄龙永远都不知道自己为什么比不过睡了八年的王俊，其实答案就在每天晚上。

王启明和陈淑荞在平时聊天的时候，就能教授儿子项目管理和对外经营的技巧，一些驭人之道根本就是课本里不会有的。狄龙呢？从小听到的都是爸爸妈妈的庄稼事儿，恋爱之后听到的，是要买一个多少钱的钻戒，盘算去哪里拍婚纱照。王俊花两个小时研究垫资方案，琢磨如何在响应业主垫资要求的同时保证项目的现金流不出现问题，在哪些时间点可以把风险转嫁给分包单位。而狄龙呢？他要花两个多小时的时间研究在哪里租房子便宜，甚至换一部手机，都要花很长时间来研究。对于王俊来说，买一部手机只需要花十分钟的时间在网上找好型号然后下订单，甚至第二天都不用自己签收，胡灵就会把手机放到他的办公桌上。

对于出身农家的狄龙来说，关旭婉玉家里能拿出来五十万元给女儿出国，已经是令他十分羡慕了，而关旭婉玉和王俊比起来，又差了好多。这就是社会，社会就是这么现实。

第二天一早，王俊把一沓钱包在牛皮纸袋里递给狄龙。十五万元其实并不多，包在牛皮纸袋里和两块砖头差不多。

接下来的几天，王俊照常去上课。除了胡灵，旁边总有个丫头时不时露个脸儿。

小丫头眉黛轻长，腰肢纤袅，印花字母长裙，上面紧下面松。看起来年龄不大，不像是在职班的学生。别人上课都是皮包里放个笔记本电脑，她来上课，总是从双肩迷彩包里拿出来好多书本，有英语，有数学，有课外书，铺开一大片，一会儿铅笔掉了，一会儿手机掉了。

每次王俊侧过脸看小丫头，总发现小丫头在盯着自己。

这天是管理学课程。

管理学老师原来学的是古代汉语，入学后见中文前景不佳，靠裙带关系转到管理学。老师研究管理心理研究到心理变态，骄傲自大，看不起同学，觉得中国五百强的盘子不够大，请不来他这么一个大号服务生，时乖命蹇，才落得教书为生。落魄久了的人，总会不自觉地养成一些坏习惯，以起到抒怀遣兴之疗效。眼前这位大贤人便是如此，他潜意识里自命不凡，可惜无处宣泄，处处受打击，久而久之举止愈加阴柔，说话也愈加尖酸刻薄。但见这位老师讲起课来，每个字眼都要在嘴里被咀嚼成熟然后瓮声瓮气说出来，抑扬顿挫，感情丰富，恨昆曲的水磨腔不能比及，尤其手势做得相当别致，“描摹雌软神情，几乎化境”。讲到豪迈处来一个芭蕾里的二位手，说到温柔处配合上京剧里的水袖。王俊每次看他上课，都觉得像是在听戏。

这日，课程刚进行了不足十分钟，小丫头的东西已经掉下去三四次了，“美娇娘”不耐烦地盯着小丫头，说：

“你——别四处看，就是你，穿连衣裙的那个，小脸儿还挺白的。你是这个班的吗？”

小丫头抬头看看老师，说：“不是啊。”

“不是你来干吗？你给我走开！”

小丫头愣了一下，款款地说：“你课讲得好，我听听不行啊。”

“美娇娘”没想到小丫头会这么反击，一时有些受用不了，可是为了维护课堂的秩序，他还是用力甩甩手，轻轻地把手里的教材砸到桌子上，说：“咱们做什么事呀，都得讲规矩，没规矩可不行。这个课是给资本家——不，都是给企业家讲的，你一个小丫头懂什么？赶紧走开！不然我可叫人啦！”

小丫头不耐烦地看一眼这位男不男女不女的胖子，三下五除二收拾好自己的东西，背上包要走的时候做个鬼脸，说：

“死变态！”

“美娇娘”万万没想到这丫头竟然公然在课堂上辱没自己名节，血脉偾张，随口骂一句：

“小浑蛋，看我下次见到你不撕烂你的嘴！”

话一出口，发现有失文雅，赶紧引用《诗经》里的句子，说什么“人而无礼，胡不踹死”。

小姑娘一只脚刚迈出门，听老师竟然想要踹死自己，马上止住脚步，走到讲台上，拿起粉笔在黑板上写下来老师刚刚说的那句话，然后指着所谓的“踹”字，敲着黑板对老师说：

“这叫‘人而无礼，胡不遄死’，‘遥襟俯畅，逸兴遄飞’的遄。还踹死呢！你是驴呀?”

丫头说完之后撒腿就跑了。教室里死一般的寂静。

“美娇娘”也不好真的追出去揍小丫头一顿，他一言不发地把黑板擦了，然后说了一句：“老师心情不好，大家上自习吧。”

又过了一会儿，又说了一句：“老师心情不好，你们谁有烟?”

王俊坐在前面，从兜里掏出一包烟扔给老师。

上完课之后，王俊赶紧回公司熟悉各部门的工作资料。

陈淑荞安排的会议，王俊每次都参加。业务会议之后，部门经理都要跟王俊交流一番。王俊心里知道，自己虽然对外经营占先天的优势，比一般人更容易谈成事，但是对于具体的工程管理，他掌握的知识并不多。可是王俊绝对不让自己露怯，工作半个多月以来，他除了请财务副总吃了饭，对别人都没主动接触。究其原因，就是因为很多事儿，王俊觉得自己现在不需要知道，以后也不需要知道。就算是老爹在，技术方案他也做不了多好，顶多懂得工期的长短而已。至于安全和质量方面的具体工作就更不用说了，凭王启明的才华，只能分清社会上知名的奖项哪些是给质量的，哪些是给安全的。王俊现在如果过分表现出求知的欲望，反而会让这些自以为有工作经验的人小瞧了自己，所以为了不失范儿，王俊干脆就故意表现得飞扬跋扈一些。心想等自己过两年彻底牵头了商务和财务工作，收款任务压在你们头上，赶工的任务压在你们头上，看你们谁敢不老实。

王俊把事儿都想通了，有个资料需要复印，或者有个文件需要发快递，他从来不叫胡灵，而是叫各个部门的经理来做，嘴上哥、姐叫着，实际上是在告诉他们，你们是在给谁打工。

到了项目上，王俊就换了一张脸，热情地给劳务队敬烟，动不动就请这些小老板吃饭。这些劳务队和分包队，往往实力并不差，而王俊早就知道，很多高楼，不是总包干上去的，而是分包干上去的，这些人是出活儿的，所以万不能得罪。万一得罪了一家，人家说不让自己过年，自己还真就过不了年——人家什么也不用干，就找上几十个民工兄弟，过年时就候在你办公室门口，找各种理由讹钱，你能怎么着？耗到最后肯定还要掏钱，哪怕明知是冤枉钱。

公司三个房地产开发项目全在远郊区，存在滞销风险。王俊去了一趟，回来琢磨了一个晚上，觉得要是有人能修一条路就好了。

第二天他就把地产项目上一个看起来很灵光的商务经理刘海叫到总部办公室，问了个问题：

“通往郊区的路肯定会修。具体什么时候修呢？你知道吗？”

得到的回答是，目前已经在做环评了，拆迁准备工作都已经开始做了。

王俊听刘海这么一说，心想这事儿可以运作一下了。既然要修路，那么升值就是板上钉钉的事儿了，所以项目不能建得太快。市政工程有时候一拖就是好几年，自己的房子卖早了，升值带来的利润全让买房的人占了，自己辛苦干这么大的工程图什么呀。

王俊考虑了一下，对刘海下达了一个任务：

“你马上落实一下，这个路的项目是市政府自己做，还是有社会资本介入。据我所知，现在有很多社会资本方想干这种事儿，你列出来一个表下周给我。”

刘海这次被单独叫到总部来“拜佛”，挺兴奋的，赶紧继续汇报：“王……王总，路的事儿我……我听说早就有人惦……惦记着了，我……我回去马上联系朋友了……了解一下。但是我觉得咱们也得琢磨点自……自……自己的事儿，具……体来说就是可以考虑在……在……在周围建……那个什么……特色小镇。”

“你别紧张，慢慢说。”

刘海长舒一口气，接着又鼓起一股气：“我……我最近听说几个物流园要……要……要在那……里建厂，都……是内生力比较强……强……强的企业。不不……管它们究竟实力如何，既然架势摆……摆出来了，对咱们就……就……就是好事，至少咱们可以好好宣传一下我们的项目。在……这个时候，我们再进一步，简单做一些市政绿化，或或者摊子铺大一点，做点儿旅旅游业务，肯定有利于房子的出售。”

“好，我听明白了。你的思路非常好，把我的工作都……都做了。这……这样吧——哎，我怎么了这是——我的意思是别一周了，后天你再过来，把路的事儿汇报一下。如果真的靠谱，咱们再说扩大业务的事儿。后天你直接跟我和陈总汇报，提前好好准备一下哈。”

刘海走后，王俊觉得这真是一个绝好的机会，可以供自己大展手脚。之前王俊怕就怕自己的项目孤零零的，弄不好就死在那里了，现在既然路真的要修，厂子也要建，那说白了，就是想做卫星城嘛。这太好了！自己砸锅卖铁也要支持城市的发展呀！

王俊觉得这三个项目应该还不够，最好多来点，别玩项目了，干脆造个新城得了。于理，这是很好的开发模式，有头有尾，产业盘活，提高区域内生力。于情，如果自己只是空卖房子，周围啥都没有，对业主也不负责，真要是周边产业都起来了，自己把配套做好，那业主住得也舒服，生活也方便。这叫什么？这才叫缔造幸福空间。企业家必须得讲责任感。

周六转眼就到了，下午狄龙陪邵楠去买钻戒。本来说好了，买个七八千块钱的，可是售货员太专业了。售货员拿来一个钻戒，递给邵楠看，让她挑毛病。邵楠看不出门道，售货员拿来放大镜，一边把钻戒放大给邵楠看，一边替邵楠表达，说一万块钱以下的钻戒，看不见钻，戴着就跟戴着紧箍似的，忒不上档次，而且纯度不高，钻石里面有颗粒，看着就别扭。

狄龙和售货员拗过来，拗过去，唇枪舌剑一个小时，最后花了一万七，买了个打折的纪念款。

这下好了，只剩下三千块钱，去澳大利亚不可能了，去海南都得避开高峰期。走出商店的时候，狄龙感觉脑袋有点儿蒙。

不知怎么着，狄龙又想起来王俊。王俊爱不爱关旭婉玉呢？爱！可是那天他还能达观地说“处处看”。是啊，他能随便换，可是自己呢，身边就邵楠这么一个美女，怎么舍得搞丢呢？这个美女和刚买的小房子，都是他小小的成绩，也是仅有的一点儿成绩，在鼓励着他进步。的确是鼓励，邵楠在不停地夸“老公你真棒”。

不过邵楠的烦心事儿就少很多了。在邵楠的思想里，只要努力，钻戒会有，几万块的风衣也会有，当然，这努力主要是老公的努力占着大头。如果这时候狄龙说自己处境多么不佳，控诉和王俊之间的不公平，肯定会被邵楠嘲笑，放到网络上，也会被网友嘲笑。狄龙不知道为什么自己要吃这哑巴亏，究其原因就是，心态超级乐观的人万万不能深交，当女朋友就更不行了，因为如果一个人各方面的实力都和自己一样，却比自己乐观很多，那多半是受的委屈少，偷懒了，或者做好偷懒的准备了。

你真以为朋友圈里漂亮的照片有人点赞，这姑娘就超凡脱俗了？幼稚！这社会上最大的偏见就是相信长得好看的女孩都是乐观的哲学家。

不过，大多数长得好看或者自认为长得好看的姑娘，的确爱装乐观哲学家。在这娘里娘气的社会，哲人王已经被打倒了，不过哲人婆反倒是多得很呢——这话可不是在说姑娘，现在多半的哲人婆，可都是浑小子。

另一边，工作了三四周，王俊身体恢复了，精气神也恢复了。他早早来到饭店，抽根烟，坐等朋友们。上次见面的时候，王俊表现得太过伤感了，在关旭婉玉的游刃有余面前，自己活像是小孩子撒娇，王俊为此感到害羞。今天，王俊虽然特别想提前开车去接关旭婉玉来吃饭，可是理智告诉他，自己必须在这些人面前压抑自己的情感。

就在王俊抽完一根烟，喝完半杯茶，准备闭眼休息的时候，门推开了，跑进来一个人一把搂住他：

“老四，你终于醒了，哈哈！”

王俊都没回头，拿着半杯水往后浇，故意洒出来一点，说：

“鸟王，赵飞！你也不想着主动来看我，第一次聚会还要我来组局。”

鸟王擦擦溅在身上的几滴水，在王俊面前坐下，直盯着王俊，说：“我真高兴。你可算醒了。要不是赶上公司集训，我早就来找你了。”

“怎么着，我还得再睡个十年八年的？”

“你这么说太没良心了。因为你在医院躺着，我这几年同学聚会都没参加。其实说实话也没怎么组织，每年就那么几个人在一起胡吃海喝。对了，你不是班长嘛，你出事之后换了隔壁寝室的那个什么征宇，就一屄货，根本撑不起来台面。”

“也别这么说嘛，你们自己玩不起来，不能总怪班长。”

“这你就不懂了，大学的时候最忌讳换班长。别的都能换，学生会主席爱谁当谁当，但是班长不能换，要不然大家毕业了就会觉得没个主心骨。”

“照你这么说，真都怪我了。对了，听说你挺能折腾的，发什么财呢？”

赵飞帮王俊斟茶，说：

“我还是老本行，做招投标。之前我的项目跟你们公司撞过车，我都没心思投那个标，跟兄弟抢活儿算什么事儿呀！”

“你不得让着我呀。”

王俊这才看清，相比于橙子，鸟王穿得更成熟。名牌皮带，名牌衬衫，尤其是肚子已经发福了，乍一看不像是二十七八岁的，倒像是三十七八岁的。

吴茜和关旭婉玉一起走了进来，鸟王站起来，吆喝道：

“哎哟，俩嫂夫人来了呀。赶紧坐，点菜，酒水我带了。”

王俊冲鸟王摆摆手，说：“先说好，我不能喝酒。”

鸟王拍一下王俊的手，说：“我们喝酒，你喝水，行不行？”

吴茜去点菜，鸟王去开酒，关旭婉玉坐在了王俊对面。

王俊给关旭婉玉倒满一杯水，自己也倒一杯水，说：

“入职了吗？”

“上周咱们聚完之后，第二天就去上班了。”

“什么公司？”

“成德投资。”

“哦，我听说过。”

“你听说过？公司是刚成立的。”

“我也是刚听说的，在公司的会议资料里看过，还没去过这家公司。不过你们这种公司，不是总换壳吗？说不定是家老公司呢。”

“你消息可真灵，我们去年刚换了名字。”

“我有个问题一直想问你，你是怎么规划自己以后的生活的？”

王俊在关旭婉玉面前说话终于学会委婉了，问问题也学会绕弯了。

“我想安稳下来。”

“怎么个安稳法？”

“我说不准。”

“有房有车，衣食无忧？”

“也不算。”

王俊鼻息嗤然，干笑一下，说：

“也……也不算，呵，那就是算喽。”

关旭婉玉突然觉得王俊今天有点儿霸道，这种突如其来的霸道轻而易举打破了她几年来养成的交谈逻辑，让她有些难以招架。关旭婉玉看一眼王俊，喃喃地说：“咱别说这个了行吗？”

“好吧，你不想说就算了。”

王俊也识趣，看关旭婉玉一眼，起身帮忙张罗饭菜去了。

过了一会儿，狄龙、邵楠、橙子都到了，大家入席之后，赵飞兴致颇高，提了第一个酒：

“来，大家为王俊正式归队喝一杯！我干了！”

大家喝了之后，赵飞看着橙子，继续说：“你放着吴茜这么一个大美女不好好护着，还让飞了，你咋想的呢？”

橙子扫了赵飞一眼，砸吧着嘴说：“缘分这事儿，说不清。我们做不了情人，还能做朋友，也算有情有义了。”

赵飞把烟头掐掉，继续提酒：“我觉得下杯酒，咱们男生们喝一个。一个宿舍的，那就是铁打的哥们儿，今天终于聚齐了，真高兴！”

两三杯酒下肚，大家都喝开了。王俊看着眼前的兄弟姐妹们喝得欢快，心里有点温暖了，可是乍暖的人，总是想更暖和一些。王俊看了一圈儿，发现狄龙今天落单了，一直不怎么说话。王俊不知道狄龙在心疼刚花掉的一万多块钱，以为他还在纠结于自己给他十五万的事儿，就冲大家摆摆手，说：

“咱们这儿现成就有正儿八经的一对，狄龙和邵楠——你叫邵楠是吧？我别叫错了。你们俩的婚礼赶紧举行吧，大家都单着，就指望你们开个头打响革命的第一枪了。我今儿以茶代酒了，提前祝福你们！”

王俊的茶杯刚落下，赵飞开始起哄了：

“老四，你单着吗？你这不能算，你没分手啊。”

王俊摆摆手说：“别说这事儿了，好吧。”

赵飞却像吃错药似的，紧抓着这事儿不放了，继续说：

“这可不是说不说的事儿，不搞明白，大家心里都挺尴尬的，对吧？王俊，我就问你一句，你们现在还好不好了？”

王俊感觉出来了，赵飞这是把今天的饭局当成日常应酬了，想用自己和关旭婉玉的事儿来套近乎。赵飞肯定觉得不管说对说错，都会显得自己和王俊最亲近。这是酒席上常见的伎俩。

王俊知道压不住赵飞的话茬，只能顺着说：

“是这样的啊。今天这个局我牵头。为什么呢？因为你们都忙，等着你们牵头，不知道要等到啥年月了。我呢，一睁眼发现你们都飞走了，周围一个说话的哥们儿都没有。这些日子我天天去学校上课，整个学校已经没人认识我了，找不到你们我心里真的很不舒服。直到现在我才明白，人不能没朋友，所以今天聚在这里，大家都是朋友。别的啥都别说了，喝酒吧！”

赵飞逢迎着王俊再让大家喝一杯，然后凑上前来，对王俊说：“老四，以后你们那儿投个标什么的，得你亲自管吧？之前狄龙干什么都给叔叔汇报，我这儿偶尔有什么事儿，也不好直接去找叔叔，毕竟差着辈儿呢。”

王俊心想，你这小子真是想把这个局玩成自己的啊，就面无表情地看一眼赵飞，敷衍一句：“我也不大懂，现在跟龙哥学着呢。”

赵飞工作太积极了，继续说：

“那你应该懂投标吧，我觉得你比我们入行都深。”

王俊索性看都不看赵飞，冷冷地说：“最低价，或者是公开投标，几家单位取中间值呗。不过你今天怎么了？是你要教我，还是想让我教你？这种事儿换个地方说多好啊！”

赵飞意识到自己有点过分了，他拍拍橙子，让坐在王俊旁边的橙子让座给自己，同时冲大家挥挥手，让大家自由活动，然后对王俊说：

“老四你想多了，我哪能教你啊，我当你学生也不够格呢。我的意思吧，以后咱们多配合，少竞争。今天咱们兄弟见面，我觉得忒亲，所以说多了，你见谅！我自罚一杯！”

王俊也拿起酒杯做做样子，说：

“主要是今天你跟我说这个不合适。我今天这个局是给兄弟们组的，又不是给领导组的。咱们不谈工作了，好吧？”

赵飞将杯中酒一饮而尽，说：“好嘞，王总批评的是！”

赵飞俨然职场老油条了，他完全受得住王俊的几句奚落，同时也感觉到不管王俊怎么不乐意，自己的目的达到了。有了饭局上的这个由头，以后说事儿也算是有个过渡了。

工作上的事儿说完了，赵飞开始变相显示自己的社交能力，但见他“砰砰”拍两下桌子，说：“各位都停一下。看见了吗？今天我们王总很不开心。为什么不开心呢？我不知道！但是话不说明不行，心里有事儿最好就立马说出来。”

赵飞又把目光移到王俊这儿，亲昵地说：

“我的老四啊，你是想对我说，还是想对关旭婉玉说？”

王俊揉揉鼻子，说：“我什么都不想说。”

赵飞把王俊杯子里的茶倒掉，斟上酒，说：“那就喝酒。”

橙子拍一下赵飞，说：

“你有病呀！老四刚出院，喝什么酒？”

赵飞不理会橙子，紧抓着王俊的胳膊，说：

“老四，我这人心直口快你别介意。我的意思是，啥事儿你说明白，用得着用不着兄弟的地方，我都会鞍前马后。而且我这人不怕丢人，为了兄弟我什么事儿都能干，什么洋相都能出。”

王俊看看坐在一旁一晚上都不怎么说话的关旭婉玉，再加上赵飞给自己带来的强烈陌生感，心里一股气又压不住了。他拿起酒杯，倒满一杯酒，一口闷下，然后看着关旭婉玉，说：

“关旭婉玉，冒昧地再问你一句，你现在是怎么想的？”

关旭婉玉头也不抬，自顾自地说：“我说不准。”

王俊愣了一下，又倒了一满杯白酒，再次一口闷下，说：

“你别打太极了好吗？你要是有别的想法，今天就说出来，我心里好有个底儿。对你来说，我可能已经是路人了。但是对我来说，八年前的事儿就是昨天的事儿，我现在对你还有感情。”

关旭婉玉不耐烦地看一眼王俊，继续说废话：

“我不是跟你说了吗，我就想赶紧在国内安稳下来。”

王俊酒劲儿上来了，话不择语，也不给关旭婉玉留面子了：

“还是想有房子有车然后随随便便结个婚？你当年跟我恋爱的时候没说过你要安稳，当时你只想跟我在一起。现在你们……现在你到底怎么了？”

关旭婉玉继续低着头，面若沉水。

王俊觉得自己的每一句话都打在了棉花上，得不到想要的回馈，心里特别失落。这段时间以来，他不止一次开车几十公里去关旭婉玉的老家门口逛一逛，甚至还去了关旭婉玉读中学的学校。下班后，他也不止一次在下课后来到关旭婉玉当年住过的宿舍楼，在楼下徘徊许久。那揪心的感觉太煎熬了，也太磨人了，所以趁这个机会，王俊也不管关旭婉玉爱不爱听，自个儿说开了：“我说你想有房有车，是因为我看二十七八岁的女孩都是这么想。她们可能觉得自己没这么想，可是她们实际花在恋爱上的心思，远远没有花在房子和车上面的多，她们基本上都不恋爱了，只会权衡和取舍！我一直在想你说的安稳到底是什么，难道当年我们的恋爱不安稳吗？如果恋爱都是不安稳的，那什么才是安稳的呢？我觉得你们都变了，而且是那种难以理解的变化。”

关旭婉玉受不了了，猛地来了一句：“说什么我变了，谁没变?”

王俊气咻咻地说：“我没变。”

关旭婉玉这才发现，自己真遇到了个一点没变的人，她没话说了，带着哭腔说：“那你给我点时间回答你好不好?”

此刻的王俊想说很多话，比如，给你时间干什么？你放着我不管不问都三个多星期了，你还要继续无情到什么时候？可王俊醉后仅存的理智告诉自己，千万不能欺人太甚了。自己在工作上能这么对人吗？能不顾别人的感受大加挖苦和指责吗？不能！那就没理由欺负一个小女生嘛！控制自己的行为太难了，控制自己的感情更是难上加难。王俊颓然摇头，深深地叹了口气。

赵飞看王俊表现得这么疯狂，赶紧说收场的话：“老四，这怪我挑了不好的头。今天大家都在，你别瞅着人家关旭婉玉一个人呀，跟大家都聊聊嘛!”

王俊也知道该收场了，就说：“闲话说了两个多小时了，大家吃得也差不多了，我看今天就到这里吧。狄龙，我祝你幸福，真心祝福你，别的事儿你别多想，好好和女朋友处吧。橙子，希望你早日找到称心如意的另一半。还有吴茜，同样祝福你。鸟王，当年你竞选学生会副主席的时候说如果我不干主席，你就不干副主席。你这人我喜欢，你今天说的所有事儿我都答应你!”

王俊扫一眼关旭婉玉，说：“刚才对不起了。算我说多了，我等你主动来找我的那一天。好了，大家喝个酒散了吧。”

王俊说完，打电话叫司机买单。大家都不走，王俊站起来穿外套，对狄龙说：“你要留下来过夜吗?”

橙子走过来，抱一下王俊，说：“什么事儿都缓着点儿来，彼此都需要一些时间嘛。”

王俊拍拍橙子，说：“行了，我懂。”

大家陆续往外走，赵飞走在最后，趁机开了张发票。王俊以为赵飞磨叽着不走，是怕自己喝多了走不动，看着鸟王去拿发票，心里更不是滋味了。

王俊找服务员要了瓶纯净水，大喝几口，走出酒店大门。

橙子把女士们送上出租车，在门口等着王俊，挽着王俊的胳膊送王俊上车。赵飞拿了发票，也跑过来照顾已经喝多的王俊。

陈淑荞放心不下儿子，特意叫胡灵来接一下王俊。赵飞嘱咐胡灵照顾好自己兄弟，拍着王俊说来日方长。

王俊看着赵飞满脸堆笑的脸，不知道该说些什么，他当然知道来日方长，可今天不就是来日吗？来日来了，你却早已不是当年的你了。

上车之后，王俊觉得肚子烧得难受，大概是长久不喝酒，胃已经相当脆弱了，车刚开了没三百米，王俊打开车窗就吐了。

胡灵穿着性感的吊带裙，不停地拍着王俊的背。

王俊吐完之后，坐好，对胡灵说：

“去我的大学看看吧。”

“这么晚了，早点回去休息吧。”

“不，现在正好是下晚自习的时间，我要去看看。”

车开到C座女生宿舍楼下面，王俊走下车，来到楼前花坛边，坐下。小猫们又来讨吃的了，王俊蹲下身，摸一摸小猫。那么一瞬间，王俊突然感到头晕，浑身无力，他索性抱着一只猫，顺势躺在冰冷的地面上。胡灵蹲下来照顾王俊。

王俊睁开眼，看着无垠的苍穹，说：

“看样子，我前女友似乎是不想理我了。”

“王总你没必要这么伤心，过去的事儿就让它过去吧。”

“我发现我已经不了解她了。她也压根不想了解我。”

王俊把手上的小猫抱起来，亲了一口，放开它，让它走了，然后说：“我妈也不了解我呀。她老人家觉得我恢复了，慢慢找到工作的状态就行了。可是哪那么简单啊，公司的人都等着看我的笑话呢。十多个项目，哪个都不是省油的灯。有那么几个项目经理，我找他们要东西，他们故意直接发给我妈，一个个真欠揍！对方老板欺负我，他们也欺负我，看老子以后怎么收拾他们！我的那些兄弟呢？狄龙去医院看我，是拍我的马屁。橙子乐天派，乐天着乐天着，快把老子给乐忘了。还有那个鸟王，我现在都懒得叫他鸟王了，他就是赵飞，心里赌等着我配合他投标。今天你发现了吗？你让司机买完单之后，他去开了发票。”

胡灵掏出纸巾来擦王俊眼角的泪，王俊自己抓过纸巾擦擦脸，继续说：“你们一个个这么玩，是把我扔到荒野里，真是把我扔到荒野里啊！”

“王总，你别想太多，处理好眼前的事儿就行了。别着急，慢慢来，如果你无聊了，随时叫我。”

王俊笑了笑，看了眼胡灵，又看一眼无垠的苍穹，然后站起来，说：“不过……我以后应该少说话了。最近参加了几场应酬，我发现在一个争风吃醋的糊涂社会里，钱不光能买来智慧，还能买来权威。所以我能絮叨，别人就不能。我说了那么多话可能都说错了，太失态了。”

王俊最近一直在反思自己的行为举止，琢磨自己的举止言行，今天说这话，说是善于自省也可，但是更多的是少年急于为自己找个落脚点，以便安放身心——毕竟王俊现在是有钱人家的少爷，身份不同了，自己想不改变生活的状态也不可能了。胡灵却不知道王俊为什么这么检讨自己，只能说：

“您说得对就行啊。说得对为什么不能说？”

王俊扣上外套的扣子，说：“你说得确实在理儿，就是不大现实。走，回车上吧，不早了，咱们都早些回家吧。对了，有个成德资本，你明天落实一下他们跟政府谈得怎么样了，如果有戏，咱去帮他们一起搞定道路的活儿。越快越好。”

4

“我给你安排了相亲，周末你没事就去见见人家。对方是银行的职员，长得挺好的一小伙，比你大两岁，刚刚好。”

关旭婉玉的母亲赵倩趁着女儿回家吃饭的机会，见缝插针地给女儿张罗终身大事。

关旭婉玉吃一口糖醋排骨，说：“妈，我还不想相亲。”

“你也不想想自己都多大了？”

“我刚回来您就安排我相亲，人家不说咱们家着急呀！”

“谁家不着急呀，你二十八了，过两年就三十了。你嫁不出去我才丢人呢。”

关旭婉玉斩钉截铁地——其实也是学电影里的大小姐耍脾气似的说：“不见！”

赵倩放下筷子，关切地问女儿：“你是不是有男朋友了？”

“没有啊。”

“那不就得了，没男朋友，去见一下人家小伙子怎么了。来，给你人家的电话，小伙子名字叫吴彦祖，长得挺好看的，就是黑了点，不过也不打紧，黑点看着精神。”

关旭婉玉表面上半推半就地记下来吴彦祖的电话，其实内心深处特别向往谈一场可以结婚的恋爱，毕竟一直存于遐想中的幸福婚姻对于漂了很久的人来说太有吸引力了。

关旭婉玉最终还是决定去相亲。在相亲的前一个晚上，王俊发信息问关旭婉玉一切都好吗。关旭婉玉想到王俊说过在等着她主动去找他，登时感觉如芒在背。关旭婉玉回复王俊说自己一切都好，嘱咐他注意身体。发完这个信息之后，关旭婉玉就祈祷王俊别再给自己发信息了。

关旭婉玉不知道自己为什么这么害怕王俊，但是对于关旭婉玉的这种心态，吴茜也有体会。吴茜何尝不知道橙子还对自己有感情，可是毕竟两人已经分手五六年了，五六年里，每个人都心意变迁，至此这份感情还能捡起来吗？就算都想捡起来，那该怎么开头呢？继续大学时候的矫情劲儿？显然有点别扭了，实在是太别扭了！

女人之间似乎真的心有灵犀，关旭婉玉刚给王俊发完信息，吴茜的电话就打过来了。俩姑娘说了些闲话，关旭婉玉问吴茜，她和橙子都单身着，为什么不再次走到一起呢？

吴茜坦言当初两人觉得性格不合就分开了，现在两人都觉得对方挺好的，约定如果三年后两人都还单着，那就重新走到一起。

“你们可真想得开。”关旭婉玉这么说。

“大家不都为了活得舒服吗？我告诉你啊关旭婉玉，现在我的人生观就是，如果一段感情我觉得有压力，我立马放弃，不然的话，那就是自己找罪受。”

“那你觉得我和王俊怎么样？”

“我个人觉得，是和是分，你得赶紧下定决心。他毕竟和我们的想法不一样，你就想吧，他还是当年天天牵着你的手送你回宿舍的男生吗，和你我是一个世界的人吗？”

“好吧，我这几天就去找他聊聊。”

挂了电话之后，关旭婉玉去洗了个澡。就洗个澡的工夫，关旭婉玉的内心想法发生了翻天覆地的变化。关旭婉玉觉得自己太矫情了，现在她的首要任务是把工作搞好，早日为父母带来更好的生活环境，至于爱情，那都是细枝末节，干吗那么上心呢？

就在关旭婉玉犹豫要不要联系王俊的时候，王俊刚和陈淑荞在外面应酬完。王俊觉得睡觉还早，就在小区外面超高体的咖啡厅里一个人坐了一会儿。

在超高体上可以看到很远的地方。看得远，就看得全面了。煌煌不可一世的玻璃幕墙后面就是低矮的居民区，以及落后的产业群。西边不远处是工厂，烟囱耸立。工厂烟囱冒出白色的烟，被一阵风摁在柱壁上面，烟囱就成了天空的彩绘板。东边是破旧的住房和稀疏树木，还有平房，带庭院的那种，庭院深深。王俊觉得那些小巷子里能随时走出来挺好看的姑娘，十八九岁，或者二十二三岁，只可惜全是一脸不耐烦，亲热不来。

王俊还在想，为什么关旭婉玉会表现得这么冷淡？喝了半杯咖啡之后，王俊突然想明白了，可能是这个姑娘已经开始抵触青春期的恋爱了。在大学里，情人间分分合合太正常，就好比是匠人欲炼精钢，须冷热相淬方可，爱情亦然，热恋中夹杂着吵架后的冷漠，来来回回几经周折，才会功德圆满。可是成人的爱情全然不是这样了。大家可以一起看电影，一起吃西餐，甚至可以一起去海岛上住半个月，手牵手起床之后携手看日出，肩并肩互相偎依着吹海风，但是一旦不开心了，就要转身走开，老死不相往来。

像草履虫一样趋利避害。人向草履虫的方向变异，还觉得那才是成熟。王俊想到了最不好的结局，他惊恐地看看周围的“成年人”。

漂亮的女服务员送来果盘，王俊仔细看看服务员。服务员的手表是浪琴的，最低端的那种；手机是最新的，但是根据揣测，这些人热衷于用很好的手机，却总不肯使用相比之下并不是很贵的网络服务套餐。王俊没有一丝鄙夷他们的意思，从小到大养成的思维习惯让他总能够客观地分析眼前的事情，而今天，王俊觉得这些人在生活中表现出了极其偏执的一面——他们互相迎合、互相影响的程度之深，让自己大为震撼。

王俊陷在了十八岁的旋涡里。这一刻，他觉得自己不光在朋友那里孤独，在咖啡厅里也是孤独的，甚至在任何一个地方都是最孤独的。别人都在按部就班地生活——至少看起来是这样，而自己呢？依旧是个没长大的巨婴，贪恋美好的爱情，忘不掉曾经的姑娘。王俊在大学的时候很自信，觉得如果悖论可以自娱自乐，那也不错嘛。可是今天他踏入社会了，他极其需要的是赶紧升级自己的悖论，以适应这个冗杂的社会。在最需要变通的时候，二十七岁的王俊蓦然发现，对倒霉蛋来说，悖论的升级是如此之难！

王俊步行回家，冷清的街道上，一个小女孩迎面走来。

女孩五六岁，拉着妈妈的手。漂亮的小凉鞋，宽松的灯笼裤，印有卡通形象的小背心，头上卡着几个彩色小发卡。疯跑之后，额头上微微有汗。

王俊看着可爱的小姑娘，好想跟她说说话呀，只可惜这不是自己的女儿，断然不会跟自己亲热。王俊傻站在路边，拿出手机对着远去的小丫头拍照，心想，这条街上除了手牵着母亲的小女孩，剩下的人怕多半都是行尸走肉！

再走几步，路边有乞丐。王俊给乞丐们买了些吃的。乞丐们笑呵呵表示感谢，王俊的心情才好了一些。

关旭婉玉在投资公司工作得并不快乐，根据公司要求，她每天早晨八点之前就要到公司。上班有点，下班就没点了，不管有没有急事，晚上总要耗到七八点或者更晚。工作了没几天，关旭婉玉就觉得吃不消了。每天回家之后，她简单吃几口饭就赶紧洗漱，不留给自己时间思考。

沉浸在雾气缭绕的卫生间，头晕目眩。洗漱完毕之后，喝几口温热的水，站在窗口，姑娘感觉悬在空气中的分子渐渐缩小体积，终于腾出了空间，给人带来片刻轻松的感觉。

关旭婉玉的新领导叫张琪，是个工作狂，相比于知识分子，她这种人算是去知识分子。不懂管理的人最爱管理。关旭婉玉上厕所的时间长一点，电话就会打过来，大加指责，延伸开来一顿不分青红皂白的教育，无怪乎：

“请你收掉你的小姐脾气好不好？投资项目今天有人放贷，明天就得签约，你再磨叽下去，我们谈好的事儿就被别人抢了！”

“留学生连 Excel 的链接都做不好？你还会干什么？”

“你一天工作八个小时，别人也是八个小时，你不加班，凭什么能有业绩？”

这天，关旭婉玉感冒了，和客户吃饭的时候偷偷上了好几次厕所，吐了几次。好不容易挨到饭局结束了，张琪冷冷地说：

“单买了吗?”

“我马上去买。”

“客户已经买了。”

“不是说好了我们买吗?”

“人家不喜欢你，凭什么要你买单。你真以为你的饭别人就必须得吃？大小姐，你以为你来干吗的？你真以为你是来吃饭的呀？你就是个买单的！麻烦想好自己的定位!”

“对不起张姐，我今天感冒了不舒服。”

张琪拎起包，根本不理会关旭婉玉的辩解，说：“赶紧叫车！去 KTV，我约了人家换个场子继续聊。你一会儿给我好好表现!”

那天谈的是个火葬场改扩建项目，到了 KTV，关旭婉玉发现场子里多了一个四十岁左右的女人。女人比较胖，但是装扮时尚，为了能拿到卖骨灰盒的项目，她一个劲儿挽着领导唱歌，唱的都是 20 世纪七八十年代的老歌。头一茬唱这些歌的人，多半都在骨灰盒里长眠了。女人一次又一次站起来，不知疲倦地拉着领导跳毫无节奏的舞蹈。

一个领导由于不是管事的，被冷落了一晚上了，看到张琪带来了小姑娘，赶紧站起来拉着关旭婉玉跳舞，酒气喷了关旭婉玉一脸，手不停地在关旭婉玉的身上摩挲。好不容易跳完，关旭婉玉刚要坐下，领导伸手拿来自己的杯子，倒了一杯洋酒，让关旭婉玉喝下。在张琪的起哄下，关旭婉玉把杯中酒一口闷了。

关旭婉玉刚喝完酒，王俊的微信过来了，问：

“你在干吗呢?”

关旭婉玉给王俊发了张图片，说：“应酬呢。”

“这都十二点了。”

“客人非拉着我喝酒。”

王俊发过来视频请求，被关旭婉玉摁掉。王俊再发过来视频请求，关旭婉玉打开之后，王俊看清楚了现场的混乱。

关旭婉玉刚想借机向王俊这个曾经的男朋友吐一下苦水，张琪一个箭步走过来，一巴掌打掉关旭婉玉的手机，说：

“你是不是脑袋浑呀？这是工作时间!”

王俊还没挂掉视频，问：“你谁呀?”

张琪对着手机说：“关旭婉玉忙着呢，你不要再给她打电话了!”

张琪说完帮关旭婉玉挂掉了电话。

王俊不知张琪是何方神圣，但是不管她是谁，她已经把王俊惹火了。王俊把照片发给几个爱玩的朋友，赵飞见多识广，几秒后就回复王俊，明确说出了这家 KTV 的名字和地址。

王俊当时正在办公室加班，本来打算联系一下关旭婉玉就回家休息，经过这么一出，王俊也不回家了，开车来到了这家 KTV。王俊拿出关旭婉玉发的照片问服务生，最终在二楼的包间里找到了关旭婉玉。

王俊这天穿着白衬衫，由于本身比较瘦，所以看起来很像这里的服务生。王俊进屋之后还没来得及说话，一个男领导就说：

“你！去给我拿俩打火机！”

王俊瞪一眼男领导，不理会他。

男领导看一眼傻站着的王俊，掏出来一百块钱晃一晃，说：

“再给我来包中华，剩的钱归你了！”

王俊心想自己也犯不着因为一个误会跟陌生人置气，就把兜里自己的烟和打火机扔给男领导，说：“送你了！”

然后冲关旭婉玉招招手，说：“走吧！”

张琪这才反应过来王俊是冲自己人来的，可能就是刚才跟关旭婉玉联系的那小子，她站起来气势汹汹地说：“来我这儿穷横是吧？知趣的赶紧滚，年轻人别弄得自己下不了台！”

王俊听到张琪开口就在“横”前面加了个“穷”，就知道这人不是一般的刻薄。王俊冷冷地看着张琪，不急不躁地问：

“你怎么这么大脾气呢？”

张琪冷笑一下，说：

“老娘我混了十多年了，一直就这样。你看不惯怎么着？”

王俊哂笑一声，近前一步，说：

“你混了十多年了呀？真是太厉害了！不过……你信不信我今天给你一巴掌，这十年来跟你喝过酒的男人没一个人能来护着你。你信不信？”

说着王俊搭眼看看周围一圈儿的天蓬元帅，心想就算真玩起砸啤酒瓶子大赛，自己一个人干翻这三五个猪猡也不在话下。

张琪听王俊这么一说，有点𡨚了，她看一眼关旭婉玉，指望着关旭婉玉赶紧站起来维护自己的权威。

王俊看出了张琪的心思，根本不给关旭婉玉思考的时间，上前抓着关旭婉玉的手就往外走。关旭婉玉挣脱不开，被王俊拖出了 KTV。

关旭婉玉走出 KTV 后死活不上王俊的车，说：

“你这是干吗？疯了吗你？”

“我是你男朋友！我这么做有什么错？”

关旭婉玉保留了最后一点慈悲心，没有说出“你已经不是我男朋友了”之类的话，而是说：“你这么做，公司的一个项目可能就因为我丢了。”

王俊苦笑一下，说：“你怎么这么幼稚？现在的大项目，尤其是你们的投资项目，开发的每个步骤都有章可循，根本没有可能在这种地方谈成。可以说，来这种地方的人都是骗吃骗喝的。你以为自己是什么？公主吗？伺候好包工头就有活儿干？今天你们的应酬再明显不过了，人家已经拒绝你们公司了，你那领导不知趣，才非要拉着你出来丢人现眼。”

关旭婉玉觉得王俊说得在理，同事们私底下也都说这个项目没戏了，继续在这个项目上花钱纯粹是在给张琪开发私人人脉，但是关旭婉玉还是对王俊的行为很生气，说：

“你没有资格管我。你走吧！”

说完关旭婉玉转身走开，王俊在她身后傻站几秒，最后大声喊：“你想要安稳，我可以给你。我不用我妈的钱，我要自己做项目赚钱养你。好不好啊？”

这是王俊想出来的折中方案。王俊觉得如果关旭婉玉愿意象征性地陪自己奋斗几年，他就愿意继续百分之百地爱着这个“女朋友”——当然，这是他的一厢情愿。至于为什么要这么想，谁也说不出来个所以然，可能就是少年的奇思妙想吧。

关旭婉玉头也不回地走向大街，随便钻进一辆公交车，想坐几站然后再打车。坐定之后，关旭婉玉觉得自己的工作被王俊给毁掉了，一切都完蛋了。她有点恨王俊，觉得王俊牛皮糖似的缠着自己，净给自己带来烦恼。

今天还是关旭婉玉相亲的日子，早晨关旭婉玉兴冲冲地化了妆，想要好好跟吴彦祖吃顿饭。下午五点被张琪拉出来之后关旭婉玉才想起来发短信给吴先生说自己有事，害得人家白跑了一趟饭店。

关旭婉玉在公交车上竟然有点想念未曾谋面的这位相亲对象了——说想念不准确，毕竟两人还没见过面，如果两个字分开就很妥当了，想，是想赶紧跟人家见面，同时又念，是念着这大概是段好姻缘吧！

就在关旭婉玉“想念”吴彦祖的时候，吴彦祖的短信发了过来：

“忙完了吗？需要我去接你吗？”

关旭婉玉赶紧回复：“刚从饭店里出来。”

“忙完了？”

“嗯。”

“在哪儿？”

出于姑娘的矜持，关旭婉玉没有立马回复。

电话马上就打来了，一个成熟的男人的声音问关旭婉玉在哪儿，关旭婉玉说：“我在艳粉街的工业大学北门。”

5

第二天，关旭婉玉胆战心惊地走进办公室。刚一坐定，张琪就来到了关旭婉玉的工位前面，一脸挑衅地说：“大小姐，今天办离职手续呗。我等会儿就把你昨天的事儿跟主管、副总说一下。”

关旭婉玉赶紧把准备好的词儿说出来：“张姐，昨天的事儿实在对不起。实在不行，我这个月薪水不要了。您大人大量，没必要跟我计较嘛，那人根本就不是我男朋友，他昨天犯神经呢。”

“我当然不跟你计较了，我跟你计较个屁呀，我关心的是我的客户怎么办。如果不是你那朋友瞎闹，我们这单生意肯定就成了。昨天的效果多好，你又不是没看到。”

关旭婉玉非常认可王俊的分析，那就是这个项目根本没戏，最后局都砸了，来的人乱七八糟。可是张琪这么说了，自己也没办法辩驳，只能缄口不言，任由别人发落。关旭婉玉双眼死盯着电脑屏幕，失魂落魄地等待命运的宣判。

十点多的时候，张琪再次走过来，问关旭婉玉：

“昨天那个人究竟是谁?”

“我朋友啊。”

“叫什么?”

关旭婉玉睁大眼睛问张琪：“您问这个干什么？您要报警吗?”

张琪犹豫了一下，朝关旭婉玉身边凑一凑，小声说：

“你知道我们市有个房地产公司叫易安天下吗？房子卖得贼贵，现在正在和我们谈业务。就在刚才，他们公司一个叫什么小王总的，打电话给我们老大说要带着他们公司的管理层过来谈事，还说非要你接待。老大就问他为什么非要你来接待，那个人说怕你被开除了。小关，我先澄清一下，我是吓唬你呢，我根本就没跟老大说要辞退你。”

关旭婉玉愣住了：“他要跟我们合作?”

张琪明白了，那个人肯定不是自己认为的小混混，一定大有来头，赶紧继续问关旭婉玉：“真是他呀?”

“我只知道易安天下是他爸爸的公司。”

张琪长舒一口气，在关旭婉玉身边坐下，一方面是套近乎，另一方面是觉得自己还有退路：“那就好，好在昨天我没得罪他们老大，要不然今天真收不了场了。我跟你说啊小关，这些有钱人都知道自己的儿子一个比一个浑，所以呢，到时候你配合着我说几句漂亮话，就说昨天是个误会，大家并没发生冲突就行了。那些老板考虑到自己的儿子一向欺男霸女，肯定错在自己儿子身上，就会把事儿翻过去了。”

“张姐，事情可能没你想的那么简单，他爸几个月前就去世了。”

张琪倒吸一口凉气，说：“天呢，这么巧啊。我真想去给他爹上个坟去！对了，他到底是谁？你男朋友？”

“不是。我们只是大学的时候处过两年。”

张琪也舍不下来脸求关旭婉玉帮自己说话，她站起来琢磨一下，说：“小关呀，这事儿咱们就大事化小，小事化了吧。一会儿我就请假，下午的活动不参加了。前段时间不是有个挺恶心的老男人送给我一张两万的提货卡吗？还在你这里吧？你下午就帮我送给他。一定要说明白是我个人送的。理由呢，就说我今天不能亲自接待他，特此赔罪。你就说……就说昨天你走了之后，我一个人应酬，喝多了，去医院了。”

关旭婉玉点点头。

张琪赶紧去请假，当然了，临走的时候偷偷来到副总办公室说她帮客户买了一张提货卡，不多，也就五万，回头走报销帮她处理了就行。

下午的洽谈会上，王俊全然没有提及头天晚上的事情，也装作不认识关旭婉玉。双方管理层都觉得那条市政道路的项目靠谱，顺顺当当签订了关于发起基金并成立项目公司的合作意向书。

王俊刚回到公司，天就下雨了，考虑到关旭婉玉可能没有带伞，王俊简单处理一下工作，再次开车来到关旭婉玉公司的楼下。

车停下来的那一刻，王俊就有点后悔了，觉得自己不该继续缠着关旭婉玉。可是王俊实在是放不下关旭婉玉，最近一段时间他一直心神不安，关旭婉玉的身影总是不停地浮现在他的脑海里。有时候工作忙，王俊责令自己不要总是想着关旭婉玉，要利用这大好的时光干点正事，怎奈何那思念如同苏轼笔下画的竹影，“刚被太阳收拾去，却教明月送将来”。那段时间的每个晚上月光恰又极好，照得王俊的思念没有隐蔽处可供藏身，仿佛落入热水中的茶叶，不用自己努力，它自个儿就渐渐舒展开来。这让人大悟为何英语中女主角（heroine）要和海洛因（heroin）发音一致，原来有时女人真的像毒品，让人欲罢不能。

王俊想靠听歌来缓解紧张的情绪，听了几句，觉得烦，又看书，看了两页，也觉得没意思。王俊合上书，关上了车里的音乐，想安静一下，好好琢磨一下自己这么做合适不合适。

王俊觉得自己这么做不合适。

就在准备开车离开的时候，王俊看见关旭婉玉从楼里走了出来，楼下一辆轿车里走出一个男人，冲上去撑起雨伞，顺势拉住关旭婉玉的手，搂着关旭婉玉送她至副驾驶座位。

王俊的脚正在油门上，那一刻，王俊想都没想，一脚油门就冲过去。

“砰”的一声，吴彦祖的车屁股被撞出来一个大坑。

吴彦祖正要上车，看到自己的车被撞了，一时没反应过来这是怎么一回事儿。正纳闷呢，肇事司机下车了，走过来冲着他就是一脚。

王俊踹了人家一脚，站着不动了，似乎在等着人家还手——不对，应该是还脚。

不巧，吴彦祖被一脚踢蒙了，他问车里的关旭婉玉：

“他是谁？你认识吗？为什么要撞我还打我？”

关旭婉玉无可奈何地看一眼雨里的王俊，叹口气说：“我朋友。”

吴彦祖更糊涂了：“朋友？什么朋友？”

关旭婉玉不说话了。

王俊看关旭婉玉都不肯下车来跟自己说句话，心里有说不出的酸楚，那种委屈啮噬心扉，让他疼得说不出来。王俊彻底伤心了，他转身朝自己的车走去，结果刚走两步，就觉得脑袋疼得要命。王俊双手捂着脑袋，想要蹲下休息一会儿。

吴彦祖这才反应过来自己被人欺负了，他冲上来对着王俊的后腰就是一脚。王俊感觉整个身体被一脚踢散了，他踉跄一下，跪在车前面，努力伸手去抓车门，却发现一点力气也使不出来。

吴彦祖再接再厉，对着王俊的后背再来一脚，王俊彻底被踢倒在地。吴彦祖看王俊躺着一动也不动，不知道这是怎么了。那么大的一个小伙子，难道还受不了两脚吗？

关旭婉玉害怕了，赶紧下车来看看王俊。

王俊紧闭着眼睛，嘴巴在抽搐。关旭婉玉心想不好了，手忙脚乱地拨打120叫救护车。

橙子和赵飞前脚后脚赶到医院的时候，王俊已经醒了，但是身体异常虚弱，话说不好，一个劲儿喘粗气，心脏跳得飞快。

橙子问关旭婉玉这到底是怎么了，关旭婉玉哭丧着脸不说话。

吴彦祖不敢走，怕自己真的两脚踢出一条人命来。

橙子这才发现门口一直站着一个西装男，就走过去问：

“你来说，王俊这是怎么了？”

吴彦祖觉得自己也占理，就说：

“事情是这样的。我刚才开车去接我女朋友，莫名其妙你朋友就开车撞了我的车，还踢我一脚。我觉得这事儿奇怪呀，就冲过去追他问个明白呀，还没怎么着呢，他就躺下了。”

橙子以为自己问错人了，眨巴着眼睛继续问：

“你女朋友？谁呀？”

“关旭婉玉啊。”

橙子回过头看看关旭婉玉：

“你这么快就有男朋友了？那你还溜着王俊干吗呀？”

吴彦祖赶紧过来替关旭婉玉解释，说他们才认识两天，相亲认识的。

赵飞到病房看看王俊，发现王俊脱下来的外套上有清晰的脚印。他走出来问吴彦祖：“你打没打王俊？”

吴彦祖心想这事儿既然瞒不过了，就实话实说吧：

“我踢了一脚，不过我真没想把他怎么着……”

赵飞一脚踢过去，问：“这叫没怎么着？”

吴彦祖这下火了，撸着袖子，气呼呼地吼道：

“不行就报警！他给我修车，我付他医药费。我发现你们就是一帮流氓！不过我可不怕你们！”

橙子气不过了，确切地说，他是气不过关旭婉玉不顾王俊的身体，没有阻止这次打斗，可是自己总不能冲着关旭婉玉发脾气，就走过来一巴掌呼在吴彦祖清秀的脸上，然后和狄龙联起手，与吴彦祖厮打起来。

医生赶紧跑过来把打架的人拉开，说医院里病房紧张，实在是腾不出来新的床位了，大家都消停点吧，关爱自己就是照顾医生了。

陈淑荞也赶过来了，路上她让胡灵联系关旭婉玉，了解了事情的大概。看到小伙子们乱作一团，陈淑荞一脸严肃地走到穿着西服的——应该是穿着条条西服的吴彦祖面前，说："小伙子你走吧。医药费不用你出，车你自己修。你如果觉得这么处理不合适，再来找我。胡灵，给他一张你的名片。"

吴彦祖捋一捋头发，同时掂量了一下，觉得自己一个人对付橙子和赵飞两人，胜算不是很大，赶紧转身离开。

陈淑荞在门口看一眼，发现王俊正侧着脑袋跟胡灵说话，医生们也不紧张，进进出出一脸轻松，这么看来，儿子的病情不严重。

陈淑荞看一眼站在窗边的关旭婉玉，着实有点讨厌这个姑娘了。儿子两次入院全是因为她，本来作为母亲看到儿子这么痴情，心里就不爽了，这下倒好，小丫头还一点不领情。

陈淑荞朝关旭婉玉走两步，说：

"姑娘，王俊一直缠着你，你烦了是吗？"

关旭婉玉赶紧说："对不起，阿姨，这都是我不对。"

“不，你别跟我道歉。这都怪我儿子做事太鲁莽，和你没关系。这么说吧，如果你觉得这份感情你已经不在乎了，那就明说，如果你明说了王俊还缠着你，你就直接告诉我，我来说他。好吗？”

“阿姨——”

陈淑荞冷眼看着关旭婉玉。这种女孩陈淑荞见多了，总是在事情发生的时候思维陷入瘫痪的状态，处理不好眼前事，然而在事情发生之后，又要开始故作聪明和懂事。乐此不疲地替这个男生给那个男生道歉，一意孤行地给每个事情安上一个驴唇不对马嘴的解释，哄这个，骗那个。

对于这种姑娘，陈淑荞懒得花时间再去听那些矫情话了，直接说道：“你走吧。这事儿我来处理，不用你操心了。”

说罢陈淑荞进屋，找医生询问王俊的病情，得到的答复是，没啥事，就是太激动了，又加上突然大幅度伸胳膊踢腿，让脑部缺氧了。

站在一边的橙子看看躺着的王俊，觉得王俊太像当年的自己了。当年自己和吴茜分开的时候，吴茜正在读研究生，他跑到大学，不顾宿管阿姨的阻拦，一口气跑到五楼，跪在地上求吴茜不要和自己分手。宿管阿姨紧追过来，拿着大号苍蝇拍子，啪啪打在橙子的背上，钟馗抓鬼似的拎着橙子的头发把他甩出宿舍大门，然后又开腿站在女生宿舍前，矢志御流氓于楼门之外。橙子没辙了，躺在女生宿舍楼前，耍赖，死活不肯起来——可是这又有什么用呢？这反而激发了吴茜和他分手的决心，毕竟男孩表现得那么不成熟，为广大妇女同胞——包括以过来人自诩的宿管阿姨所不齿。

这几年来，橙子考了公务员，安稳了，乐天的态度掩盖了心中的各种念想。可是偶尔想起爱情这件事儿，橙子还是会怀念与吴茜的种种过往。

就在橙子暗自神伤的时候，关旭婉玉在楼下突然踟蹰不前了。她竟然很想回到病房摸一摸王俊的脸，陪王俊说说话。

关旭婉玉自己也不知道为什么突然对王俊有好感了，其实究其原因，王俊的痴情虽然是一个重要因素，陈淑荞的风度似乎起了更大的作用。陈淑荞的冷峻何尝不是一种家族尊严的展现呢？这么一个衣着光鲜又派头十足的女性，如果能成为自己的婆婆，绝对是很光彩的事情呀！

关旭婉玉在楼下徘徊许久，无聊之下打通了吴茜的电话，然后打车去找吴茜，想找她聊聊天。

吴茜在一所专科院校做老师，工作并不忙，她带着关旭婉玉来到校门口的茶座，尽所谓的闺密之谊，替关旭婉玉解难。

关旭婉玉把这两天的事儿都告诉了吴茜，两人聊来聊去，没聊出来个所以然。

打破尴尬的是吴茜的一个消息：

“橙子说他想跟我和好。”

“为什么呀？”

“他们家拆迁了，开发商补他家两套房，他父母一套，他自己一套。前几天他找我聊天，说觉得条件成熟了，该结婚了。”

“你就为了房子呀？”

“又不是我求的他！你看你说的，跟我就看上他一套房子似的。就凭咱们俩这身段儿，真想找有钱人也不难找啊。”

“那你们打算什么时候结婚？”

“他也没跟我正式提出和好的请求，只不过我们现在都觉得对方挺合适的。”

“你还别说，你们倒是真挺合适，都很外向，能玩到一起去。”

“其实我也想赶紧成家了。家里一直逼婚，我觉得比来比去，还是橙子比较好，毕竟大家知根知底，他不会骗我。”

关旭婉玉又想到了王俊，叹口气，说：

“今天陈阿姨很不高兴，我觉得我该跟她道个歉。”

吴茜把手里的果汁放下，严肃地说：

“哎！我建议你别胡来。陈阿姨可是女强人，当年王俊他爸创业的时候，陈阿姨已经是处级干部了。要不是王俊出事，他爸身体又不好，陈阿姨说不定现在已经是大领导了。这么一个牛人，现在又对你有意见，你去招惹她干吗？你是她的对手吗？”

关旭婉玉陷入了深深回忆：

“当年我留学的时候，陈阿姨还给我包了个红包，让我常回来看看王俊，当时她一点都没有埋怨我。今天王俊出事，说到底还是因为我。”

吴茜也不好对关旭婉玉和王俊的爱情妄加揣测和指教，就问：“对了，你的相亲对象呢？”

“在医院的时候就走了呀。”

“走之后联系你了吗？”

“没有啊。怎么了？”

“走了多久了？”

关旭婉玉看看手机，说：“三个小时了吧。”

“我跟你说哈，这男的出事了拍拍屁股自己走了，把你一个人留在那里善后，忒不地道了。而且，根据我的经验，如果一天之内他不联系你，我觉得人家根本就没把你放在心上。”

关旭婉玉解释道：

“你当时不在，他们都打起来了，人家不走留着干吗？再说了，现在谁把谁放在心上呀，不都是处着看吗？”

吴茜看看关旭婉玉，喝一口果汁，说：

“王俊啊，王俊把你放在心上啊。”

关旭婉玉觉得越聊越没劲了，敷衍着跟吴茜说了几句，两人挥手告别。

打上车之后，她想到吴彦祖可能被橙子和鸟王打得不轻，就主动发微信问他怎么样了，结果发现对方已经把自己删除好友了。

王俊第二天就出院了，陈淑荞在医院里没指责王俊，回家之后，王俊吃面条的时候，她坐在对面开始教育儿子了。

陈淑荞盯着儿子，像是看小孩子似的，说：

“你爸走的时候一直说儿子肯定会醒，他说让我替他多劳累几年，回头公司交给儿子就行了。我现在身体一天不如一天，高血压，腿还疼，你赶紧成熟起来吧，我也想休息休息了。”

“妈，这些年辛苦你了。”

“那你觉得你这两天做的事对吗？”

王俊咬一口荷包蛋，喃喃地说：

“当然不对了。”

“一个大男人连自己的情绪都控制不了，能成什么事？再说了，整天一副流氓做派，女孩会喜欢你吗?”

“您看您说的，那些女孩哪有您聪明啊。”

“你别打岔。我以前真以为小关可能会成为我儿媳妇，所以我就一直对她很好。现在我发现我想错了，我不该那么包容她。以后我真有儿媳妇了，我也不能管得太松了。我发现你们年轻人就喜欢被管着，一不管就出事。”

“妈，我想通了。我和关旭婉玉的事儿过去了，我能做的都做了，现在心里可舒服了。”

陈淑荠知道儿子现在该使的劲儿都使出来了，心里不觉得遗憾了，就伸手拍拍儿子的头，说：“你傻不傻？你爹当年追我的时候可没你这么花心思。这姑娘是追来的吗？要两相情愿才好！”

王俊吃完面条就去洗漱，洗漱完之后看了会儿书就躺在床上休息。

王俊没骗陈淑荠，自己真的是想通了，该使的劲儿都使出来了，也该收心了。再说了，街上那么多人，街边三两只狗。狗有狗生，所求不多；人有人命，疲于奔命。谁会喜欢抑郁的狗呢?但是人却爱做抑郁的人，还找来爱恨情仇各种理由，饶是有些无聊了。似乎这个方向本身就错了，人都该奔向欢喜的去处，大部分的人也都莫不如此。你不是做馒头的工人，你却要去买馒头吃；你不是造汽车的工程师，你却要去买汽车开。世道上摆满了各种生存技巧，人要学会捡现成的。现在的正道就是，爱情已经不是个人化的东西了，牡丹亭早就变成咖啡厅了，没有恰巧的情境，还要一意孤行，就显得太笨拙了。

那就——继续顺着公序良俗来吧！

王俊刚要睡着，手机响了，橙子发信息来说：

“周五你是不是要去大学上课？”

“对啊，我每天上午都去，怎么了，中午约饭？”

“中午不约饭，来见证我的爱情吧，十二点，图书馆前面，我要来一场爱的告白。”

“干吗呢你？”

“我准备和吴茜破镜重圆了。”

“我对你们俩真没兴趣，俩千年的老妖精重新勾搭到一起，谁会觉得稀奇呢？”

“求你了！来做我的见证人。”

“叫爸爸。”

“干爹！”

“好吧。我按时去，我需要准备什么吗？”

“带着手机，录像。”

“周五见！我刚吃完药，困死了。”

“晚安！”

周五中午十二点，王俊下课后准时和胡灵赶到图书馆前面的旗杆下。

一身正装的橙子已经站在旗杆下面了，手上拿着一个大喇叭。看见王俊走过来，橙子拨开开关，拍两下，然后“喂喂”试一试喇叭响不响，在喇叭里问王俊：

“老四，别动，往左移点，对，就是这里。喂喂——我爱你，你是天上的飞鸿，我是你脚底下的云朵。老四，音质怎么样？”

来来往往学生们都对着俩男人笑。王俊无奈地点点头，说：

“词儿真不错，字字入耳。”

橙子关上喇叭，叫王俊过来，说：

“老四，今天你是总导演。一会儿吴茜来了，就站在你那里，然后你站到那个台子上，小心别掉进湖里。到时候，你先拍我表白，然后手机转一下，拍吴茜感动的场面。懂了吗？”

“这么正式？”

“必须正式啊，我的终身大事。”

“你刚才表白词儿不错啊。自己写的？”

“这不是正式的，正式的一会儿说给你们听，保准震撼你们。”

胡灵走过来，帮橙子整理一下领带说：

“你这阵势，随便拉过来一个女大学生，准成！”

橙子有点羞涩了，赶紧说：

“我不伤害无辜群众。哎哎，老四，赶紧就位，吴茜来了。”

王俊赶紧活动起来，伸手指着吴茜，吼道：“站住！别过来！”

然后对胡灵说：“你也别闲着，一会儿我摄像，你拍照。”

吴茜吓了一跳，一脸不解地看着王俊，不知道自己好好走着路，怎么就碍着王俊的事儿了。现在有钱人都这么霸道吗？

王俊继续指挥吴茜：“听口令，往前走两步，再走两步，对，就这里，站好了，站好了！橙子，可以开始了！”

橙子挥挥手，旁边一个穿着黄衣服的快递员把鲜花送到橙子手里。橙子深呼一口气，然后一手捧着鲜花，另一只手拿着纸条和喇叭，跪下，深情地抑扬顿挫地说：

“今夜……咳咳……今夏，我心里全是你。今夏，无限制的睡眠，寻觅着每一丝清凉，像渴望着所爱的每一瞥垂怜。我，没有躲避每一缕阳光的灼伤，忍受着每一场雨水带来的分别。我走遍大江南北，记录踩过的每一朵云，直到新鲜化作稀松平常。我回味吃过的每一寸自食其果，直到最后一晚独自——杯——盏——频——繁。我在漫长的寂寞里警诫自己，别睡太晚，别爱太满，可敌不过你给的思念太软。荒诞到最后，并非无欲无求，亦非笔墨皆穷。而是，你在我心里画的句号，带给我夏天之后的又一个春天。风里花里暖阳里，你比谁都美，不说不语不言，是迎接你的最漫长的站台。吴茜，我想结束漫长的期许，今天，我想对你说——我爱你！我想请你——嫁给我！”

王俊听着这词儿怎么这么熟悉呢？仔细一想，这就是当年隔壁宿舍外号叫“武大郎”的哥们儿写给关旭婉玉的情书——关旭婉玉把情书给了自己，自己随手扔在了宿舍里。橙子这小子真够可以的，把关旭婉玉换成了吴茜，又加了一句“嫁给我”之类的屁话，整个告白纯粹是用别人的网，套自己的白狼。

王俊不好揭穿橙子，赶紧动起来，推、拉、摇、移、跟、甩，用镜头把两人所有的动作都包含进来。

不好，吴茜感动了，捂着嘴巴哭了，橙子还跪在那里呢！

两人拉锯着，橙子就很尴尬了。长镜头太单调，就很影响观看效果了。

就在这很是尴尬的时候，胡灵出来解围了，只见她振臂一呼：“亲一个！”

周围看热闹的学生们一下子被唤起了热情，一浪高过一浪的呼声，把两个人推到了一起。

人太多了，王俊为了拍最后一个镜头，金鸡独立似的站到了护栏上，冒着被淹死的危险，终于完成了拍摄任务，然后把视频发到了班级群里，留言，又一对狗男女走到一起了。然后把无损视频又发给橙子。

很多同学迅速发来了祝福，大家都说表白太感人了。一个女生说她最喜欢那句“我在漫长的寂寞里警诫自己，别睡太晚，别爱太满，可敌不过你给的思念太软”。这词儿放到民国，绝对碾轧大鼻子情圣徐志摩。

这边，吴茜擦一擦眼角的泪水，说：

“我太感动了。YES，I DO！我愿意嫁给你！”

王俊暗自叹口气，说：“表白的词儿也不算太差，能背下来也算是用了点心。”

中午四个人一起吃饭，吴茜抱着鲜花，娇气得比十八岁的姑娘还要十八岁。

王俊咬一口黄瓜，鼓着腮帮对橙子说：“你今天表现太好了。”

橙子冲王俊做个鬼脸，一杯啤酒一饮而尽，说：

“谢谢啊老四，等着喝我的喜酒吧！”

中午吃过饭，大伙儿匆匆散了。

王俊刚坐上车，胡灵的钥匙还没插进车里，就听见“砰”的一声，车体发出了一阵巨响。

王俊愣了一下，说：“又出车祸了？这可是刚修好的车。”

胡灵一脸无辜地看着王俊，说：“我还没打着火呢。”

王俊赶紧下车，推开门就看见一个姑娘正仰面躺在地上。不远处的电动车四仰八叉，姿态比姑娘还难看。轮子还在吱吱呀呀地转着，这电动车的胎噪，比得上轿车了。

王俊伸手要拉一把女孩，女孩一巴掌把王俊的手打开，不耐烦地说："你会不会开车，没看见人啊！"

王俊缩回手，解释道："小姑娘你这就有点不讲理了，我可有行车记录仪，我的车还没发动呢。你看你给我撞的，一个大坑。"

姑娘气势真不小，依然觉得这是王俊的责任，说：

"你的车停在这儿就碍事！"

胡灵也走了下来，看小姑娘要赖皮，就故意问王俊：

"咱们的车怎么办？得让姑娘把车给修了呀。"

小姑娘也不是善茬，喊道："那你们也得赔我的电动车！"

王俊把电动车扶起来，发现电动车没事，就是后视镜坏了。王俊转过头来问小姑娘："你车多少钱？"

小姑娘坐起来，瞪着王俊说：

"六百买的，电瓶能逆向充电。"

"咦，我想起来了，你不就是那个什么踹死……"

王俊看这姑娘脸熟，仔细想一下，这不是前几天在管理课上跟老师杠上的小姑娘嘛！这姑娘果真不是省油的灯，前几天欺负完“美娇娘”，今天开始欺负自己了。她到底是干什么的？

小姑娘看一眼王俊，发现王俊认出了自己，倒是一点都不害怕，气冲斗牛地嚷嚷：

“你什么你？觉得认识我就跟我套近乎是不是？”

姑娘察觉到坐在地上有点不雅观，站起来要去骑车。刚走了一步，“哎哟”一声，刚才是屁股着地，这下换成匍匐前进，浑身上下是一点干净地儿都没有了。

王俊莫名其妙地看看胡灵，说：“你觉得这是碰瓷吗？”

胡灵盯着女孩看了两眼，撇撇嘴说：

“应该是，不过不专业，刚才都自己站起来了。”

小姑娘打个螺旋式的滚儿，然后双手抱着自己的腿，喊道：

“断了，断了！哎哟！疼死我了！”

王俊看小姑娘满脸是汗，赶紧蹲下来摸一下小姑娘的腿。可不是嘛，骨头支棱着，肌肉抽搐着，肯定是折了。

王俊把电动车推到路边锁好，然后把姑娘抱到车后座上，和胡灵一起送姑娘去医院。一路上，姑娘疼得直叫唤，胡灵皱着眉，多次呵斥姑娘安静点，车外面按喇叭车里面都听不见了。

到了医院，王俊背着姑娘拍片，然后办理住院手续。还好，撞得不是很严重，小腿骨骨裂，需要打石膏，还得住院十天。

忙活了三四个小时，姑娘终于不叫唤了，但见她瘫在床上，顺手拿过来手边不知道是谁的毛巾擦了一把脸，说：

“疼死我了，我的车钥匙呢？”

王俊把钥匙扔给她。

姑娘拿起来车钥匙，眨巴眨巴眼睛，终于表现出了一丝歉疚：“对不起啊，撞了你的车。等我出院了，我就把医药费还给你。还有，你的车你觉得该怎么办啊？”

王俊把姑娘的外套挂到衣架上，说：

“哎哟，怎么突然变得这么懂事了？不是说让我陪你钱吗？”

“我看到你车上真有行车记录仪。”

“还是碰瓷是吧？挺敬业呀，腿都碰断了。”

“你看你，净把人往坏处想。我是大学生，今天出来兼职的。要不这样吧，我周六周日一天能赚一百六，一个月大概是一千五，我给你一千吧。你看我是学生，也没多少钱，就别多要了，行吗？”

“不用了，医药费也不用了，你的电动车我赔你。”

小姑娘突然想起来了什么事儿，拍拍脑袋说：

“哎呀，我得赶紧给我同学打个电话，让他们把我的电瓶拿回去。那车就那电瓶值钱呢！”

王俊看着小姑娘在电话里求着班里的男生帮她把电瓶拎回

去，自言自语道：“真牛，电瓶还是逆向充电的。哎，你打完电话了吗？我问你，你的电瓶怎么逆向充电啊？”

“没电的时候，推着走几百米，就能骑一会儿。这个功能我之前也觉得多余，可是真等到用上了，就觉得是天才的设计。你知道为什么吗？因为我的车续航里程才十公里，一不小心就没电了。对了，那个女的呢？我看她挺凶的。”

“回去上班了。”

“你老婆？”

“不是，我一朋友。”

“女朋友？”

“你怎么这么八卦呢？”

“我看她总是陪你上课，心想肯定是你女朋友了！”

“我说了，不是。”

“那她总跟着你干什么？要不是看她那么跟你套近乎，今天我就饶过你了。”

王俊真不知道这个姑娘是什么来头，耐着性子解释道：

“那姐们儿是我妈的秘书，我最近身体不好，我妈就让她陪着我。”

“原来是这样啊！不过日久生情——”

王俊打断小姑娘的话，说：

“别说我了，你得在医院里待上十天半个月，上课怎么办？”

“请假呗。”

“冒昧问一句，今天这事儿你打算告诉你爸妈吗？如果需要的话现在赶紧联系，我怕我走了没人照顾你。”

“绝对不告诉啊，那是不孝！再说了，这没啥大事嘛，犯不着让老人们事事都为儿女操心吧。”

王俊赞赏地点点头：

“好，看你是条汉子，车真不用你赔了。我停车停得的确不是地方，虽然那里没有规划停车位，但是我怎么说也不能把车停在盲道上。错在我。”

姑娘肯定很高兴啊，啧啧半天儿，抬头说：

“很高兴认识你。我叫王昭君。你确定你真不认识我？”

“你觉得自己很出名吗？”

“万一名声在外呢，我问问你，心里好有个数。”

王俊琢磨着姑娘的名字，说：“令尊令堂给你起名字的时候，是不是喜得千金有点得意忘形了？”

“随你怎么说吧，我现在好歹长得名副其实。不过你也不错，得饶人处且饶人，你这种男人以后准能成大事，因为你懂得什么叫散财养士。孟尝君当年就是这么起来的，你别笑，我这真不是拍你马屁，学校里天天琢磨吃不吃鸡腿，喝啤酒都只喝纯生的那帮男的，跟你没法比。你们压根儿不在一个层面上。”

“你这张嘴吆喝一天只给你一百六”？

王昭君摆摆手，说：“不止一百六十块，还有提成啊。卖出去一千，给我二十，不足一千就不算提成了。周末天天去，坚持一个月，还有交通津贴。”

王俊好久没有跟大学生聊天了，今天遇到这么一个活宝，觉得心情大好。王俊索性不着急回公司了，他稳稳地坐在窗下的沙发上，调整一个舒服的姿势，说：

“今天下午我不走了，在这里伺候你吧。我好久都没放松下来聊天了，今天我就给自己放个假！”

“留在这里聊天就对了，医院里最适合聊天了。”

“为什么这么说？”

“因为在这里，我们的身份都是病人和病人家属，不是什么总经理，也不是什么冤家。平等才能交流嘛。”

王昭君看看王俊，发现王俊在发呆，就继续说：

“真的，你别不信，我之前总是生病，后来我渐渐就喜欢上了住院的感觉。和病友们聊天特别有意思，大家敞开心扉，有一说一，有二说二，特亲切。有的人还告诉我他什么时候死，让我别伤心。”

王俊继续沉思一会儿，默默地说：

“我前几天读书，一个作者说死人会让人觉得亲切，所以医院这种地方才显得很温馨。”

“说得太对了。”

王俊苦笑一下，说：

“呵！可惜啊，我就是在医院里被所有人遗弃了。只有我爸妈没有遗弃我，不过我醒来之后我爸就不在了。”

王俊点燃一支烟抽了一口，随即考虑到这是医院，就把烟赶紧掐灭，继续抒情：

“所以我才活得那么累。我现在就想赶紧挑起来大梁，好让我妈不再那么辛苦了。”

王昭君怜惜地看着王俊说：“我知道你说的意思。”

“你知道？你怎么知道？”

王昭君点点头，说：“我觉得吧，你说得有点偏，有点太正能量了。当然了，我并没说你在说谎，我的意思是你可以把想说的话都说出来。你试试嘛！”

“我……我在床上昏迷了八年多。醒来之后朋友们都不在了，喜欢的姑娘也不理我了。似乎所有人都变了。有时候我就想，如果我当初死了，现在别人再想起来我，可能会觉得大学的我很可爱，我女朋友也不会觉得我的性格有多么鲁莽……”

“你要知道错在别人，不在你。”

“你为什么这么说?”

“你知道读书的意义吗?就是那些小说啦，散文啦，诗歌啦。”

“这个问题仁者见仁智者见智。我怎么说都对，怎么说都不对。”

“那也该有个答案嘛。在我看来，读书呢，一方面是自娱自乐，就是所谓的提高修养什么的，但是还有很实际的运用，那就是以备不时之需，妥善处理突发状况，比如遇见你这种情况，该怎么处理。”

“你什么意思?”

“我的意思就是你周围是一帮俗人。他们生活在社会上就像是寄生虫一样，只顾汲取社会上的处世哲学，或者说如过江之鲫一般求欢，但是偏偏不知道该怎么做自己，比如，没有适时为你送去关怀。他们就错在他们很无能。喂!你别走神，我说的这是人文，实实在在的人文!”

“你这……你这一棍子可把所有人都打死了。”

“问题是他们该死啊。”

“此话怎讲?”

王昭君有点兴奋了，双手撑在床上，用力挪挪屁股，换个适合聊天的姿势，继续说:

“我周围有一帮人，和你周围的那帮人可能是同一种人。你看看他们的朋友圈，都是些什么乱七八糟的啊。都是——我朋友圈里有一个骑摩托进藏的彪哥，长得跟狗熊似的，也不怕吓着可爱的藏羚羊。还有更厉害的，写诗的南方姑娘，逃离了所谓的城市生活，听起来挺高雅，其实说不定她原来的工作就是帮领导贴发票，喝酒的时候还得被人家摸来摸去。写真拍得不错，一看诗，写得跟屎似的。这些还是很高端的呢，低端的就更恶心了，我都懒得说了……”

“你周围全是这种动植物?”

“你周围全是诺贝尔奖获得者?”

“我朋友圈里也是一帮你说的那种人。”

“那就是了嘛。所以问题呢，不在于你昏迷了几年，而在于你顿悟了，你对周围的人情环境要求高了，或者说你需要的是真情实感，而他们给不了你了。”

“还别说，你似乎开导我了。”

“我可没有开导别人的想法，我这顶多是自己守着自己的清白。”

“清白？哈哈!”

“你笑什么？我会一直保持讨厌他们的态度，虽然不明说。这是我唯一可以改变社会的地方了。我一个弱女子，连奔驰车都赔不起。我能做的，就是不跟他们谈恋爱！”

王俊看看王昭君，觉得这个疯丫头实在是太可爱了。而且她说的话，似乎句句都在理。这两个月以来，当王俊翻看关旭婉玉的朋友圈的时候，尤其是夜里看到关旭婉玉又转发了一张美图，并佐以宣扬小资生活语句的时候，他何尝不心生厌恶呢？那些句子是姑娘的心里话吗？不是！有些情绪化的表达，一看就是隐蔽化的求欢求爱，无聊！

就这么说吧——

他们说了那么多爱情是什么，他们真心爱谁呢？他们说了那么多生活在高处，可是他们为什么还如此之卑微呀？

还有那些男人，比如赵飞，几乎天天在校友群里发逛夜店的视频，佐以宣扬仁义礼智信的句子，对此王俊何尝不觉得烦恼呢？你们谁仗义呀？你们谁讲信用呀？衮衮诸公有几个人做事有底线？你们这是明目张胆地把好的伦理当成劣质酒，而醉翁之意又不在酒，求的不是道和理，而是钱、女人、愈加糜烂的生活。真倒人胃口！

王俊知道，这些人里里外外都并不复杂，也不高深，就那副德行而已！可是王俊从来不敢和这些人保持距离，他如蚁附膻地和别人保持着亲密关系，害怕失去这种关系。

从十八岁一步跨过来的王俊叹口气说：

“我现在不敢像你一样那么直白地分清周围的对和错了。”

“你可能觉得我的想法只是自娱自乐。”

“不得不说，这就是自娱自乐，等你毕业了，你就会发现生活不是你想的那样。”

“那你可以继续自娱自乐呀。”

王俊看看王昭君，不明白王昭君的话是什么意思。

王昭君继续说：“简单来说，人是一个整体，你脑壳里只有一个大脑。不管是十八岁，还是三十岁，你都是一个完整的人，你的身体里不可能住着两个时期的自己——精神分裂另当别论。所以呢，如果自娱自乐的人是你，那么市井之徒就是另一个你，总之，不是同一个人，而是一个人，然后又换了一个人。懂了吗？你千万别觉得自娱自乐只是一门小心思，谁都可以有。不信的话，你可以抓过来一个你讨厌的人关起来，骂他，打他，让他自娱自乐给你看，有可能你一直折磨死他，他也不会自娱自乐了。他们已经糟透了。”

“所以你应该很讨厌我。”

“呃——如果你和大胸姑娘睡在一起，不是因为想征服她，而只是想做爱，那我就可以判你死刑了。”

王俊觉得这姑娘太好玩了，而且她最招人喜欢的一点就是说话总带着刺儿，王俊笑了笑说：

“问题是我真那么做了，也不犯法。是吧？”

“何止呀！要是结婚生子了，或许还是道德的榜样呢。”

王昭君说完，不屑地看一眼王俊，撇撇嘴巴。

王俊盯着小姑娘看了看，王昭君盯着王俊看了看，沉默了数秒，王昭君打破了尴尬，说：

“我们俩刚才是不是吃忆苦饭了？”

“有那么点儿意思。”

“你饿了吗？”

“有点。”

“我请你？”

“算了吧……”

“别，好歹给我个台阶下。你救了我，我请你吃个饭，约等于两清了。”

王俊点点头，出去抽根烟解解闷。

王俊觉得自己这么多天来一直压抑着，太糟心了，而今天遇到一个小妖怪，瞎聊了三两个小时，竟然有了舒畅无比的感觉，原来人和人还可以这么交流，真好啊！

王俊抽完烟，回到病房，外卖已经到了，放在王昭君脚边的椅子上，王昭君正在对着手机打字。

王俊走过去问：“干吗呢？”

“我让朋友把作业给我发邮箱里。对了，你能到我学校把我的电脑拿回来吗？我给你我朋友的电话。”

王俊回学校帮王昭君取来电脑，然后没去单位，直接打车回家。快到家的时候，手机响了，打开，是王昭君的短信：

“哥，不要告诉别人我的名字哈，包括你家里人。我真的名声在外，你不要不信。对了，开心点呀！”

王俊回复了一个“好的”，然后兴高采烈回家去，一开门，就看见母亲正坐在客厅里。

王俊叫了一声妈，然后换上拖鞋，坐在沙发上自顾自吃起水果来。

陈淑荞特意在客厅里等着王俊，想好好教育教育儿子，让他适当降低车祸发生的频率，没想到看到儿子今儿个欢快得跟出笼的鸟儿似的，吃水果的时候一个劲儿砸吧嘴。

“你嗑药了？”

“说什么呢？我在医院里照顾小朋友呢！”

“小朋友？哦，就是撞你车的那个女学生吧？”

“对啊，那姑娘可有趣了。”

“我想提醒你一下，你的车祸发生频率实在是太……”

“哎呀，今天是别人撞的我。”

“今天怪别人，那之前的呢?”

王俊吐出葡萄皮，说：“好了好了，我以后注意还不行吗?对了，那条路怎么样了?”

“你怎么啥事都问我？自己不会去研究吗?”

王俊又吃了一颗葡萄，斜着眼寻思着说：

“那个……成德那边我谈得差不多了，他们现在正在和政府签协议。我们的钱我已经让财务准备好了，先把今年的工程款用在这里，说好的是三个亿。成德那边资金也没问题，等政府的基金到位了，项目公司就马上成立起来。现在要地皮是不可能了，政府会出一个补偿机制，不过期限有点长。这么一来的话，今年肯定是没有回款了，所以我们得做好准备，下半年的日子可能会有点紧。对了，胡灵没把资料给你吗？我都写成文字资料了。”

陈淑荞对王俊的学习能力很满意，儿子有一点很好，那就是做事就做事，不贪心，守规矩，风险意识也很强，这种职业习惯是一般年轻人很难养成的。而好习惯的养成，没有别的招，只有靠自身的努力。这些天来，儿子下班后不是在公司加班到半夜，就是在家里学习到半夜，很少十二点前睡觉。陈淑荞知道，儿子之所以这么拼，很大一个原因是爸爸不在了，他不想让妈妈太累。陈淑荞体谅儿子的辛苦，可是儿子毕竟心理上还是十八岁的孩子，陈淑荞总觉得他还很不成熟，所以虽然儿子今天汇报得很不错，她依然不表扬儿子，而是故作生气地说：

“你这天天就出个嘴了，我都成你秘书了。公司今天下午就在商量下半年的资金问题，你把钱都用了，工程款付不出去，施工单位会帮你分担吗？我们必须尽快想出办法，实在不行就贷款。”

“贷款是下下策。我回头再琢磨一下，肯定想办法解决这个缺口。”

“再说了，你不多露脸，公司的人凭什么认可你？就因为你是大少爷？”

王俊有点不开心了，心想自己下午好不容易放松了几个小时，就仿佛攒下了很多事儿似的。难道妈妈就不知道自己最近心情很烦吗？难道就不知道自己最近工作很累吗？可是怨气不好发泄，王俊只能乖乖认错：

“妈，对不起，我下午该去公司的。”

“我是不是给你压力了？坏了你的好心情了？”

王俊把果盘放下，摇摇头。

陈淑荞怜惜地看着儿子，想到以后生意场上的各种烦心事儿都要给这个躺了八年多的儿子，她真是担心得不行。可是每个人都得走自己的路，狄龙不容易，王俊就没有压力吗？老王活着的时候，过年的时候不也天天愁得睡不着觉？收款，付款，还有人成心闹事，工程上处处都是漏洞，生意场上的恩恩怨怨哪那么容易摆平啊！

陈淑荞已经做好了继续工作五到十年的准备，她暗暗告诉自己不要把儿子逼得太紧了，然后站起来到厨房给儿子下他爱吃的面条。

陈淑荞一边烧水，一边对王俊说：

“回头有一个标，不大，领导那边很关注，我想让你牵头。”

“什么标？”

“市府广场旁边的市政工程，造价大概五六千万。”

“好，我来做。”

接下来的几天，王俊上完课就去照顾王昭君，只不过他不敢待太久了，和王昭君聊会儿天就赶紧往公司赶，有时候没时间吃饭，中午就饿着。

王昭君出院的前一天，王俊特意给王昭君买了些水果，刚准备要走，小姑娘突然拉着他的手，说：

“哥，你答应我一件事好不好？”

王俊愣了一下，想不到这姑娘竟然还有求自己的时候，他止住脚步，问道：“啥事？”

“带我回我小时候生活的地方去看看。”

“你怎么突然提这要求?”

“我非常想回去看看，你就带我去吧！求你了!”

王俊犹豫了一下，给胡灵和狄龙各打了一个电话，确保下午没有太着急的事，便跟母亲打电话说下午有朋友找他办事，不去公司了。

王俊挂掉电话之后，拉过来轮椅，推着“小佛爷”下楼。

坐上了车，系上安全带，王俊问王昭君：“说，去哪里?”

王昭君突然有点伤感了，她盯着王俊看了几秒，说：“袁庄。”

王俊愣了一下，问：“你是袁庄镇的?”

王昭君点点头。

王俊看着王昭君，不知道怎么着，今天总觉得这个姑娘在哪里见过，不是最近，而是在很久之前。王俊想了半天，确认自己的同学里没有这个姑娘，亲戚里也没有这个人。王俊想问王昭君，又怕破坏了姑娘的小情绪，干脆就不问了，一脚油门踩下去，朝着袁庄的方向驶去。

王昭君拿出来手机，说：

“我给你导航吧，山路崎岖，你别走错了道儿。”

“不用，那地方我熟。你就说你要去哪里吧!”

“乡政府，老的乡政府。”

“老的?”

“对啊，乡政府早就换地方了，新大楼是当年的初中。”

“那个楼是我们公司盖的。”

“哦。”

王俊点燃一支烟，他肯定这个姑娘肯定心里有鬼，要不然她肯定会借着这个话茬说自己的公司多牛，然后再免费推送一套她的独特价值观。王俊也不看王昭君，随口问一句：

“你是不是又要搞什么鬼?”

“哪有啊，我就是想回之前住的地方看看了。”

“那地方我也住过。”

“哦。”

“好巧啊是不是?”

“太巧了。不过你也是出来混的，你应该说是在国外长大的，那多有面子啊。”

王俊把车开上了高速，开了一点儿窗，让风吹进来。

风噪之中，王俊在思考一件事儿。就在自己去找王昭君的路上，关旭婉玉发来信息说对不起。王俊回复说没事。关旭婉玉说自己不可能像八年前一样了，如果王俊把她的安稳理解成物质的给予，那也请带点感情的馈赠。这个表白让王俊不知所措，王俊潦草回复一个好的，心里感觉不是滋味。王俊觉得，物质的给予应该是感情的馈赠，但是关旭婉玉怎么能说感情的馈赠是物质的给予呢？这根本不是一回事嘛。

远处的彩霞挥洒一片，王俊继续开车前行，拐个弯儿，下了高速。路过一片小竹林，竹林里虫鸣凄切。出了竹林是树林，树林后面是山，群山跌宕，万壑叠翠。这片地儿，可以是美索不达米亚的平原、珠穆朗玛的山巅、马尔代夫的珊瑚、墨尔本的晴天……但是幸好，这个地方什么名号都没有，只是自己的家乡，从来就没有变过。

王俊觉得有些心安了，他把关旭婉玉发信息的事儿放一边了。继续开，碾过了虫鸣鸟叫，袁庄就在眼前了。

王俊把车停在了已经被废弃的乡政府门楼前，停了一会儿，继续发动汽车，开进去。沿着甬道，左右是平房，有些门牌还在，武装部、计生委、食堂、财政所、党委办公室……继续开向前，车停在几栋居民楼前。居民楼已经相当破败了，楼下有一些老人在聊天，孩子有四五六七个，在草丛里跑来跑去。

恍惚间，十多年已经过去了，这里的变化并不大，岁月的光芒打在枝枝叶叶之上，被束缚了手脚，走不动了，死了一天又一天，成了灰和土。

王俊下车后，走到花池旁边，靠着栏杆抽根烟。

很多年前，曾经有无数次，王俊盯着周围的楼群看过去，充满了好奇。王朔在《动物凶猛》里描写主人公偷开陌生人家的门锁："锁舌跳开'嗒'的一声，那一瞬间带给我无限欢欣。"同样，年少的王俊，目光穿过夜幕和日光，搭在姑娘滚圆的臀部、高耸的胸部，仿佛撕开鸿蒙，第一次对未来有了极度的向往。

王昭君在王俊旁边站着，指一指不远处的一栋破楼，说：

"我就住那儿，你记得吗？"

王俊记得那家似乎真的有一个女孩——不对！这不就是刘晓庆阿姨当年住的地方吗？原来自己醒来之后，刘阿姨去看自己的时候在门口不进门的女孩就是王昭君！

王俊记起来，当年自己十四五岁，王昭君七八岁。大院里住着很多小孩，有比自己大四五岁的张星弛，瓜子脸，高鼻梁，长得那叫一个漂亮。还有一个大哥哥，喜欢看历史书籍，身上总有洗衣粉的味道。

王昭君继续说："我爸妈离婚的时候，我八岁，我随着妈妈到了东江市，就再也没来过这里。大一的时候，我去敬老院给老人们打扫卫生。有一个老奶奶是我之前的邻居，拉着我的手跟我说话。她说当年日本人来的时候，她们往山里跑，还在脸上抹锅灰。还说当年批斗的时候，她和老公也被人欺负了，相濡以沫度过了惨淡的岁月。后来老奶奶非要回家，我就送她回来了。老奶奶和老伴在这里生活了四五十年，她说自己死也要死在这里。我在她家里住了一晚上，她家里昏暗、潮湿，有盐腥味，桌子上摆满照片，都是她和老伴的。高中的时候我爱喝酒，不学好，但是看到老奶奶的生活这么安好，我突然就觉得她很伟大，我突然就觉得恬淡的生活太美好了。那时候你昏迷了，我就去看你……”

“为什么想着去看我？”

“小时候我晚上不睡觉，趴在窗户上往下看，能看见隔壁楼洞的小哥哥脱了上衣在下面打拳。我当时特想长大，因为长大了我就能和小哥哥手牵手了。”

“我也这么想过，去牵小姐姐的手。”

王昭君嘟着嘴巴看看周围，然后说：

“我是故意撞你的车的，就是没想到真的把腿撞折了。”

“为什么要这样？”

“我喜欢你，见不得你和别的女孩在一起。你还记得吗？我爸爸妈妈闹离婚的时候，我爸爸把我和妈妈锁在屋子外面，不让我们回家……”

王俊想起来了，那天晚上他在下面打拳，看到男人欺负妻女，就用石头砸那家的窗户。男人下来追自己，自己就让妻女赶紧回家锁上门。那个男人即使喝了酒，还是不敢打自己，毕竟自己的妈妈是乡长。男人醉酒之后能忘却夫妻之情和父女之情，但是唯一记得的，是自己的社会地位不高……

王昭君小声说：“当时你说不准他欺负我。”

“我都记得，不过没想到你还惦记着这些事。”

“我那时候觉得你好厉害，别人都在看我们家的笑话，只有你敢出手。”

王俊叹口气，说：“谢谢你还记得我。我现在烦透了总也摆脱不了的应酬，天天虚与委蛇，说些自己都觉得恶心的屁话。如果我要选，我会选择在这种地方生活，或者去个更偏远的地方。我做不到在闹市里保持一颗宁静的心。”

“哥，我喜欢你。”王昭君不看王俊，低着头说。

王俊拍拍王昭君的头，说：

“我也喜欢你，和你在一起的这几天我非常开心。不过……”

“你别不过，给我留点机会吧。你就说你为什么不开心吧。今天你有心事，我看出来了。”

王俊对着天空长舒一口气，说：

“就在我今天来找你的时候，我前女友发信息给我，说她需要我做的，是给她物质上的保障。反正就这个意思吧。”

王昭君转过身对着花池，面无表情，似乎又有些生气地说：

“那也不错啊！你去买房子呗。人总该有个家。老奶奶的家就很温馨，一楼，有点潮湿，不开灯的时候跟小森林似的。你们要是再生个一男半女，那家里就更热闹了。不过……”

王昭君故意说半截话。

王俊不得不追问一句：“不过什么？”

“不过呀，人家可不愿意住这么破旧的房子，人家想住的，应该是陈阿姨的大别墅。”

王俊又被这个小丫头逗笑了，说：“你说话太毒了。”

王昭君转过身来，看一眼王俊，说：“我说话毒？”

“是啊。”

“是你笨吧！你要是一无所有，你有脸面找女孩闹？人家铁定甩你老远。”

王俊不敢反驳王昭君，怕又引来一顿教育。

王俊问王昭君想吃什么，王昭君带他去吃当年政府大院的人都爱喝的羊肉汤。吃完饭，王昭君说今天要在这里住一晚上。

晚上两人开了间标准间，王昭君的腿还没恢复好，王俊伺候她就寝，然后关灯，在隔壁床上睡下。

耗到半夜了，王俊睡不着，就悄声起床，走到门外散步。

宾馆门口就是当年自己抓螃蟹的小河。黑暗笼罩下的水面成了墨色。水里的行船，河上的石桥，桥后的山，山上的老城镇，镇上稀疏的灯，灯隐入岭，岭上云吞半边月。不说话的大自然，仔细听，也热闹得很呢，仔细看，也亲切得很呢。

想想自己的工作吧——

搞定了地产项目又如何？赚的钱用来干什么呢？自己根本就不喜欢跑车。

想想自己这一两个月来的痴情吧——

搞定了关旭婉玉又如何？到头来，一切不还是归于黑夜吗？如果无法和女孩一起体悟黑夜里的无助，那爱情还有什么意义？

自己到底在干什么？

闲游了一个多小时，王俊看时间也不早了，就回屋休息。

回到屋里，借着微光，王俊发现王昭君太漂亮了，就偷偷凑上去亲了一下王昭君的脸。王昭君翻了个身，王俊吓了一跳，赶紧窜到床上佯装睡觉，心想不会被发现了吧？

一夜，应该说是下半夜无话。

第二天一早，两人收拾回城。早晨的山路景色极佳，岩土、树木皆附有深幽的青苔，又有蕨类点缀。山尖冒出雾气，连着云彩。清岚微凉，大山打了个哈欠，吐出一阵风，周遭便有了秋爽之感。

王俊帮王昭君办完出院手续，送王昭君回学校，然后开车赶紧赶到公司，上午有一场项目例会，自己一定要参加。

回公司的路上，王俊忍不住傻笑起来。

王俊觉得生活并没自己想的那么可怕，小区里进进出出的那些姑娘，也有一些是心里有爱的。这纷纷扰扰的世界上，总有美好的生活在等待自己发掘、遇见，是花吹过风、叶遇过秋、水越过坝，是找到了抚养平生的另一片大自然。

想到幸福那么大，大到月色盖住一个城，大到秋风锁住大半个中国，王俊心中的希望也就开始膨胀了！

王俊打开车窗，吹风。今天的天气真不错，太阳烘烤着秋风吹得人舒舒服服。到公司之后，王俊一路唱着小曲儿从电梯走到自己的办公室，跳着舞准备开会的资料。

陈淑荞正要去会议室，刚走出办公室就看到王俊狗摇尾巴似的在办公室里晃来晃去耸肩膀翘屁股，心想这孩子怎么了，最近隔三岔五就乐得跟朵花似的。

胡灵走过来问陈淑荞："陈总，您怎么不走了？"

陈淑荞回过神来，继续往会议室走，路上问胡灵：

"王俊最近跟谁一起玩呢？"

"一个女大学生。"

陈淑荞愣了一下，站住，不进会议室，在门口质问胡灵：

"什么女大学生？他又瞎搞什么！"

"陈总，我不能回答您，我不能在您和王俊之间传瞎话啊。"

陈淑荞盯着胡灵，佯作生气："那你就说实话，快说！"

胡灵只有王昭君的电话号码，那是当时办理入院手续的时候记下来的。胡灵在微信里输入电话号码，搜索出来一张头像。

胡灵把手机递给陈淑荞说：“就是她，大三的学生吧，那天就是她撞了我们的车。小丫头还挺横的。”

陈淑荞看一眼手机上王昭君的头像，笑了笑，说：

“原来是这死丫头啊，之前总来看我，原来是为了那小子。”

“陈总您认识她啊？”

正说着，王俊一步三摇地走过来，朗声问陈淑荞：

“老妈干吗呢？咋不进去开会呢？”

陈淑荞扫儿子一眼，说：“等你主持工作呀！”

王俊跨一步跳到门口，拉开门，服务生似的说：

“陈总请进！胡总助请进！”

陈淑荞把手里的一沓资料怼到儿子怀里，没好气地说：

“看这一天天把你乐呵的！平时在老娘面前没见你这么开心！”

6

关旭婉玉的母亲赵倩一直认为女儿相亲工作进展得不错，结果打电话问了媒人，媒人又打电话问吴彦祖，才发现两人早就不联系了，而且男孩还因为相亲这事儿被人打了。

“那个人是谁，为什么要缠着你？”

赵倩吃晚饭的时候气咻咻地问关旭婉玉。

关旭婉玉头也不抬，说道：“我前男友。”

“前男友？前男友为什么还联系呢？你跟他说好，别影响你的生活。”

关旭婉玉最近工作比较忙，根本顾不上恋爱的事儿，上次跟王俊联系，也是突然闲下来了，觉得无聊，才发了几个信息。母亲这会儿又在唠叨，她装听不见，自顾自吃饭。

“前几天我遇见了你领导，人家说公司有个男孩在追你，好像叫什么康，你觉得怎么样？”

“什么追我呀，就一普通朋友。”

“谁你都说是普通朋友，你怎么对自己的婚姻大事就不上心呢？”

“妈，您就别瞎操心了，有这空儿出去锻炼锻炼身体也挺好的啊。”

说完，关旭婉玉扔下碗筷要回自己房间，赵倩追过来说：

“一个单位的同事也可以考虑一下，知根知底，处起对象来也方便。”

关旭婉玉觉得与老一辈的人根本无法交流。他们觉得同事之间处对象最方便，如果有个领导牵头就更好了，殊不知，现在的企业，大部分都不鼓励甚至禁止办公室恋情。

交流难以进行，关旭婉玉赶紧关上房门。

最近太累了，关旭婉玉要好好睡一觉，有事儿明天再说吧。

王俊早晨六点起床，按照计划他要先上厕所，然后做运动，然后洗澡，然后换衣服……

厕所里刚蹲下，赵飞的电话就打了过来，开口就问：

“王俊，现在有时间吗？”

“卫生间里处理点私事。你找我干吗？”

“我需要你来帮忙，橙子电话打不通，只有你能帮我了。”

“我上午上课，没时间。”

“现在就来，现在是六点十分。你现在过来，八点之前就能完事儿。”

王俊伸个懒腰，问：“你在哪儿?”

“我在润景新都家园，你现在导航过来吧，记得开车，别打车。”

王俊简单洗个脸，跟母亲招呼一声，赶紧下楼出发。

导航把王俊带到了一处城乡接合部，眼前的一条街上全是小卖部。早起的人们眯着眼开始摆摊，半条街已经堵住了。

“你到哪儿了?”

赵飞的电话又打来了。

“我刚从尚长路上下来。”

“看见成人用品店了吗?”

“看见了。红色大牌子。你说这种店赚钱吗?”

“继续往前走，三百米，前面还有一家成人用品店。”

“你说什么?你鼻音好重，我听不清!”

“往前走，三百米，还有一家成人用品店。别挂电话，你一脚油门就到了。”

“全是老头儿在吃早餐，我哪敢踩油门。”

“到了吗?”

“还有二百米。”

“这回到了吗?”

“到了，你要买什么？电动棒还是充气娃娃？”

“马路对面可以停车，先把车停下来。”

王俊按照赵飞的提示，把车停在成人用品店对面，然后穿过一处六尺巷，走到第二个贴着关公和秦琼的门洞，进去，二楼。

赵飞问：“门上是不是有喜字？”

“对，双喜。”

“使使劲儿，踹开！”

“别神经，你来给我开门。”

“听我的，踹开。使劲儿！”

王俊不知道鸟王葫芦里卖的什么药，一脚踢过去，小木门还挺结实，纹丝不动。

“继续！”电话里赵飞继续指挥。

王俊无奈地后退几步，助跑两步，“砰”的一声把门踹开了。

屋子里面，一个女的，浓妆艳抹，眼睛肿着，旁边一个十八九岁的小伙子，一米九多，目测二百多斤，恶狠狠地看着王俊。

王俊看看两人说：“不好意思，走错门了。”

“没有，等下！”赵飞的声音从卧室里传出来。

过了几秒，赵飞穿着皱巴巴的裤衩从卧室里出来，鼻子上插着纸团做成的两根小棍儿，头发蓬松，左脸红彤彤，像是被打过。

赵飞一只手叉腰，一只手伸进裤裆，挠着痒，表情霸道地对屋子里的女人说：“来，现在开始分家。孩子你放哪儿了？”

女人低着头，冷冷地说：“我妈那里。”

赵飞点点头，漠不关心地说：“好，儿子我也不要了，要了也养不好。你喜欢就给你吧，我的种准有出息。这房子是你妈留给你的，我装修就出了五万块钱，你看咋办？”

胖仔推了一下赵飞，一下子就把赵飞推出去老远，恶狠狠地说：“你还想要钱？我姐这么多年白陪你睡了？你出去租房子一年还不得几万块钱？”

赵飞打了几个踉跄，扶着餐桌重新站稳，到垃圾桶旁边把自己的裤子捡起来，一边穿一边说：“你别不讲理啊，这几年柴米油盐我也出钱了。买卖不成仁义在，多少我得分点儿家产。”

“你丫滚蛋!”胖子说着就要去揍赵飞。

女人站起来拉着胖仔，说：“你别揍他了，他都这样了你再揍他有什么意义？”

赵飞躲开胖仔的拳头，吐着口水说：“你丫别太嚣张，我兄弟是练家子，你真不一定是他的对手。”

胖仔一脸怒气地看看王俊，送王俊一个大白眼，表示不屑。

王俊可不敢跟这么一个大肥仔动手，上前一步说：“赵飞你别闹，你这是要离婚是吗？离婚就好好离，大家好聚好散嘛。”

赵飞把鼻子上的纸团拔出来扔了，又朝地面上吐一口浓痰，流里流气地对女人说：“快点，给我钱！”

女人直盯着赵飞看了两三秒，最后泄气了，恶狠狠地说：

“你真是个畜生！你还好意思说这几年柴米油盐你出钱了，我净给你当保姆了！”

说完女人走到里屋，一会儿走出来，把手里一沓人民币扔到地上，说：“你今天就滚，钥匙留下！”

赵飞捡起来钱，数一数，差不多是四万块钱，他盯着女人问道：“就这么点儿？”

胖仔向前一步说：“这都是给你脸了。”

赵飞点点头，一边嘟囔着别人听不清的话，一边从自己刚才睡觉的屋子里拿出来笔记本电脑、游戏机、一包衣服、两箱酒、七八条烟……然后和王俊一起抱着这些东西下楼。

上车之后，王俊问赵飞：“真离婚呀？”

赵飞用手搓一把脸，说：“对，离！”

“这到底是怎么回事呀？”

赵飞苦笑一下，手拍着车门说：

“在外面瞎搞被逮了个正着，没法圆了。”

“你真有种。你现在去哪儿？”

“到我单位那边，先找个宾馆把东西放下。”

王俊看赵飞一脸赖皮相，也懒得问他以后有什么打算了。开车送赵飞到宾馆，和赵飞一起把东西抱到酒店前台，就赶紧开车离开，奔学校而去。

中午在学校食堂吃饭，王昭君端着一碗面条在王俊面前坐下，说：“听我妈说你的单位要开十五周年庆典了，我给你介绍主持人和演员吧。”

“你怎么什么事儿都想掺和？”

“我之前在艺术团干过，我给你介绍一些好的，钱还不多。学生们都不容易，你就当是给学弟学妹们一个赚外快的机会呗。”

“好吧。你等一下。”

王俊把嘴里的鹌鹑蛋一口吞下，烫得直打哆嗦，他拿起手机来要问胡灵晚会的主持人找好了没。电话刚拨出去，王俊又挂掉了，低下头继续吃饭。

“喂，你这什么意思？怎么挂了？”

“你直接找我妈说这事儿吧。”

“我发现你办事可真利索。”

王俊放下筷子，看着王昭君说：

“我现在在公司只管经营，兼管生产，我凭什么大事小事都安排别人啊。再说了，你找我，我回头还得找个合适时机跟我妈说，倒不如你直接去找我妈，她肯定会同意。”

“那我就说是你让我帮忙找的。”

王俊喝一口几乎看不见鸡蛋的紫菜蛋花汤，吸溜着大片紫菜叶子，说：“随便你怎么说了。”

王昭君当然知道王俊为什么不打电话。王俊刚到公司没多久，如果这种鸡毛蒜皮的小事儿都要安排别人去做，会显得很没有气度，而且自己联系陈阿姨好像更合适一些，在长辈面前，自己给同学们争取打工的机会，也展示了自己积极向上的一面嘛。这点事儿如果都想不通，那就不是她王昭君了。不过事儿虽然想通了，王昭君还是不给王俊好脸色。吃完饭之后两人一起出门，买果汁必须要刷校园卡，王昭君只买了一杯。

王俊不乐意了，说：“两块钱一杯你都不给我买？”

王昭君一边喝着果汁，一边气定神闲地说：“你不能总用小事来麻烦我。”王俊伸手抢过来王昭君的果汁，跑到停车场，开车回公司。

陈淑荞安排的市政项目投标快要交标了。整个下午，王俊仔细看了资审文件，然后五点之前把资料递交给了代理。

第二天出结果，但是文件交上去了，自己能做的工作也没了。晚上王俊请这段时间来投标的同事们吃饭，席间，王俊问狄龙新房什么时候交。狄龙说年底，还有四个月。

“装修也要不少钱吧，不过好在你房子下来的时候就是年底了，就有奖金了。如果你急用，奖金可以提前预支。”

狄龙赶紧推辞道：“那倒用不上，年后装修就行了。”

晚上回家之后，邵楠兴冲冲地对狄龙说她已经看好了去澳大利亚拍婚纱照的服务，预付款已经交上了。

狄龙坐下抽根烟，说：“我妈病了，我刚给她五千块钱。”

“拍婚纱照就用你的年终奖呗。”

狄龙觉得一直以来只有自己一人在思考养家的问题，身边的这个女人似乎从来没有为金钱发愁过，他不耐烦地说：

“不装修了吗？”

邵楠今天本来挺开心的，看狄龙态度那么不好，心里蛮不乐意：“你冲我发什么脾气？”

“付首付，租房子，又买钻戒，买完钻戒我身上就剩下三千多块钱，给我妈的钱我是借的。年终就五万块钱，还要装修。去澳大利亚的钱哪里来？”

“那你说，买结婚戒指，拍婚纱照，哪个钱可以省？”

“拍个婚纱照非得花上几万块？”

“你非要在这上面省钱是不是？你打算一辈子结几次婚？”

“我一直很纳闷，你就没有生活压力吗？”

邵楠听到狄龙这么说，无奈地摇了摇头，然后愤愤地说：

“你有压力，那你的成绩呢？你怎么就不说自己不长进呢？你想想，你工作几年了？定标的时候我看还是王俊给你讲，你自己一点主见没有。难道你就真的愿意安于现状？一个月七八千块钱，年底再给你五万块钱，就把你一辈子买断了？”

“我没法跟王俊比，商务知识他一窍不通，可是扛不住陈总是他妈。陈总的营销信息都跟他说，什么时候跟我说过？再说了，他去上课，周围还有一个秘书随时给他讲不懂的地方，学了东西立马用，我呢？我干什么都要自己摸索！”

邵楠在床上坐下，说：“我一直觉得爱发牢骚的人注定没出息。”

这话儿听起来，又是一条励志金句。只可惜，饶是狄龙真不开窍，也已经有了自己的价值判断：“你怎么心理这么健康呢？也没见你看多少书呀！你受的委屈少，就自个儿一边乐着去，别对别人指手画脚！”

“就你委屈？我的包哪个是你买的？别的女孩一年一部手机，我让你给我买过吗？你就发你的牢骚吧！我看你现在就是仗着自己年轻，没人揭你的老底儿，再过几年你就看看吧，到时候所有人都会瞧不起你。大学的时候天天打游戏，现在一有时间就抽烟喝酒——对，你什么都对，别人什么都不对。”

邵楠说完起身去洗澡。狄龙顿时感觉烦得很。不过邵楠说错了吗？貌似一点都没说错。钻戒一万多，贵吗？平心而论，不贵。邵楠没让自己给她买包和手机，生活费也是自己赚的，婚纱照拍得好看点有错吗？没错。狄龙有时候觉得这个世界对他太好了，王俊对他好，邵楠也漂亮，可是自己为什么还这么累呢？他怎么也想不明白。

狄龙推开窗透透气，就着看看窗外的无数家庭。这些人里有出身比自己差的吧，有老婆没自己的漂亮的吧，有工作比自己累的吧，可是为什么别人能守着一屋子的灯火，安安稳稳地生活，而这种简单的生活对自己来说怎么就可望而不可求呢？

这到底是为什么呢？无数次在宴席上，别人都管自己叫狄经理，或者叫狄总，但是酒过三巡，很少有人凑到自己耳边说些悄悄话，更没有人给自己塞个信封。

狄龙想问问王俊，分包单位或者劳务队塞过来的钱有多少？

狄龙还想问问王俊，被人众星捧月的感觉舒服不舒服？

狄龙不想再跟邵楠说话了，准确地说，他有点害怕面对邵楠了。狄龙悄悄走出门，来到屋顶抽烟。

吹着晚风，狄龙想起来刚毕业的时候，自己住在项目上。八个人一间屋子，卫生条件极差，自己浑身过敏胳膊上处处瘢痕。

现在算来，六七年了，自己不可谓不努力，可是生活改变了多少呢？

在那么一瞬间，狄龙想跳下去，他觉得如果自己跳下去的话，在落地的前一秒，或许一切想不开的事情都会想开——可是，最可耻的是他贪生。在这么一个夜晚，狄龙觉得贪生是最可耻的事情了。可是死亡实在是太可怕了，那个黑是人人都看不透的黑，那个告别是灵魂被宇宙收回的决绝。

恐怖啊！

狄龙拿出手机，手机上好多联系人，可惜似乎没有一个人能拯救自己。

第二天上班，狄龙依旧闷闷不乐，闷闷不乐的原因很简单，依旧是怎么把五万块钱花好，既能出国游玩，又能装修房子，而这些规划的基础，是他苦苦祈祷母亲的病情不要恶化了——五千块钱都是借的了，再借下去，真就扛不住了。

下午四点钟，王俊发来信息："我们入围了，一共三家单位入围。明天九点去领图纸和清单。"

收起手机，狄龙就想：六千万的标，中了能分自己多少钱呢？按照公司的规定，按照中标额的万分之二发奖金，那就是一万二，几个人拆分下来，虽然自己是牵头人，压力最大，可是到手的也就两三千吧。这点钱，够拍几张照片的呢？

“啥时候来单位，我们开一下投标启动会?”狄龙给王俊发信息。

“明天上午吧，今天咱们都好好休息一下吧。对了，对手是西江第四建设，你晚上找朋友打听一下他们的成本水平。”

第四建设，这家单位倒是熟悉，一整个下午，狄龙都在念叨着这个竞争单位的名字。

这天狄龙早早就下班了，不过没有回家，而是回到之前自己住过的地方。进地铁的时候，前面一个男人在进站口发呆足足半分钟，或者一分钟，也不知道靠边站。好不容易进了地铁，旁边一个胖胖的女生跟男朋友打电话，气势汹汹地说着工作上的烦心事儿，方言土语，聒聒不停。

狄龙看看周围的这些人，心想就是这么一帮庸俗之辈，和自己一起挤地铁，挤公交，争夺工作机会。自己多么努力呀，走路快，电脑快捷方式都会，自己有这么多的“优点”，可恨的是依然没有摆脱他们的搅扰。狄龙觉得铺天盖地的挫败感向自己袭来，使得自己倦怠无比。

狄龙转过身，对着地铁窗户，看窗户里的自己。廉价的短袖T恤，领子软塌塌的，饶是自己多么开心，这件五六十块钱的衣服，都穿不出王俊一千块钱一件的衬衫的感觉。

钱，真是太重要了。

瑞德公园便是狄龙之前居住的地方。公园的北边就是大片城中村，穿过常年积水且骚臭无比的狭窄巷道，就是自己当年住过的所谓的“青年公寓”。狄龙对这里很熟悉，他下了地铁后到公园东门买了份煎饼果子，然后到湖边吃起来。

每当狄龙不开心的时候，他都来这片公园里散心，没有别的原因，只是因为他没有别的地方可以去。去咖啡店需要花钱，最便宜的茶饮也要三五十元，去按摩店更需要花钱，动辄几百元。唉！想一想吧，这些年来，自己下班后除了回出租屋，还有什么好去处呢？回家种田倒也是个不错的选择，很多人都说退一步海阔天空，这是时代给自己的网开一面。可是自己家里有什么？进门之后空落落的庭院，左头是厕所，旱厕，粪便引来蚊蝇且滋生了成群蛆虫，右头是猪圈，氨味十足熏得人睁不开眼。

这地方，自己愿意回去吗？

狄龙死也不愿意回到那个被叫作家乡的地方了。

想通了之后，狄龙给竞争单位的一个负责人打了电话。

电话接通之后，对方说：“狄总厉害呀，打得我们措手不及啊。真没想到这么简单的一个标，竟然硬生生废了六家。”

狄龙把手里还没吃掉的半个煎饼果子扔进垃圾桶，故作轻松地问道：“事到如今胡总打算怎么玩啊？”

“怎么玩？入围结果想必您也知道了，遇见您这高手，我怎么玩都是输啊。”

狄龙压低声音说：“其实未必啊。”

对方有兴趣了，咳咳两声清一下嗓子，问：

“未必？狄总能给兄弟指条路？”

狄龙咬咬牙，下定了决心：“指路不敢当，但是如果胡总有时间的话，咱们可以一起坐坐？”

对方沉默了几秒，试探性地问道：

“是你们那个小王总让你联系我的吧？”

“您可猜错了，王总还真不知道我联系你。”

对方听到这儿，明白了个大概，主动提出来要拜访狄龙。

狄龙挂掉手机后，长叹一口气，心里说，对不起了哥们儿，我也有难处啊。然后打车来到约定好的咖啡店，开了一个包间，静候那位胡总的到来。

“你的报价记录是不是有问题？”

两周之后的一个下午，王俊抽着闷烟坐在商务部，对刚从外面回来的狄龙劈头盖脸地问道。

狄龙愣了一下，赶紧说：

“没问题，录音都有，我现在就发你微信？”

“不用了。”

王俊把抽了一半的烟吐掉，大步流星地来到陈淑荞的办公室，在母亲面前坐下。

“报价你觉得怎么样?”陈淑荞不动声色地问王俊。

“有大问题。”

“什么问题?”

“胡灵不是把开标结果发您了吗？总共三家单位投标，每一家单位的报价都能影响平均值。在这种情况下我猜没有人敢打高位。再说了，圣德建业走高，这是定了的，所以我报中高价位可以说万无一失。即使对手孤注一掷，也走高，那顶多是和我持平。可是您看开标记录，四建的报价高出圣德建业一个点，顶着天了。他这么做的目的只有一个，就是把我甩开。我单单商务标就被扣了六分，技术标根本搂不回来了。”

“什么原因你想了吗?”

“根据这个结果分析，最大的可能是有人泄露了报价。”

“谁?”

王俊沉默数秒，没有回答母亲的问题，而是说：

“我打算把总部和项目的商务人员对调一下。总部的人总不到项目上和业主打交道，思维都钝化了。”

“全部吗?”

“狄龙是部门经理，而且房子快要装修了，所以他就留下来吧，别折腾他了。其他的能换就换。刘海我要调过来，这小子聪明，虽然说话有点结巴，但是交际能力还蛮强的，我要留在身边好好培养一下。”

“你真就没怀疑狄龙？俗话说得好，大恩如大仇呀！”

王俊当然怀疑过狄龙，可毕竟是自己多年的兄弟，自己刚刚还帮助了他，就算他真贪，他能狠心这么做吗？王俊不相信。

王俊知道母亲是在用这个问题考验自己，可是最终还是说：

“我觉得不是他。”

陈淑荞其实早就预料到儿子会这么回答，她太了解儿子了，儿子从小就心慈手软。不过儿子这么做也并不全错，毕竟王俊还小，如果做事太绝，会让周围的人觉得不厚道。

陈淑荞对王俊的回答不置可否，说：

“这个标丢了，很影响你的威信。你自己看看怎么处理吧。”

王俊不知道还能对母亲说什么，他狼狈地走出母亲的办公室，没回自己办公室，再次来到商务部。

狄龙给王俊倒一杯水，说这全是自己测算不准。王俊知道这是屁话，在报价的角逐中，总价和测算根本没太大关系。

王俊没有理会狄龙。下午一连四五个小时，王俊不吃饭，不喝水，在商务部傻坐着。五点半的时候，代理发来信息说标评完了，中标单位不是自己。

胡灵打电话过来问王俊需不需要联系一下业主专家。

王俊没好气地说：

“你这么干是想套出点事儿吗？你这不是逼别人吗？”

办公室里一片安静，电话里的对话所有人都听见了。

王俊挂掉电话之后，谁也不看，盯着天花板，说：

“对公司来说，六千万的活儿，保守来说十个点，多少钱？狄龙你算算。”

“王总，是六百万。”

“对某些人来说，也就是三个点吧，多少钱？狄龙！”

“王总，是一百八十万。”

王俊点点头，长舒一口气，接过小兄弟递过来的一杯茶，喝了一口，说：“狄龙你根本不用分析成本，现在分析总价就行了。分析的结果是什么？结果就是咱们损失了六百万，可以说是到手的六百万。对于这件事，我肯定会查明原因，但是绝对不会影响各位的工作。这样吧，明天上午八点半，所有的商务人员都到总部来开会，除了部门经理，其他的人，项目和总部人员对调。租了房子的，违约金公司给交。从明天起，郊区和外派员工发放远征补贴。狄龙，你连夜给我做出方案，不管多晚都发我邮箱。”

说完王俊离开办公室，开车在街上漫无目的地行驶。

王俊感觉心里空落落的，他清楚地知道，事情的糟糕程度远远不局限于丢了一个标，而是丢了人，乱了阵脚。首先，这么一个开标结果，业主一看就知道自己被人耍了，这是件很打脸的事情。其次，如果真是有人透露了报价，那自己的核心团队里肯定就有内鬼。这事儿的确挺麻烦的，如果不把这个人揪出来，以后再投标自己就会很被动。不过令王俊想不通的是，江湖险恶，圈子又那么小，自己团队里的员工大部分都是农村来的小伙子，这个人敢于铤而走险，真是不怕死啊。

这种事儿没权没势的人能玩吗？敢玩吗？

其实查出来并不难，根本都不用报警，找来竞争单位，大家一起喝点儿酒、吹会儿牛，里面的事儿差不多就能套出来。

但是——究竟要不要查一下呢？

王俊停下车来，抽着烟翻看朋友圈。

橙子和吴茜在海滩上穿着泳装拍照，整个朋友圈都快被这对鸳鸯给刷屏了，全是好吃的好玩的螃蟹啤酒大象蟒蛇以及露着大长腿的各国姑娘。王俊这一刻特别羡慕橙子，觉得他的生活太幸福了，靠拆迁的钱就能活得很好，别的什么都不用操心。

在众多美好的图片中，关旭婉玉的一个状态很另类，只有一句话：如果八年前没有那场车祸，我现在一定是幸福的新娘。

王俊突然有点感动，他发信息问关旭婉玉在哪里。关旭婉玉说在租的房子里，王俊开车去找关旭婉玉。

“你这么晚不回家，来我这里干什么？”

关旭婉玉穿着灰色毛茸茸的家居服，来到王俊车上。

“加班到现在，路过你这儿，特意来看看你。”

“又忙到这么晚？”

王俊看看手表，说：“这个点不算晚。”

“哦，对了，今天我们老大说要约你谈谈修路的事儿，他说你可能对这个项目感兴趣。”

王俊发动汽车，带着关旭婉玉兜风，说：“你们老大可能不懂施工吧。公路总包的资质我没有，那活儿我根本做不了。我们就想要地皮，不给我们地皮建住宅，给我们代建的项目也行，总之，产业园打造成熟了，我们的房子就好卖了。不过我建议修路这事儿咱们公开公正招标，别总想着歪门邪道。”

关旭婉玉点点头，然后看看王俊说：“你今天心情不好？”

王俊也意识到自己刚才谈工作的时候太严肃，赶紧调整情绪，说：“没有，就是有点累了。最近压力比较大。”

关旭婉玉从不深究王俊为什么不开心，只见她手抓着衣角，依旧一副小女孩的模样，很轻松地说：“上次的事情对不起啊，害得你又住院了。我一直想去跟阿姨赔个不是呢。”

“咱们的事儿她也不了解，你找她干吗？”

“我就觉得让阿姨不开心了，觉得挺不好意思的。”

“你放心，我妈这人很大度。”

关旭婉玉点点头，真信了王俊的话，又说：

“对了，鸟王今天晚上还联系我，问我们怎么样了。”

“他给你打电话了？”

“发的信息。”

“问了咱们的事儿？”

“对啊，还说回头请我们一起吃个饭。你还别说，这人平时挺糙的，心里还真想事儿。”

王俊点点头，心想赵飞这么做是不无原因的。赵飞未必瞧得上他王俊，但是陈淑荞打下来的资源，是很多人羡慕的。赵飞打的这副牌挺出乎王俊的意料，不过也在情理之中。上次在饭局上，赵飞肯定看出来自己对关旭婉玉情缘未了，他这么做一个顺水人情，一下子就显得兄弟们之间的关系增强了。

这一个个社会人呀，要起小聪明来都显得好有头脑呀！

王俊苦笑一下，问关旭婉玉：“你怎么回答他的？”

“我说听他的安排啊，你的朋友我又不好拒绝。”

关旭婉玉刚说完手机就响了，拿起来，接听，电话里是一个男人的声音，问关旭婉玉回家了没。

关旭婉玉简单说了几句话，挂上电话主动解释说：

“一个富二代，明面上是客户经理，其实在公司啥事不干，天天就开保时捷去机场接人、送人。”

“怎么这么晚给你打电话呢?”

“说好了今天送我回来的，其实还有另一个女同事。他今天赶上有应酬，就没赶回来，所以现在问问我们到家了没。”

关旭婉玉看看王俊，察觉到王俊今天兴致确实不高——难道是因为这个电话吗?

关旭婉玉继续解释：

“你别多想，他这个人就这样，跟谁都套近乎。”

王俊的确是提不起兴致，索性面无表情地说：

“我没多想。毕竟工作了嘛，周围的人和事就杂了。对了，你那个领导，叫什么琪的，对你还好吧?”

“你是说张琪吗？挺好的，平时都是姐们儿，就是赶上事儿了爱着急。”

“上次那个哥们儿——对不起，影响你相亲了。”

王俊自己也不知道怎么着，一晚上都在揭关旭婉玉的伤疤，可他觉得自己并不是故意的，其实他就不是故意的。

关旭婉玉倒也不生气，平静地回答说：“也不是相亲，就是家里安排吃了个饭，看那人不错就保持联系了。”

保持联系？呵！王俊心想如果不是自己的一时鲁莽，你们或许就睡到一起了吧。王俊突然想到了王昭君，如果这事儿放到王昭君那里，王昭君会怎么处理呢？

王俊察觉到聊天的气氛不是很好，赶紧岔开话题，说：

“我想抽空去见见你妈妈。”

“好啊，我妈妈看过你的照片，对你印象不错。说你是——腹有诗书气自华，看起来就不一样。对了，你现在还经常写东西吗？我记得你大学的时候还发表过文章呢！”

王俊苦笑一下，觉得关旭婉玉说话有点跨度太大了，一会儿道歉，一会儿褒赏，这跨度像是新建小区里摆放在草地之间的水泥、石板、木板的小路，让人走得很不舒服。

王俊看时间也不早了，就在一个岔路口下了环路，送关旭婉玉回去，打着哈欠说：

“对不起了，因为工作上的事儿，今天我确实挺累的。本来想找你看场午夜电影，可是我怕我看到一半就睡着了。”

“没事，你回去休息吧，别太辛苦了。”

王俊把车停在关旭婉玉的楼下，两人沉默数秒，王俊对关旭婉玉说：“过几天我们公司十五年庆典，到时候你也过来吧。张琪最好也过来，你提前跟她说一下。我都会邀请的。”

“那先谢谢你喽。”

关旭婉玉下车后冲王俊挥挥手，进了公寓楼。

王俊开车回去，路上收到了王昭君的信息，打开一看，是很无聊的一句："长夜漫漫，无心睡眠。刚才班里的小伙子给我们宿舍送来了几瓶老雪花，可惜没有鸡架，喝得我嘴里苦苦的。"

王俊不知道该怎么回复这个牛皮糖小姐，他想到刚才让自己尴尬的一句话，就问牛皮糖小姐："今天有人说我腹有诗书气自华，你觉得她说的是真话还是假话?"

"我觉得多半是套话，现在的人都太美化读书这件事儿了。"

"你呀，就不愿意顺着别人说话。"

"还真不是。我觉得所谓'腹有诗书气自华'，大概同于'夫以铜为镜，可以正衣冠，以史为镜，可以知兴替，以人为镜，可以明得失'。你那个朋友顶多了解你的衣冠吧？是姑娘吗？是的话那就是要服你了！"

这个女生的回答再次让王俊觉得很舒服，哪怕自己不自华，王昭君说的观点也是自己认可的理念。

王俊的家里就有一个大书房，王俊没事就泡在里面。可是读来读去有什么意义？读了那么多号称经典的作品，结果就是，自己所经历的书中有说，自己所未经历的书中有云，里里外外也没多少新鲜事儿，看似是走进了茂密的森林，可是随着好奇心逐渐丧失，王俊觉得人类简单不若一颗石子。一颗石子，谈何自华?

顶多某个时刻，小丑仰观宇宙之大，俯察品类之盛，看了一眼风月宝鉴后面的那张骷髅脸而已。所以傻子才会想着靠读书赢来一张好脸面呢！

就这么说吧——自己今天晚上愁容满面，托尔斯泰去哪里了？卡尔维诺去哪里了？

相比于关旭婉玉一晚上带来的各种信息，什么开保时捷的富二代送自己和同事回家呀，什么相亲的对象只是泛泛之交而已呀，王俊觉得还是王昭君有意思。好多次下班之后，王俊拖着困顿不堪的身体，唯一想要的就是放松，放出心里的小妖怪，和美人随便聊聊，可是最近每次见到关旭婉玉，自己都不自然地又端坐起来了，这实在让人有点累了。

王俊回复王昭君说：

“你说得太对了。你知道喝完啤酒之后该干什么吗？”

“吹牛呗，要不对得起老雪花吗？”

“不，是睡觉。赶紧睡吧。”

王昭君发来一个勾引的表情。

王俊果断回复一个“晚安”，然后继续开车回家。

王俊自己都没有察觉，自己和王昭君语音聊天的时候，脸上一直带着笑。

睡前，王俊决定了，疑似泄露报价的事儿不查了。嫌疑人就那么几个，都是给自家卖过命的兄弟，一个个年底的时候加班加到满脸油光，都挺不容易的。自己回头找时间挨个儿跟他们聊聊就行了。再说了，项目上明里暗里，沾黑边的，带关系的，各路人马已经够自己费神的了，何必还要在内部大动干戈呢？多累啊！

凌晨一点，狄龙把人员调动和远征补助发放的方案发给了王俊，然后打车来到了约定好的地点。

下车后等了好大一会儿，初秋的风吹得狄龙直发抖。时间过了有一个多小时，道路拐角处才驶来一辆灰色奥迪车。

车停在狄龙面前，副驾驶座的胖子冲狄龙招招手。

狄龙小跑着过去，胖子扔给狄龙一个牛皮纸袋。狄龙看四周没人，小心翼翼地打开牛皮纸袋看了一眼，里面是三个“砖头”。

狄龙觉得不对，就问：“这是多少钱？”

“三十。”

“不是说好了一个点六十吗？”

“我是跟领导说的六十，可是我别的地方也花钱了啊，哥们儿，我总不能拿自己的钱往里垫吧？这次就这么多了，咱们来日方长好不好？”

狄龙的心理落差有点大，刚才他还盘算着多还一些贷款，然后再把老家的宅子翻修一下。这下好了，六十万变成了三十万，拍完婚纱照，装修完房子，也剩不下几个钱了。狄龙合上牛皮纸袋，不乐意地说：“您这就有点不厚道了。”

“你要这么说，这钱你给我，你自己去找我们领导要去。”

狄龙肯定不敢把钱给胖子，他傻站了一会儿，无可奈何地看着胖子扬长而去。

六千万的项目，按照十个点的利润，就是六百万，这是今天下午王俊让自己算的。自己出于私心，弄丢了王俊的六百万，却只换来了三十万。直到这时候，狄龙才觉得有些对不住王俊了。

狄龙打个车回家，一路上不停地叹息。不过有了三十万，算是救急了，自己一年两年不用再为钱而发愁了。透过车窗，狄龙看见路边有一条跑起来一瘸一拐的小狗在认真地前行，似乎也赶着回家。狄龙觉得这条小狗就是自己，可是和小狗不一样的是，自己在一天天改变，在尝试着摆脱现在的困顿生活。

狄龙从来没有见过三十万，回家之后，他跑到卫生间把钱拿出来，拆开砖头，亲了又亲，闻了又闻。把钱数了一遍之后，狄龙觉得这些钱放在家里不安全，万一王俊报警了，警察来查，一查一个准。狄龙赶紧下楼，找了家宾馆，开了房，把钱藏在了床底下，心想第二天直接存了。

刚回到家，狄龙就收到了王俊的信息。

狄龙吓了一跳，打开以后，信息上只有两个字：“收到!”

狄龙长舒一口气，回复王俊：“王总，早点休息!”

放下手机的时候，狄龙发现自己一下午都在管王俊叫王总，而就在几个月前，自己还能不卑不亢地与王俊争论呢。

7

十五年庆典如期举行。

宴会厅里灯火辉煌。因为后台不够大，一部分姑娘穿着短袖长裙，扎堆儿站在大堂门口的走道里等待表演。主持人还在温习主持词，时不时昂着头挑着眉白着眼，琢磨用什么样的串词最合适。

王俊和陈淑荞一起接待重要的客人，他让胡灵安排王昭君、橙子这帮朋友单独坐一桌，方便自己敬酒之后去找他们说说话。

赵飞压根儿没把自己当成客人，而是把自己当成宴会的主管了。他先对着陈淑荞做自我介绍，说了一整段过年的话，又跑来跑去帮王俊接待客人。等大家都坐定了，他才回到自己的座位上，最后调整一下自己桌的布局，在关旭婉玉旁边，给王俊空出一个座位。

王昭君的座位被调了，有点不乐意了，心想我坐得好好的，你瞎指挥什么呀，你以为你是谁呀！

晚宴开始之后，赵飞一个劲儿说王俊和关旭婉玉天生一对，这就让王昭君更不开心了。这丫头一不开心，就表现得特别明显，吃饭的时候，赵飞给她敬酒她也爱答不理的。

王俊应酬得差不多了，看客人们都要陆续离开了，就过来陪一陪自己的朋友。走过来的时候，他拍拍王昭君的脑袋，一边落座一边说："哎哟小老妹儿，怎么没看你喝酒呀？专门给你准备了老雪花，等着听你吹牛呢。"

王俊刚坐定，王昭君就说："你看我现在有喝酒的心情吗?"

王俊看一看王昭君，不知道这小姑娘为什么不开心，不过那么多人在，也不好和她斗嘴，就说：

"这边谁是主任呀，赶紧组织起来呀!"

赵飞站起来说："你还好意思说我们，人没到齐怎么喝酒?来，大家一起干一个，祝——我们陈总和王总的易安天下房地产公司早日成为全国性的大企业！干!"

刚干了两杯酒，赵飞就开始来事了，说：

"王俊，刚才我们一直在说你和关旭婉玉的事儿，我觉得呀，工作归工作，感情也不能落下了，好事成双才叫好，对不对?"

王俊笑道："鸟王呀，我发现你今天又带着多重目的!"

赵飞冲王俊摆摆手，刚要继续显摆自己的台词功底，王昭君就率先受不了了，揶揄道："切！今天我来的时候陈阿姨也没说要现场招儿媳妇呀，一个个瞎积极什么呀!"

关旭婉玉刚才还挺高兴的，听王昭君这么一说，脸顿时就红了。赵飞觉得这话明显是冲自己来的，就放下酒杯，阴阳怪气地说：“小姑娘长得那么好看，在大学里没少谈恋爱吧？”

王昭君倒也敢实话实说：“大一谈了一个，不过早就分手了。”

赵飞终于找到回击的把柄了，赶紧说：

“你们说说，你们说说，现在的学生谈恋爱，和咱们当年真不一样了。说分手就分手。哎，你说我们才差几岁呀，就有代沟了。要我说，还是我们这帮人靠谱。是吧，关旭婉玉？”

“谈恋爱怎么了？分手怎么了？男朋友还不准被人抢啊！我男朋友跟艺术团的女生好了，我就退出了，您有什么意见吗？”

王昭君挖苦了一下前男友，顺便给赵飞挖了一个坑。

王俊知道王昭君的口才好，赶紧替她圆了说出去的话：

“那您男朋友肯定很有魅力，比我们都强。”

吴茜也说：“赵飞，你跟人家小姑娘过不去干吗？喝你的酒！”

可惜赵飞和王昭君不熟，不知道这丫头嘴皮子多厉害，他只想着打击小姑娘了，一不小心就跳进坑了，说：

“看王总这话说的！小男生有什么厉害的？能跟您比？我当年也是小男生，玩呗，不负责任地玩呗，坏就坏在，小丫头还真把这玩的事儿当真了！”

“赵飞你就别说了，今天是王俊公司的庆典，你看你，净回忆青春了！”

关旭婉玉这句话算是最后拉赵飞一把，只可惜，王昭君已经决定跟这个不招人喜欢的哥们儿撕破脸了，只见小丫头半昂着脸，鄙夷地看着赵飞，说：“小男生小女生怎么了？低你一等吗？你刚才不是说那些跳舞的小姑娘可以随便睡吗？你们比我们好在哪里？这就是你们的好？”

赵飞最后挣扎一下说：“我们都工作了，花自己的钱找点儿乐子，碍着谁的事儿了？”

王昭君姿势不变，收回盯着赵飞的眼神儿，看着满桌的佳肴，继续说：“我前男友也是靠自己打工赚钱给我买东西呀！听你的语气，你是赚了多少钱怎么着？你要是真有钱，陈总就该来给你敬酒了。我觉得啊，我们真比你强。我记得有一次我参加一个活动，我男朋友突然哭了。我问他为什么哭，他说他看见那些跳舞的女孩虽然化了妆很好看，但是因为太累了，脸蛋儿像砂纸一样粗糙，而自己还坐在这里看她们表演，他觉得心疼。后来我知道，那里面有他喜欢的女孩，所以我就退出了。我就想问问你了，和我前男友的善良比起来，你觉得你说的话还挺有理是不是？现在流氓都这么嚣张了吗？”

餐桌上沉默了几秒，赵飞恶狠狠地瞪一眼王昭君，想说话反击却一时词穷了，尤其是王昭君那句“你要是真有钱，陈总就该来给你敬酒了”，简直比直接骂他还难听。但是王昭君不在乎，她扫一眼王俊，看一眼关旭婉玉，一点不怵场，大大方方享受着自己带来的尴尬。

王俊觉得王昭君回击得漂亮。这几个月来，他在关旭婉玉那里一直没有找到爱情的感觉，在兄弟们那里也没有找回当年的哥们儿情谊，所以此时此刻，他也很受用王昭君制造的尴尬，觉得是在给自己出气了。再说了，这事儿本来赵飞就不占理，这些表演的姑娘都是王昭君的朋友，你一大老爷们儿这么不留情面地挖苦人家，不被怼才怪呢！

邵楠看狄龙跟哑巴似的傻坐着，也不站出来调节气氛，就主动端起酒杯，说：

“小姑娘说得不错，来，我们一起为青春干杯！”

大家举杯一饮而尽。

王昭君看了一眼邵楠，愣了一下，赶紧偷偷用手机拍张照片，发到自己艺术团的群里，问：“各位，开会了！这女孩是上次在皇家会展中心的那个女的吗？”

好朋友任倩马上回复说：“是啊。你怎么和这姑娘在一个局上？”

“我今天赶上吃唐僧宴了，一桌的小鬼。”

说完，王昭君收起手机，再看邵楠，邵楠单独和王俊喝完一杯酒，又在提议女生们一起喝一个。

王昭君心想自己既然是外人，那就没必要死耗着了。她故意又瞪一眼赵飞，然后大摇大摆地跑到陈淑荞旁边，很亲昵地跟陈淑荞说话，同时在心里对赵飞说，你个小赤佬，你不是想跟陈阿姨套近乎吗？你来呀，你来我就让你更难堪！

宴席结束之后，陈淑荞喝得有点多了，王昭君负责照顾陈淑荞并送其回家。服侍陈淑荞进屋休息之后，王俊送王昭君出门。

王昭君拿出手机来问王俊："这个女的是谁？"

王俊没想到王昭君会问自己这事儿，心想人家邵楠刚帮你解了围，难道你还记人家的仇不成？

王俊随口回答说："我朋友的女……应该是未婚妻了。"

王昭君收起手机，说："你朋友真不怎么样。"

王俊有点不高兴了："你这是什么话？非要处处表现自己吗？"

王昭君撇撇嘴，说："这个女的叫邵楠吧？我之前就认识她。"

"你怎么认识？"

"我当年在一家文化公司做模特，就是礼仪。这个女的，是小……我不想说得太难听，但是她晚上真的被大老板叫出去一起住了。花钱的那种。懂了吗？"

王俊大吃一惊，半信半疑地问道："你说的是真的？这种事可别瞎说。”

王昭君又把手机拿出来，艺术团群里一帮丫头一晚上都在挖邵楠的事儿，她把手机递给王俊看，说：“你看，时间、地点、姓名，都有。我也不想揭人短，可能她现在变好了。不过我看你跟那个狄龙是不错的兄弟，所以你自己看着办吧。晚安喽！”

说着王昭君钻进汽车，冲王俊摆摆手。王俊回家之后不知道怎么处理这事儿，想了好久，决定这事儿暂时放一放，回头再说吧。

酒席之后，赵飞提出来要送狄龙回家。代驾司机把车开到狄龙的楼下，赵飞让邵楠先上去，让代驾出去抽根烟，然后问狄龙：“听超哥说，王俊前不久投了一个标，报价掉坑里了。有这事儿吗？”

狄龙后脊梁骨一阵发热，支支吾吾地说：

“有，那个标挺可惜的，万事俱备，可惜最后报偏了。”

赵飞递给狄龙一根烟，说：

“你这话骗外行人还行，在我这儿说就没什么意义嘛。你我都知道，王俊那小子在圈里不算是笨蛋，社会关系比你我玩得都溜，所以我敢肯定是因为有人在捣鬼，才导致报价报偏了。或者说，报价没问题，是别的地方出了问题。”

“你什么意思?”

赵飞盯着狄龙，打了个酒嗝，说：

“有个项目，过两个月就招标，到时候你得给我帮忙。”

狄龙明白了，那个超哥把事儿捅出去了，赵飞现在是来要挟自己呢。狄龙一时不知如何是好，恳求道：

“鸟王你别这样，我也有我的难处。”

狄龙这么说就算是承认了。他把社会想得太简单了，对于那件事，不管别人怎么说，自己是绝对不能认的，认了就麻烦了——而且，赵飞的手机还在录着音呢。

兄弟就靠得住吗？或者说，兄弟就比钱重要吗？

如果狄龙刚才扭头就走，赵飞啥办法都没有，可偏偏狄龙承认了，瞬间赵飞的姿态就更高傲了，他一脸坏笑地说：

“你可真会谈，一个点就把你收买了。你知道为什么人家后来还要坑你吗？人家就是看你㞞，所以才连一个点都不给你。”

狄龙目视前方，气急败坏地说：“赵飞，你到底想怎么样?如果大家真撕破脸了，对你也没好处。”

赵飞现在可不怕狄龙使性子了，他继续笑呵呵地说：“撕破脸了吗？没有啊，这种事儿怎么可能撕破脸呢。王俊到现在还把你当兄弟呢。据我所知，你们部门的人都调动了你都没动。对了，哥们儿你也该高兴啊，你这次要王俊跟耍猴似的。你赢了！”

狄龙继续往坑里跳："我办那事儿真是为了救急，没有那三十万，我房子、老婆，什么都没了。"

"你以为就你活得辛苦，我就不辛苦吗？是，你急，可是谁不急这个点了还不回家睡觉，还在外面晃来晃去？你以为我天生爱笑才处处卖笑？我没那么下贱！"

"赵飞，大家都是兄弟，你不要逼我。"

赵飞把手放到狄龙肩膀上，说亲昵不亲昵，说挑衅不挑衅：

"狄龙，我真不是逼你。你先回去想想吧，想想自己想要什么，再想想怎么才能得到自己想要的东西。那个标呢，比较大，五六个亿，效益也好。你天天做预算，五个亿六个亿张口就来，你知道对于一个五个亿的工程，一个点是多少钱吗？"

狄龙看看鸟王，不知道该说些什么。

五个亿，一个点就是五百万，自己什么时候才能赚那么多钱？可能一辈子都不会有那么多钱。

可是这事儿，狄龙断定自己不敢干。

关旭婉玉在宴席结束后一个人回家了，回家之后一直在想王昭君是什么来头，怎么今天突然就冒出来了呢，而且还和王俊的妈妈走得那么近。

关旭婉玉觉得心烦，似乎是有点吃醋了。最近一段时间里，可能是因为工作上压力比较大，也可能是生活很不如意，王俊在她脑海里出现的频率高了。尤其是被吴彦祖背叛之后，关旭婉玉才意识到王俊的好，她贪恋王俊的痴情——有时候关旭婉玉会想，一个女人如果拥有了另一个男人的痴情，那也是很成功了。这是一个挺可爱的奇思妙想。

关旭婉玉心想以后要多联系王俊，她不能放弃王俊。

关旭婉玉刚脱衣服要睡觉，就听见电话响了，接听之后，母亲急躁地说："关旭，赶紧回来，你爸爸出事了！"

"怎么了？"

"脑出血，我抬不动他。"赵倩带着哭腔说道。

关旭婉玉赶紧又穿上衣服，妈妈抬不动父亲，那怎么办？自己也抬不动一米八的父亲啊！

关旭婉玉拿出来手机想打电话给王俊，可转念一想，王俊或许不想被自己打扰，再说了，他今天晚上喝了不少酒呢。关旭婉玉要在王俊面前保持很好的形象，所以这种事还是别打扰他为好。关旭婉玉琢磨了半天，拨通公司富二代成康的电话，让他赶紧来接自己。

成康住得离关旭婉玉很近，接到电话之后立马开车过来了，接到关旭婉玉，立马一路飞驰赶往关旭婉玉的家里。

关旭婉玉到的时候，急救车已经停在楼下了，医生们正手忙脚乱地把关旭婉玉的父亲关正良抬下来。赵倩手扶着担架，呼唤着丈夫的名字，可关正良半睁着眼，舌头软塌塌地瘫在半张的嘴里，怎么使劲儿也说不出来一句话。

关正良被抬上救护车，医生立即展开急救工作。关旭婉玉让母亲坐上成康的车，尾随着救护车朝医院的方向赶去。

“我洗澡的时候就听见‘扑通’一声，等我回到屋里，你爸爸就这样了。”

赵倩在车上坐定之后，泪流如雨水一般。关旭婉玉很惊奇，年长的人的泪腺里竟然储存了那么多泪水。

赵倩接过关旭婉玉递来的纸巾，一边擦脸，一边继续说：

“我受够了！这辈子我受够了！”

赵倩突然感觉心情异常悲痛起来，胸中积郁的块垒不吐不快：“为了让你留学，我们卖了新房子，住这个旧房子。现在我们不求你多有出息，你能找个好男人我就放心。可是你看你，银行的那个小伙子，多好呀，人家媒人到现在还埋怨我。那个什么王俊，人呢？到底是不是你男朋友啊，如果是，那让他现在就来把你娶走。”

赵倩一味说着，说到没话说了，才反应过来，自己坐的车不是出租车，开车的小伙子穿着体面，赵倩问道：“你就是那个……”

“成康。”关旭婉玉替成康报了家门。

关旭婉玉听完母亲的一番话，挺不开心的，尤其是这段话，母亲当着自己同事的面说出来，着实让她颜面尽失。

赵倩耐着性子活了一辈子，今儿个伤心到底了，觉得该放纵了，她哪管女儿的脸面，看到眼前这男孩也挺不错，赶紧凑上前对成康说：“谢谢你啊小成，这么晚了还麻烦你送关旭婉玉过来。你比那个什么王俊强多了。”说着又看看关旭婉玉，心想好男孩这么多，哪个不能娶了你这尊神仙呢！

到了医院之后，关正良被推进了急救室。不一会儿，一位医生走过来对赵倩说问题不是很严重，但是颅内血管畸形比较严重，以后会引起意识障碍、肢体偏瘫等症状。

赵倩偷偷抹眼泪，看时间不早了，就催着成康回去。成康看关旭婉玉没说让自己走，觉得大半夜把这对母女留在医院里有些不妥，就在医院旁边订了房，然后对关旭婉玉母女俩说自己就住在附近，有事情随时叫他。

凌晨五点多，关正良被推出抢救室，鼻子上插着管子。手术挺成功，病人已经有了意识，脱离生命危险了。

医生把病人安排住院之后，嘱托赵倩病人之前就有糖尿病，现在加上脑出血，以后要注意饮食，切忌暴饮暴食，同时还要尽量保持心情舒畅，不可生气。

赵倩坐在床边看着老伴，再次回顾起自己的一生。她二十二岁就嫁给了关正良，那时候家里没钱，筒子楼里的一居室一住就是十年，后来左借右凑，凑出来二十万，换了个七十多平方米的两居室。好不容易关正良的生意顺利了，老两口买了个大房子，还没来得及搬进去就卖了，把钱用来供女儿留学。几十年来，两口子可以说是节衣缩食，求的就是女儿能有个好起点，以后不用活得像自己那么累。可惜，女儿太不争气了，所以这长久以来的操劳，在今天都化成了怨气。

赵倩看看女儿，继续翻来覆去地说无趣的话：

“本指望你能出人头地，现在看来，你留了学也没什么用。你这一天天在外面到底忙什么？我没见你赚多少钱，也没见你生活有个着落。”

关旭婉玉蹙着眉，不耐烦地说：

“妈，您就别操心我了，现在就好好照顾爸爸吧。”

“我这辈子得到了什么？上半辈子跟别人一起摽着干，吃尽了苦头，下半辈子天天围着你爹和你打转了，一天三顿饭伺候着你们。我觉得我这一辈子干什么都是徒劳，养你也是徒劳。”

关旭婉玉不说话，在旁边的病床上躺下，眯了一会儿。

六点多的时候，赵倩叫醒关旭婉玉，说：

“昨天那小伙子还没回去呢，等会儿就要去上班了。你去宾馆叫一下人家，请人家吃个饭吧。”

关旭婉玉想到自己也要请假照顾爸爸，就听了赵倩的话，去宾馆叫醒成康，一起在宾馆的餐厅吃了早饭，然后央托成康回去代为请假。

成康临走的时候伸手去握关旭婉玉的手，关旭婉玉退后一步，手插进了上衣兜里。成康有点尴尬，问道：

“那个王俊真是你男朋友?”

关旭婉玉木然地点点头，说：

“你跟张姐说一下，这两天我请假。你要是遇到了王俊，也别跟他说我们家的事儿，我和他，现在关系有点儿……”

成康点点头，他觉得自己这两天在关旭婉玉面前一直表现得不错，似乎抓住了某些道义上的优势。有了这优势，和姑娘交流起来就自信了，也能尽情展示自己的魅力了。他故作坦率地问关旭婉玉：“你是怕他嫌弃你?”

关旭婉玉愣了一下，皱了皱眉头：“他最近很忙，我不想打扰他。”这个回答也算得体，显得自己也识大体。

日常的交谈就是这样，往往气势有了，说什么都无所谓了。

王俊白天的时候去关旭婉玉的公司谈组建项目公司的具体方案，开会开了三个小时，各种烦心事儿都摆到了桌面上。王俊开完会脑袋都有些发蒙。

从楼里出来的时候，已经是晚上七点了，由于车停得有些远，王俊步行穿过一个小公园。

风吹走了最后一片晚霞，树簌簌叫唤着，也晃动着。驻足一分钟，稍事休息，耳边似隐约有龙啸凤鸣之音，可是这风声喑哑着，真若是龙凤吐纳的气息，那也该是被阉割的兽，居凌云处也虚浮，耷拉着脑袋昏昏欲睡，是是非非都撒手不管了。

今天没有看到关旭婉玉，王俊竟然也不怎么想念这个姑娘了。工作步入正轨的王俊，在车的后视镜中看着自己一身西装的样子，觉得心神安稳。

王俊开车回自己的公司，在办公室里把很多资料再过一遍。上次的落标给他很大的打击，他觉得肯定是自己的努力程度不够。

办公桌上有一份水果，也不知道是谁放在那里的，王俊就把水果当晚餐了，一直忙到晚上十二点多才回家。

接下来的一个多星期里，王俊天天都很忙。从早到晚，除了出去洽谈业务，就是在办公室里看资料，要么就是去项目部催收款——秋天到了，冬天也就不远了，年底是个坎，收款付款的压力全集中在年底。

这天晚上，王俊照例一边吃着桌子上的水果，一边看资料。胡灵进来签报销单，王俊说：“等下，水果钱我给你。我发现晚上不喝酒，吃点水果挺好的。”

胡灵愣了一下，说：“这不是您自己订的吗？”

“不是啊，我以为是你给我订的呢。”

“陈总还说你会养生了呢！说你这么下去，以后肯定是个健康好老头。”

“哦——那是我美好的愿望。”

王俊觉得可能是某个朋友的好意，或许是关旭婉玉，或许是狄龙，他也懒得想是谁了，就挥挥手让胡灵早点回去吧——王俊喜欢加班，但是别人一加班，他就觉得是自己管理太不人性化了。

王俊重新坐下，突然无心工作了，就拿起一本书随便看看。王昭君那丫头说得对，腹有诗书气自华是假的。读书就是读书，消遣时日而已。念及时日的宝贵，这消遣也就显得挺有意义了。明白了这个道理，王俊愈加觉得读书是挺舒服的一件事。王俊看了几十页的书，从冰箱里面拿出来一瓶啤酒，刚要喝一口就听见手机响了。是王昭君打来的。

“啥事啊单于夫人？”

“城东的那片豪宅，你们有钱人都知道吧？”

“你出院了也不赶紧好好补补功课，又去兼职了？做得挺大呀你！以后提我的名字，小费能多拿点。”

“你真是狗眼看人低！我朋友在那里干正经工作呢——刷小广告，说你朋友的老婆，就是那个邵楠，在五十一号院。”

王俊把啤酒放在桌子上，想了想，说：“那我去干吗？”

“揭穿或者警告，你总得选一个吧。不去也行，随你。”

“你在哪儿？”

“我在学校呀。”

王俊挂了电话，来到商务部，整个商务部就狄龙一个人还在，王俊问他：“别人都走了你留着干吗呢？”

“他们都刚来，业务不熟悉，我把这个季度的成本报表做一做，下周开会要通报。”

“邵楠在哪儿呢？”

狄龙愣了一下，说：“啊？”

王俊觉得自己问得有些鲁莽了，赶紧解释说：

“你加班她完全可以过来陪你呀，这里有休息室，还能看电影。你别总是自己一个人熬，好歹也讲究点儿生活情趣嘛！”

“她今天也加班。”

王俊点点头，说：“好吧，那我先走了。我还有事，就不送你了。”

王俊随手带上商务部的门，下楼开着车就奔城东的豪宅去了。这里王俊还算熟悉，他多次在这里宴请，以及被宴请。

王俊的车保安也认识，王俊顺利驶入小区，把车停在五十一号院前。王俊想明白了，他必须得提醒一下邵楠，尤其是看着狄龙工作如此辛苦，他觉得自己有义务为兄弟做这点事情。

十二点左右的时候，一帮油头粉面的男人走了出来，邵楠夹杂在男人中间，管这个叫哥，管那个叫总，谁摸她她都不生气，很熟练的交际模样——不过这究竟算不算是真正的交际，就仁者见仁智者见智了。

邵楠钻进了一辆车，王俊尾随着这辆车开出小区。车开出去三五公里后停了下来，邵楠下车，站在一栋办公楼前打车。

王俊把车停在了邵楠身边，伸手打开副驾驶车门。

邵楠愣了一下，随机转移目光，装作没看见王俊。

王俊拿出手机来，给邵楠发了一条短信："上车说吧。"

邵楠看看王俊，知道自己的事情瞒不住了，叹口气，钻进王俊的车。王俊重新发动汽车，开上环路。

两人半天没说话，直到快到邵楠和狄龙住的地方了，王俊才问邵楠："你们什么时候去拍婚纱照？"

"春节以后。"

"钱攒够了？"

“差不多了吧。”

“我刚才出门的时候，狄龙还在加班。”

邵楠不说话。

王俊知道邵楠对狄龙来说很重要，所以他也不想太不给邵楠面子，就说：“有个狄龙那样的男朋友，也算是你的福气了，珍惜吧。”

说完王俊停下车，继续说：“自己走走吧，我就不送你到楼下了。晚上走走路，想想事，也挺好的。”

邵楠下车前冷冷地问王俊：“这是谁告诉你的？”

王俊很是瞧不起邵楠的故作姿态，心想你嚣张什么？真以为自己昂起头挺着胸，我就得低头敛你的裙？你们这帮女的，都太高看自己了吧。王俊故意很不屑地瞪一眼邵楠，语调冰冷地说：“你今天对付的那些男人我还真认识几个。他们给我打电话说今天有美女，让我也来喝几杯。我看是你在，就没好意思进去。”

邵楠一听，这也是一个哥一个总呀，气焰顿时消了，慢慢关上王俊的车门，转身就要走。

王俊打开车窗，大声说了最后一句话：“祝你和狄龙幸福！”

王昭君这段时间一直没有主动联系王俊，是因为她觉得自己在庆典上的表现太嚣张了，有些不好意思了。今天得知邵楠在外面断混的消息，王昭君想都没想就给王俊打了电话，表现得如此积极，自己都想不明白为什么。挂了电话之后，王昭君深刻地意识到自己更爱这个男人了。

王昭君上完自习，一个人在学校里散步，走着走着，来到河边。抬眼望，月亮在乌云里一窜一个高。逆流而上的夜，在整个城市陷入睡眠后开始骚动。姑娘独自看月，就惊亮了居民区里的灯一盏又一盏。姑娘一眼看过去，那灯火就印在脑海里，屋子里的男人女人，幻化成硕大的恒星，宛若会发光。

王昭君低着头，沿着河边走，不小心撞到了一棵树。

王昭君突然觉得好孤独呀，她想对大树道歉，说，树先生，我好抱歉。树如果有嘴巴，它会怎么说呢？应该会说，没关系，如果他也在，手上握一把用我的枝干做的手杖，那一定就是绅士的典范。

他？他就是王俊，那个一点都不解风情的臭男人！

王昭君在树边停下来，心里继续对着大树说，大树啊，他和你之间只差一树红颜，如果他能是你，我宁愿做一片树叶永远不落下来！

王昭君拿出来手机，发现王俊还是没给自己发信息，难道这个人就这么不想联系自己吗？

王昭君突然有点生气了，就主动给王俊发信息说：“我给你买水果花了一千块钱。我现在没钱报名考雅思了，你还我钱！”

王俊没想到那些水果是神经大条的王昭君送的，顿时对这个姑娘刮目相看了，回应道：“你送出去的东西还带要钱的呀？”

“唉，不用了，算我这话没说。”

“你看你，我也没说不还你钱呀。”

“真不用了。我改变主意了，就当是肉包子打狗了！”

“你回宿舍了吗？”

“没有。”

“在哪儿？”

“河边。”

王俊一脚刹车，掉个头儿，继续发语音告诉王昭君：“你可得小心点儿，这河里有鬼。我大一的时候，就有人在里面淹死了。我大二的时候，一个海军老兵在里面泡澡。他觉得有人在水里抓他，就对岸边的学生说我可厉害了，你们三五个小伙都拉不动我。小伙子们不服气啊，三五个人一起上，费了九牛二虎之力才把老头子拉上来，老头子上岸后，脚上全是抓痕。吓人不？”

“编，继续编！你咋不说河里的鳖是你拜把子兄弟呢？就你修炼成了人形，唐朝和尚的二徒弟帮了你的忙。”

“你等着，一会儿我兄弟就上来。”

王昭君在台阶上坐下，心想真有个水妖倒也好了，漫长的夜晚也就不那么无聊了。不过若是真有水中的妖，那也该是个多情的女子。在水里的世界，藻为翠林，波接轻雨，淅淅沥沥的夜雨穿过薄雾之后，绵云一般散落在水面上，成了青烟。那多情的女妖大半夜不睡觉，美艳无双，体态绰约，顺着水流过马龙，遇见了小青蛙，就踢它一脚，问，那个死鬼哪里去了?!

王昭君想着想着，女权主义的气势出来了，她觉得女人可悲，尤其是好女人，最可悲。那水中的姑娘可不能喜欢像鱼鳖一样丑陋的男人！一定不能!

王昭君来劲了，想用石头打破水底的宁静。

王昭君刚要站起来找石头，就听见“扑通”一声，河里有人扔了一块石头，回头一看，王俊正站在河堤之上。

“你真来找你兄弟了呀?”王昭君嘟着嘴说。

“可不是嘛，毕竟是一起修行过的兄弟，我哪能背信弃义呀。喂！你看，它冒出来了!”

王昭君“哇”的一声，紧跑几步，抱着王俊，然后回头看看，水面上啥都没有，只有绿水在荡漾。

王昭君缩回手，瞪了一眼王俊，长久的怀念在见面的一瞬间土崩瓦解——毕竟这个人还不是自己的男朋友嘛。王昭君有些失落，好比美梦之后，重新落了个惨成梦外人。

“你怎么这么晚过来?”

“送你回宿舍啊。”

“就为了送我？”

“看你铁拐李的小腿儿利索不利索。”

“早就好了，你看，我还能蹦。”

王昭君说着便往回走，王俊跟在姑娘身后，恍惚中，仿佛回到之前送关旭婉玉回宿舍的岁月，不过旧的场景好长时间不温习，现在已经有些陌生了。

“对了，你那个朋友怎么样了？”王昭君侧脸问道。

“邵楠吗？挺好的，我提醒了她一下。”

“你说——她去那种地方，能找到真心喜欢自己的人吗？”

“不知道，我只能说不知道。其实对于那些发了福的男人来说，不花钱的话，也没漂亮的女孩愿意跟他们多说几句话。花点钱，再花点时间，小心翼翼找个平衡，或许真能缓解内心的饥渴。你觉得这是不是爱情呢？”

“你们可真无聊。”

“不是你们，是他们。”

“席上地上狗皮上，你们一个高度，说不定哪天你打个滚儿，就跟他们一样了。只不过……”

“只不过什么？”

“你还没发福，身材还挺好的。不过也是早晚的事儿了，胖子都瘦过。”

王俊侧过脸看看姑娘，氤氲的光打在她的脸上，有温柔的反光。这样的姑娘也不少，关旭婉玉曾经这样，吴茜曾经这样，邵楠曾经也这样，可是而今呢？才毕业几年而已，姑娘们脸上的光就没了，换成了艺伎一样的白，那白，不是明月在空的明月白，而是逊雪三分的落魄白。

王俊叹口气说：“你好奇我们，我何尝不好奇你呀。”

“你的大学就在昨天啊。”

“事情不是你说的那样。常言道，昨日死，今日生。当头棒喝之后，没人还能不畏惧这棍棒之威，这和时间没什么关系。”

王昭君寻思半天，还是问了：

“那个关旭婉玉，真的那么好吗？”

王俊不知道该怎么回答王昭君。如果放到十年前，军训的时候刚认识关旭婉玉，王俊肯定会说关旭婉玉千好万好，可是现在呢？把自己晾在一边去相亲的关旭婉玉，还是当年的那个姑娘吗？王俊想不明白。

走着走着，前面的小猫咪出现了，路边有两个女孩在喂它们吃东西。王俊停住脚，说：

“当年手机很不好用，实体键的，屏幕火柴盒那么大，我照样晚上不睡觉，和女朋友聊起来没完。有时候下雨了，她找我，我就赶紧从男生宿舍楼往这边跑。我记得我大二的时候，那边——大学生活动中心前面的那片地儿还在施工，我图近，就从工地里钻过来，好几次一脚踩到泥里。”

“哥，她如果还记得这些事儿，你就去找她吧。我能感觉到你很爱她。”

“就怕她早就忘了，就算记得，也是记住那天我跑了过来，忘了我脚上的泥巴了。”

“如果是这样……”

王昭君站在路灯下，低着头，沉默几秒，说：

“那你来找我好不好？”

王俊愣了一会儿，他想拍拍王昭君的脑袋，告诉她自己还有未处理好的事情，可是话还没说出口，王昭君就噙着泪跑开了。

王俊傻傻地站在路灯下，低头看猫咪，觉得这小东西也和自己不亲近了。远处，有男孩拎着零食在等姑娘。

唉，可爱的小朋友呀，这秋风只不寒你一个人的腿，太偏心！你看，我就冻得不行了，我得赶紧回车上了。

这天是周六，王俊的手机设置的是工作日提醒，他就睡过头了。起床之后王俊脸都没洗，急匆匆赶到公司，一边下车，一边给狄龙打电话：

“今天的业主考察我来主持。马上就要往成德基金注入资金了，我们必须赶紧拿几个项目，搞来些工程预付款，不然资金会出大问题。你现在马上再次通知各部门负责人，所有人必须参会。业主有什么需求，今天都搞明白，打好提前量，别到最后了再问这问那。”

王俊一路小跑，到了办公室，赶紧吩咐胡灵把西服拿过来，然后特意到会场看看水果摆好了没。

另一边，关旭婉玉刚通宵做了一夜资料，回到家想洗把脸，发现陶瓷台盆里面的水没有放，水面上漂浮着一层垢污。

关旭婉玉叹了口气，找个脸盆倒上水，随便洗一把脸，也懒得用护肤品了。关旭婉玉刚把水倒掉，爸爸就从外面回来了，带回来一阵腥酸味——出院之后，关正良的脾气变大了，动不动就生气。同时，强烈的求生欲望让他根本不遵从医生让他好好休息的指示，每天早早起床出去快走，走出了一身汗，嗓子里一口老痰随口吐在脸盆里，或者是地面上。

出院之后，关正良觉得自己想通了，这位老汉一改木讷性情，干什么事儿都顺着自己的心情来。医生不让他多吃饭，他觉得限制他饮食是医生和家人谋害他的方式，所以每顿饭都坚持吃四个馒头，吃得满头大汗，气喘吁吁。他看到别人过得比自己舒坦就嫉妒，觉得命运待自己不公，所以每天早晨四点起床，拿着自己的拐杖使劲敲打地面，把大家都惊醒之后，自己出去散步。此外，他觉得所有人都会背叛他，非要把自己老婆和女儿的工资都收起来，谁不给他他就拿着棍子跟谁拼命。

落魄之人，自尊的表现方式多半是具有挑衅性的。关正良觉得别人嫌他脏，所以就像前面说的，他喜欢在脸盆里面吐痰，上厕所从来不冲，而且故意占用别人的毛巾，让家里所有的毛巾都总是有一股子汗酸气。尊严到底是什么？他自己其实也不知道。

关旭婉玉闻不惯爸爸身上的臭味，随便吃了两口饭就回到卧室。关旭婉玉刚要睡着，赵倩就推门进来了。关旭婉玉一个激灵醒来，看见是母亲，稍舒一口气，同时不高兴地说：

“你来干什么？我刚要睡着。”

“大白天睡什么觉。”

“我一夜没睡！”

赵倩也不关心女儿累不累，最近一段时间的变故已经让她无心再关爱女儿了。赵倩在女儿的椅子上坐下，说：

“咱家旁边的商场开了，商场后面的城中村要拆迁，以后这里的住宅区要扩大一倍，很多家都要装修。我跟你商量一件事，我想把咱们俩的工资拿来，开一家窗帘店。”

“开店？哪里来那么多钱啊？”

“我这里有几万块钱你爸不知道，你再找你朋友借一点呗。”

“我刚工作，认识不了几个人，我找谁借呀！再说了，开了窗帘店，爸爸这边需要照顾，您身体也不好，你还打算雇个人吗？”

“你没事就来店里帮帮忙呀！”

关旭婉玉不知道该怎么回答母亲的问话，她之前觉得母亲不会老，父亲不会生病，但是最近她才发现，生老病死在每个家庭里都会如约而至，不会因为她不去想这些事，这些事就不来了。

最近一段时间，关旭婉玉觉得自己被孤独感包围着。可是她不敢联系吴茜，朋友圈里的吴茜不是在香港，就是在澳洲，玩得不亦乐乎。拆迁的钱够她和橙子用好几辈子了，自己怎么好意思去联系活得这么幸福的人呢？关旭婉玉觉得自己背叛了朋友圈里的幸福生活，是生活的叛徒，无能的弱者，和小偷和强奸犯一样不该彰显内心的想法。而今，现实开始变本加厉了，母亲也开始对自己落井下石了——自己怎么好意思利用业余时间跟母亲一起卖窗帘呢？就不说自己工作很辛苦了，哪怕工作不辛苦，她也舍不下来脸面做这些事情呀！

罗素说参差不齐是幸福之源。歪解一下，层次不齐同样是不幸的源头，因为层次不齐引发了贫富祸福，制造了虚伪。可是这有什么办法呢？社会风尚至此，谁又能改变一二？所以呀，既然轮到你倒霉了，你就要默默承受着不幸带来的痛苦，任由自己无声无息地被生活啮噬，不可也不能发出声音。

赵倩还在说：“你总得想办法啊，咱不能被你爸拖累垮了啊。”

“妈，我不想被这个家拖垮了。”

赵倩听女儿这么说，愣了一下，流下了眼泪。哭了一会儿，赵倩抹抹眼泪，也想开了，就说：“你要是能嫁出去，我也就不操心了。你看现在，你爸爸天天乱花钱，什么歪门邪道都去试，一万多块钱买一瓶假人参，谁也拦不住。我想赚钱，也是想给你攒点钱呀，可你说我能干点啥？现在好了，你也不理我了，我真是叫天天不应，叫地地不灵。”

“是不是我嫁人了就好了？”

“你一点都不操心这个家了是吧？”

关旭婉玉欲哭无泪地说：“妈，你们现在是逼着我去死呀，我还怎么为你们操心呢？”

赵倩也有点激动了：“丫头，咱说话可得讲良心！你爸之前对你怎么样你不知道？他自己省吃俭用一辈子，钱全花在你身上了。他也不想变成这样呀，现在的问题是他脑子坏了，他自己都控制不了自己！”

“妈，我宁愿没出国。”

赵倩擦干眼泪，叹口气，强忍着悲痛看一眼女儿，说：“那你能走多远就走多远吧！”说完走出了女儿的卧室。

赵倩刚走出门，关正良就问赵倩关旭婉玉在干什么呢。得知女儿要睡觉，就故意用拐杖敲打茶几。

赵倩一把抢过来关正良的拐杖，扔在地上，吼道：

“你别闹了行吗？你非得把这个家毁了是不是？”

关正良挣扎着从沙发上站起来，捡起来拐杖要打赵倩。

赵倩摔门而去，关正良自知追不上赵倩，就把储物架上的瓷器砸了好几个，还不解气，又去厨房摔碗。家里的物件摔得差不多了，关正良想到老年大学里现在或许又来卖特效药的了，就在家里随便骂几句别人都是畜生之类的话，也摔门而去了。

关旭婉玉身体抵在墙上，哭都哭不出来。

赵倩并没有走远，在楼下的小亭子里坐着呢。看丈夫走了，赶紧上楼来，一个人收拾起来满屋子的狼藉。

外面不断传来母亲窸窸窣窣收拾东西的声音和抽泣的声音，关旭婉玉心疼母亲，可是还不愿意开门。

等外面彻底安静了，关旭婉玉赶紧趁这安静的片刻躺下来休息。一觉醒来已是下午两点，这个时间父亲应该在午休。关旭婉玉起身悄悄来到卫生间洗了个澡，然后在衣柜里找件干净衣服换上。

今天不用去公司，整个下午关旭婉玉都在街上闲逛。她先是在咖啡厅里喝了杯咖啡，翻看了一本时尚杂志，纸面上尽是些精心编纂的谎言。又一个人去看电影，电影也没什么好看的，镜头里的男女都失真，我爱你喊出口，不懂的人听了觉得备受鼓舞，懂的人都知道那不过是荷尔蒙的一秒荡漾——过了一定的年纪，谁还会在大街上大声喊我爱你呢？你见哪个老板这么干过？

天不知怎么就黑了。对于伤心的人来说，下午的时光总是短暂。四点过后，一个伤心的念头在心间，如同鱼竿上的浮漂，上下几个来回，再反应过来的时候，已经是月上柳梢头了——今天是阴天，就显得天黑得更快一些。

关旭婉玉打车来到了王俊的小区门口。

这一片地儿路灯明亮，行人却寥寥，偶尔两三辆车路过，带过来一阵阵冷风。对于关旭婉玉来说，这里不是自己家，却像是自己家。最好的房子，最差的房子，晚上的时候都很像。远望过去，还是有一些楼亮着灯。商业楼挂着的霓虹灯老大个儿，里面肯定有人在通宵做商业方案，医院的住院部里，应该有人正在楼道里打瞌睡。这个城市从未休息过，在每一个夜里，都有人欢笑，有人哭泣，有人寻欢，有人作乐，有人投身于魔鬼，有人默默祈祷，关旭婉玉和所有人一样，是其中一个，毫不起眼的一个。

关旭婉玉孤独地走在路上，灰心槁形，如同每个人在床上偶尔对抗着失眠，遍体无力，满脑子又乱糟糟。

关旭婉玉并非不怀念和王俊的种种过往，但是她平时却不敢去想过去的事情，因为那一幕幕的画面转眼成空，伤痕累累，已经让人麻木到必须依靠更麻木的思维才能活下去了。不过，糊涂的哪是关旭婉玉一个人呢，王俊同龄人中，那些二婚、复婚的，一年老二十岁的，呼吸机抢救的，死里逃生的……哪个人不是为了活下去而活下去？反躬自省是会让自己都觉得矮人一等的。所以有太多的人，到死也不愿意在这寂寞的街道上走一遭，到死都不承认自己已然是不会爱别人的机器了。生活呢？也顺理成章地变成了要赖皮。

“我想见见你。”关旭婉玉终于拨通了王俊的电话。

“你在哪儿?”

“在你家小区前面的公园门口。”

“你需要等我一下，我还在应酬呢。”

“能早回来一会儿吗?”对于关旭婉玉来说，这是失落至极的求救，可惜有时候求救的信号只有自己能懂。

王俊拿着手机走出包间，犹豫了一会儿，终于还是说了：

“不能。但是快结束了，一个小时左右吧。”

“你真的就不肯为我……”

“你这是在考验我?”

“我很想见你。”

“我已经说过了，我现在正在应酬。如果我走了，酒就要我妈一个人来喝，你觉得我能走吗？如果你还是当年的那个你，你肯定会为我着想。”

关旭婉玉强忍着泪水，说：“对不起。”

王俊叹口气，顿了一下，说：“那你等我吧。”

王俊挂掉电话之后继续到包间里应酬。酒喝得差不多了，大家开始说正事了。这家业主想做工业园区，短平快的项目，干起来三四个月就能拿到大部分的工程款，但是目前最大的难题是园区功能相对单一，这就为物业体量的设置造成了分析上的盲点。陈淑荞当即表示愿意出面帮忙解决这个问题，合作计划的第一步，是陈淑荞通过社会关系，介绍业主参加西江市年度招商引资大会，让主办方重点推介新城打造的事儿。

业主是外来企业，看陈淑荞这么爽快地答应帮助自己打通当地社会关系的事儿，觉得这次考察来对地方了。一高兴，继续来红酒和啤酒。一个小时的预计时间变成了三个多小时，四个业主喝趴下了三个，王俊往回走的时候已经是凌晨三点。

到了小区门口，王俊看到关旭婉玉还在公园的门口坐着。

陈淑荞也看见了关旭婉玉，但是一分钟都没逗留，嘱咐儿子早点回家之后，自己就先行回家休息了。陈淑荞之所以这么做，一方面是她不想过多介入儿子的私生活，另一方面是她不愿意再在关旭婉玉身上浪费时间了。

王俊不知道关旭婉玉今天为什么非要见自己，他下车之后，迎着风晃晃脑袋，稍微清醒一点之后，朝关旭婉玉走过去。

关旭婉玉没有起身，等到王俊在自己身边坐下了，才说：

“没想到你这么忙。”

王俊打了一个酒嗝，说：

“恕我直言，你想不到的事情多着呢。”

“你是不是很不想见我？”

“我记得我很久之前就跟你说我在等你来找我，我一直等到了现在。”

“你恨我？”

“没有，只是很不舒服。”

“我怎么让你不舒服了？我又做错什么了吗？”

听到关旭婉玉这么说，王俊点燃一支烟抽了一口，努力让自己保持清醒，同时借着酒劲儿，他止不住开始发泄起内心的不满：

“我……我还真不知道该怎么说。我有时候就想，如果在我们之间有一台摄像机，对着我们拍，把这一切拍成一部电视剧。那么今天呢，你等了我五个小时，我因为应酬来晚了，所有的女孩都会说我是人渣。可问题是，她们在认定我是人渣的时候，逻辑上也认可了我们的恋爱关系。那么你觉得，这一路走来是谁在献殷勤？是谁在不管不问？你觉得我享受这份恋爱吗？”

“我没有怪你迟到。”

“既然这么说，就已经在怪了。”

“你……”

王俊索性一吐为快：

“你觉得我冤枉你了？你还别说，我最近真在琢磨一些事，其中就有咱们之间的事儿。来的路上，我突然想起来这世上有一种病，颞叶癫痫，发病的原因是神经元放电或损害，一些人生病之后会出现错觉或幻觉，但是很多时候，他们并不会丧失意识，所以看起来很正常。我就想，如果这个社会是一个大脑的话，那么一些神经元早就出问题了，发病的人往往不是生物学家，不懂神经元，所以完全不自知。今天你来找我，有没有幻觉呢？我觉得幻觉就是你觉得我们还在恋爱。大胆假设一下，你似乎受到了某种心理的影响——可能是你自己创造的，也可能是社会赋予你的，总之，你给我的感觉是你认为我们今天晚上可以靠恋爱，或者单纯恋爱这两个字就迈过去一个坎。但是在我看来，这就是在演戏，自导自演，或者说是别人给了你一个剧本，你不明就里就深情投入了。不管怎么说吧，现在我关心的是，你究竟是怎么想的？”

“我怎么想的？”

“我不知道。我没想明白。”

关旭婉玉的思路已经跟不上王俊了，相比于王俊腹中的大量酒水，自己这一个月来经历的苦楚更让人混沌，她似乎是按照自己内心规划好的台词，自言自语地说着：

“我爸爸病了，脑出血，现在我们家里一团糟。”

“不好意思，我真的不知道你家出事了。没人告诉我。”

王俊叹口气，他觉得自己的怀疑是对的。

关旭婉玉觉得有些冷，双手插兜里把自己裹紧一些，继续说：“经历了这些事情之后，我发现自己太需要一份爱情了。我知道之前让你伤心了，但是我现在真的……真的很需要你。”

王俊很想抱住关旭婉玉，陪着她去看电影，去看最搞笑的电影，一起笑到肚子疼。王俊还想陪着关旭婉玉去大学南门吃饭，那老头不讲卫生，却把菜做得特别好吃，每次点完菜之后，关旭婉玉都会偷偷戴上眼镜去侦察老头子在厨房里搞什么小动作——那时候关旭婉玉戴着红边眼镜。

可是此刻的王俊却又不肯去拥抱关旭婉玉。王俊觉得自己并没有得到爱情的喜悦，这事儿是个结，越是久久解不开越是难受。无数个夜晚，王俊幻想关旭婉玉能陪陪她，说说这几年来的事儿，可是王俊得到的是什么？是自己闷了两杯酒被晾在一边，心里的那个疙瘩似乎能生长，一天比一天大，鼓鼓囊囊得让自己想吐吐不出来，憋得难受。

“你想要什么?”王俊这么问道。

“我想要和你结婚。”

王俊舒了一口气，指一指不远处的住宅区，说：“你看那边，那么晚了还有灯火。我上大学的时候就想，这些人都好幸福啊，说不定就在此刻，一对夫妻正搂在一起说悄悄话呢!”

“我们不能那样吗？我知道你还爱我。”关旭婉玉说了“我知道你还爱我”，却不肯说出“我也爱你”这句最重要的话。她紧紧拉住了王俊的手，希望王俊做出顺水推舟之举。

“可我现在觉得，贸然闯进去，就是强盗。”

王俊站起来，径直走开了。

8

那是个漫长的夜晚，发生了好多事情，却依旧是一个无聊的夜晚。

关旭婉玉不知道自己是怎么看着王俊离开的，她感觉王俊哭了，可是她知道自己已经挽回不了王俊了，她需要的是婚姻，王俊需要的是爱情，这两件事情，有时候是没有交集的。

下雨了，先是淅沥，然后滂沱，公园里雀喧鸠聚。雨天似乎是动物们狂欢的时节，老鼠结婚了，蚯蚓在祭祀，山川树木是军乐团，抢着发出声音来。

关旭婉玉神游一般地来到了成康的公寓。她摁响了门铃，成康打开了门，让她进门先去洗个澡，又递给她干毛巾。

关旭婉玉在成康抱住她的时候，提出唯一的要求：尽快结婚。成康也是利索人，想都没想就答应了。

那一夜，关旭婉玉在陌生男人的床上哭了，她真的太累了。哭完之后，是天昏地暗的沉睡。梦里，关旭婉玉觉得自己还在公园里，空气里有极其少量的氧气。树林的灯是地灯，光从地面照上来，同样的极其少量的光芒。关旭婉玉看见好多人在行走，灯光打在他们的下巴上，每个人都像鬼一样可怖。

关旭婉玉第二天醒来的时候，成康已经下楼买来了早点，关旭婉玉穿着成康的T恤，坐在餐桌旁，喝了一口豆浆。

“快迟到了，快点吃吧。”成康关切地说。

关旭婉玉笑了笑，吃得差不多了，对成康说：

“我们赶紧结婚吧，我过几天就搬过来住。”

“你……没开玩笑吧？”

“你如果不同意，我就去公司闹。”

关旭婉玉一脸平静地看着成康，成康猜不出来眼前的姑娘是在开玩笑还是在威胁自己。

不过成康觉得即便这真是威胁的话，也没什么大不了的，结就结呗，谁怕谁呀！成康温柔大度地笑一笑，伸手摸摸关旭婉玉的头说：“我也不问你为什么非要嫁给我了，正好我妈也催我赶紧结婚。既然你想嫁，那我们可以这个月就结婚。”

“谢谢你。”

“不客气。”

就在关旭婉玉和成康一起出门的时候，橙子从单位走了出来。发动汽车之后，橙子解开衬衫的两个扣子，长舒一口气，然后打通了吴茜的电话。

“交了！”

“交了？”

“嗯！”

“老公，你现在自由了！”

“嗯。你请好假了吗？动手吧？”

“动手！”

婚姻登记处，人不多，前面显示还有一对新人在排队。

橙子以为还要等上一会儿，刚站起来走了两步，要拿出手机给吴茜拍一张照片，就听见工作人员在催了：

“赶紧的！离婚结婚？”

橙子赶紧收起来手机，拉着吴茜凑到柜台上，说：

“结婚！喏，这是身份证、户口本，您看看。”

长得像刘欢的女同志拿过来资料，对着户口本上的名字在电脑上敲敲打打，同时问道：“都是单身对吧？”

橙子使劲儿点头。

两分钟不到，工作人员拿出来打印好的结婚证，粗壮而白皙的手握着钢笔，在结婚证上龙飞凤舞地签上自己的大名：张惠妹。然后对橙子和吴茜说：“祝你们白头偕老！”

橙子和吴茜面面相觑，没想到终身大事儿这么快就完了。

两人一人一本结婚证，好奇地看着上面的内容，快走到门口的时候吴茜捅一下橙子说：“喜糖！”

橙子恍然大悟，赶紧从包里掏出一大包喜糖和一盒香烟，返回去递给工作人员，说：“辛苦了辛苦了！吃喜糖吃喜糖！”

张惠妹推辞不下，只能收下，拉开抽屉，把喜糖扔进去——一上午不到，里面已经堆满了喜糖，都是推都推不掉。

橙子下楼之后，立即开车带着老婆回家。今天他们俩要把这几个月来策划的事儿全办了——婚，已经结了，下一步，就是要钱了！

橙子的爸爸妈妈早就等得不耐烦了，老头儿不断地说：

“这小子办事没谱，可千万别赶到下午领证！”

话音刚落，橙子推门进来，把结婚证兴高采烈地扔给爸爸妈妈，说：“爹娘，我把儿媳妇给你们领回来了！”

老两口把结婚证捧在手里看了又看，摸了又摸。一分钟之后，老头儿转身打开一瓶茅台酒，说：“来，吃饭！”

“爸爸，这还不到十一点，这么早吃什么饭！”

“咦——你不懂，这饭也不能过了十二点吃。”

“大中午的喝什么酒呀。”

“必须喝酒，喜事哪能不喝酒，而且必须得喝白酒。白酒是粮食酒，喝白酒才五谷丰登，你们以后的日子才能过好。”

入席之后，老头儿菜都没夹，闷了一小杯白酒，畅畅快快地舒了口气，说：“今天是好日子，今年最好的日子，今天领证，以后肯定一顺百顺。”

橙子看看吴茜，觉得时机到了，该摊牌的事儿也该赶紧抖落出来了，就捧着一杯酒，敬父母，感谢二老的养育之恩，然后擦擦嘴，对爸妈说：“爸妈，你看哈，吴茜呢，在高校里上班，稳定；咱们家呢，拆迁款也拿了不少，钱是不用发愁了。我想呀，我就没必要在现在的单位里继续待着了。我想出来做点事儿。这几年我认识了一些人，正想着和朋友们一起做个工程代理公司。”

老头子连连摆手，说：“不行不行，你毕竟没有经商的经验，赔了怎么办？再说了，工作安稳多好呀，旱涝保收，也没压力。”

橙子说：“辞职信我已经交上了，特意赶了今天这么个好日子。”

老头子愣了一下，他想拍桌子，可是今天这日子，是万万不能拍桌子的。老头子嘴里的一口菜咽不下去了，感觉跟吃了苍蝇似的难受。过了好大一会儿，老头子才喝了一杯酒，说：

“你这前脚磕俩头，后脚跟我放仨响屁！”

老婆子也觉得这事儿太突然，就问：

“你们俩商量好的今天来这么一出的吧？”

吴茜赶紧解释：“爸，妈，我可不知道橙子要辞职的事儿。

我要是知道了，我肯定拦着呀!”

看公公婆婆不相信，吴茜捶一下橙子，说：

“你怎么办事之前也不跟爸爸妈妈说一声呢!”

橙子看着吴茜，心想你怎么能这么两面三刀！明明是商量好的，现在你倒是推脱得一干二净！不过转念一想，这事儿把吴茜拖下水也不好，就恭敬地为老父亲端起一杯酒，说：

“爸，我也长大了，不是小孩子了，我做的事儿，我自己搂得住，您老就放心吧！给儿子一次表现的机会，好不好?”

老头子瞪了儿子一眼，心想事儿已经这样了，再纠结也于事无补了，只能忍着不高兴，喝下儿子端的酒，对吴茜说：

“丫头呀，以后你可得好好管着他!”

吴茜连连点头。

“我和吴茜结婚了，下周末有时间没？撮一顿?”

橙子回到屋里，兴冲冲地在微信群里对大家这么说。

王俊下周末要参加招商会，赵飞新交了女朋友，要为人生的第二春而努力，商量一番，大家聚会的时间定在了月底。

接下来的一段时间里，王俊依旧在忙工作，每天早出晚归，盘成本，做策划，生怕自己投钱投过头了，栽个大跟头。偶尔王昭君发来信息，成了他枯燥生活中难得的放松。

王昭君快毕业了，学校里没啥事，她就动不动来王俊的单位，混到单位食堂来吃吃喝喝。

王昭君不愿意和王俊坐在一起，特意跑到陈淑荞旁边坐着。

陈淑荞发现小丫头时不时看儿子一眼，就问王昭君：

“小君，你是不是在跟你哥处朋友呀？”

王昭君往嘴里塞根排骨，一边咀嚼，一边红着脸说：

“不是呀，我这不是来陪您吃饭嘛。”

“你不好意思挑明？那阿姨帮你说？你哥最听我的。”

王昭君更不好意思了，赶紧脑筋一转，说：

“阿姨你别瞎猜了，我现在要找实习单位。听说您都把秘书给王俊了，您这么忙，身边哪能没有秘书呀！我来您这里实习行吗？我就给您当秘书好不好啊？”

陈淑荞也不再追问，满口答应了小朋友的请求。

王俊在电脑日历里标记了与橙子聚会的日期，尽量不安排别的应酬，还有三天就要到的时候，他打开微信朋友圈刷了一下，发现关旭婉玉三天后结婚。

王俊不敢相信自己的眼睛，点击进去看了好几遍，才肯定这个喜宴的视频不仅是关旭婉玉发的，而且主角也是关旭婉玉。

一分钟之后，大八卦群里，橙子把关旭婉玉的婚礼邀请视频甩了进来，说："王俊，你去不去?"

赵飞和狄龙紧跟其后，说："同问。"

王俊双手捂着脸让自己镇定下来，心想这二十七八岁的人到底怎么了？婚姻登记处怎么就不卡一卡这些人呢？政策也太宽松了吧！王俊此时心里不酸，也不苦，是说不出来的闷。想到就在不久前关旭婉玉还在请求和自己重归于好，现在想来——现在不用想了，有些事情是自己怎么也想不通的，眼前的一切只能说明爱情不过是性、多巴胺、舒适感、安全感等一切的集合，深情款款的时候说的话，都是骗人的。自己的判断没错，很多人都是颞叶癫痫患者。

王俊再次告诉自己，爱情在八年前就结束了，早就不存在了，几个月来的纷纷扰扰全是自己庸人自扰。他捡起来手机，琢磨了一下，在群里说："我就不去了，又不是我的主场。不过我现在在考虑一件事，我需要包个红包吗?"

橙子比较理智，说："我觉得没必要。你要是给个红包，这不明摆着是赔了夫人又折兵吗?"

赵飞说："到这时候你如果还余情未了，发展下去就是婚外恋了。爱情这顿饭容易馊，馊了就不能再吃了。"

狄龙说："这日子和橙子的日子撞车了，我觉得橙子的事儿比较重要。"

王俊觉得大家说得都对，就说："你们别安慰我了。沉舟侧畔千帆过，病树前头万木春，我想得开，我的未来光明得很。都不要再提这事儿了，就当我大学当了四年和尚。"

群里半天没人说话，过了好半天，橙子发了个信息说：

"老四，你好像只读了两年大学。"

周六晚上，大学南门，橙子和吴茜为了寻回大学的感觉，特意在路边摆个大桌子。桌子中间二三十瓶啤酒全打开了，冒着冷气。

六点刚过，赵飞来了，邵楠来了，王俊带着王昭君也来了——这丫头下班后没地方去，赶上王俊有局，陈淑荞就让王俊把这姑娘带上了。

王俊刚到，赵飞就问："狄龙呢？老婆来了本人不来，这是干吗？"

王俊替邵楠解释道："出差，又赶上飞机晚点，现在还在飞着呢。一个小时后下了飞机往这里赶。"

赵飞一边往桌子上放烤串一边问："等吗？"

王俊坐下之后说："老规矩呗。人不用等，酒等着就行了。"

橙子把啤酒分开，说："好嘞，那就喝起来！我先说好一句，我和吴茜打算旅行结婚，就不举行婚礼了。今天特意请你们单独吃喜宴，就这么简单，还望各位老哥们儿见谅。”

赵飞吐个烟圈，说：“耍无赖呀！你这就叫收了钱不办事！”

吴茜解释道：“橙子离职了，也不好意思再请那些同事了，所以礼金就算了吧！赵飞你别伤心，谁的钱我们都不要。”

大家笑呵呵地开始喝啤酒。

几杯酒之后，王俊问橙子：“我真想不通你为什么不干了，家里有了钱，更应该找份安稳的工作呀。”

橙子在父母面前耍无赖，今天终于可以说说心里话了，他自己干了一杯啤酒，说：“你们都觉得我活得舒服，可事实是我活得憋屈。我那天晚上去送领导，领导住在郊区的别墅里，挺远的。回来的路上，司机跟我说我们单位不会再扩张了，所以呢，我以后顶多能混个职称，然后一辈子就这样了。我当时就想，我耗下去也赚不了多少钱，那就不必太执着于那个死循环了。其实没正经工作，只要有个店面养活着自己，也没什么不好的呀！说什么脱离社会呀，说什么裹足不前呀，大家都吃过年轻这几年的苦，谁也不比谁差多少。心理年龄有个三十多岁，生活的大多数规则都懂，就够了！”

王俊点点头，说：“够了，的确是够了！橙子你这么想没错，真没错，你这叫大觉悟。”

赵飞龇着嘴说：“唉，羡慕呀！你这么想没错，只可惜这观点不适合我和狄龙。”

一晚上，邵楠都坐在那里不言不语，看王俊的时候眼神一点儿都不怵，反而有些挑衅的味道，似乎故意让王俊知道她不在乎那件事儿。听到赵飞这么说，她就不乐意了，说：

“是啊！狄龙没钱，什么观点都不适合他。”

王俊想说：狄龙怎么了，人家年薪十来万，也算不错的年轻人了，他活得那么艰辛，还不是被家里拖累的，再说了，你也在拖累他呀！

幸而女人擅长解围，吴茜赶紧接过赵飞的话茬，说：

“你们呀，就别比来比去了，三十的人了，你们还真觉得有什么价值观能帮你们改变命运呀！要我说，现在什么观点都不适合你们，你们就是干活的命！现在前途最光明的就是人家小姑娘了，对了，你——你叫什么？”

王昭君晃一晃手里的烤大蒜，说：“王昭君。”

吴茜举起酒杯：“王昭君！好名字！来，敬你一杯，邵楠一起来呗。”姑娘们喝了一杯酒，缓解了尴尬气氛。

赵飞没想到自己随便一句话竟然被当成了把柄，觉得邵楠这妞太狂了，心想你也不是什么大家小姐，在这饭局上你算什么东西呀?！赵飞真想反过来奚落邵楠几句，可是考虑到这好歹是橙子的喜宴，王昭君这小妖精又在，便只能不屑地扫邵楠一眼，冲王俊举杯："王总，来，橙子这算是有家有室了，咱们俩单身民工喝一个。"

大家继续喝，喝着喝着，聊起了饭桌上的常谈话题——房子。

王俊说自己的房子快要开盘了，他打算故意放慢速度，等路修好了再开盘。赵飞已经预定了一套，王俊建议橙子也来一套，说着说着又把狄龙和邵楠抛在一边了。邵楠觉得没劲，不停地看手机，似乎不停地有人在给她发信息。

饭局开始的时候，大家用杯子喝酒，半个小时后，全变成对瓶吹了。橙子和吴茜分手了几年？分手几年吹几瓶！王俊毕业晚宴没参加，就按三瓶算吧，三瓶酒摆好，吹！赵飞离婚了，自我检讨是因为自己生活不检点，那也自罚三瓶！

橙子喝开了，撸着袖子说："我们四个兄弟关系最好！以后一人有难，别人都要帮忙！好不好？"

橙子话音刚落，一辆宝马车停在了餐桌旁边，车里走出来两个小伙子，一个戴着大金链子，有二百斤，另一个瘦得像竹竿，穿着皮夹克。

王俊认识"皮夹克"，冲"皮夹克"挥挥手，说："过来喝两杯？"

"皮夹克"过来给几个哥们儿递烟，说：

“不喝了，大哥那边有局，我们来接个姑娘。”

王俊发现大金链子不停地在看邵楠，就故意叼上烟，让“皮夹克”给自己点上，然后拍拍王昭君的肩膀，说：“你的活儿?”

王昭君瞪了王俊一眼，说：“你信不信我用这烤茄子糊你一脸?”

“皮夹克”赶紧解释，说：“我们来接邵楠。”

大家面面相觑，王俊看看对面的邵楠，不冷不热地说：

“刚才不愿意跟我们喝酒，一直在玩手机，敢情是跟大老板聊天呢?”

邵楠站起来，拎起包就要走，最后说了一句：

“您王大少爷再厉害，也管不了我吧!”

橙子小声问王俊：“这是怎么了?”

王俊抽一口烟，眯着眼说：“怎么了？分包老板找小姐呗!”

王俊声音比较小，鸟王没听清王俊说什么，但是看王俊的态势，知道这帮人不是什么好人，就站起来拍着“皮夹克”的肩膀，说：“哥们儿，姑娘是我嫂子，今天这里有局了，你跟你们老大说……”

赵飞的话还没说完，“大金链子”上前一步，很挑衅地打掉赵飞的手，拉着邵楠就要上车。

王俊想到狄龙一天天加班不要命，就为了给这个女人营造幸福生活，心里的一股火压不住了，站起来，吐掉烟，瞪着“皮夹克”说：“站住！我最后跟你说一遍，人给我留下。”

“皮夹克”这种人，吃穿靠大哥，所以根本不把王俊放在眼里，推一把邵楠，三个人陆续上了车。

王俊看着三人上车，伸手到包里把车钥匙掏出来，扔到桌子上，说：“吴茜，酒没喝多少吧？开我的车，给我撞！撞死了人算我的！”

吴茜站起来劝王俊不要冲动，王昭君抓起车钥匙，奔向王俊的车，开车就奔着宝马车冲了过去。

宝马车正在等绿灯，看见后面有车过来，还没来得及启动躲开，就被“哐”的一声撞到了路边。

“金链子”和“皮夹克”下车后就奔着王俊的车走过来，嘴里骂骂咧咧的。俩人还没走到王俊的车边，就看着王俊、橙子、鸟王一人拎着一个啤酒瓶子过来了。

两伙人对峙，王俊最后警告：“都别闹。闹大了，你们老大都保不了你们，不信你现在就问问。”

“大金链子”赶紧打电话汇报，汇报完了，走到车边把邵楠拉出来，然后开车离去。

两人刚走，一辆出租车在众人面前停了下来，狄龙拎着行李箱和公文包下车，眨巴着眼睛问大家这是怎么了。

不等王俊回答，邵楠走到狄龙面前，瞪着狄龙说：

“我妈不是嫌咱们买的房子小吗？你们王老板现在就有楼盘，你让他给你留一套呀！你现在就要！”

狄龙看了看众人，冲邵楠吼道：“你丢什么人！”

邵楠不依不饶，用同样的声音吼道：“到底是谁在丢人！”

狄龙不理会邵楠，问众人这是怎么了？

橙子打个圆场，说：

“来了几个流氓，非拉着邵楠出去喝酒，王俊就让妹子开车直接撞了那人的车。邵楠可能是吓着了，你好好哄哄就行了。对了！小王还在车里呢，吴茜你赶紧去看看小王。”

王俊赶紧跑到车边，发现王昭君啥事没有，正在张牙舞爪地扯安全气囊。王俊打开车门，拍一下王昭君的手，说：

“停！住手！你扯什么扯，你扯的地方都是真皮的！”

王俊指挥王昭君把车停在了路边，然后扶着王昭君下车，来到狄龙面前，说：

“邵楠也是被逼无奈，不怪她。不过既然邵楠提出要求了，新房下来之后给你留一套，不白给你，内部价格，公司免息给你贷款。对了，今天这事儿别跟我妈说，我偷偷修下车就行了。”

赵飞赶紧趁火打劫，说：

“老四，刚才你可没说给我无息贷款呀。你这给老大直接一副总待遇，明显一碗水没端平嘛。”

橙子捶一下赵飞，上前帮狄龙拎过来行李箱，说：

“你看你看，我的喜宴搞得跟你们公司的分红会似的，老四这抢风头了哈。来来，赶紧过来继续喝酒。”

邵楠看众人给自己台阶下，也不再闹了——她敢在狄龙面前闹吗？她也知道那些人不过是晚上给自己点小钱而已，真要寻个长久的安稳，还得靠狄龙这种男人。

大家重新落座，王俊盯着王昭君的脸蛋看看，问道：

“这次撞得爽吗？”

王昭君一点伤没受，有点儿激动，点点头，兴冲冲地说：

“幸好我胆大心细，系了安全带。你别看速度不快，撞上去还挺刺激的。”

赵飞趁机跟王昭君套近乎：

“来来，赶紧喝杯酒压压惊，抽烟吗？”

吴茜把酒瓶抢过来，说：

“你自己喝吧！小姑娘都吓着了，喝出问题来你负责？”

赵飞突然想到还没搞明白王昭君是什么来头呢，这丫头难道是王俊的新情人？

赵飞自己喝了一口酒，笑嘻嘻问王俊：

“老四，你还没跟我们好好介绍一下呢！这位小美女到底什么来头呀？你的又一春？”

王俊帮王昭君倒上可乐，解释道：

“我家老佛爷的秘书。”

赵飞觉得十有八九是情人了，起哄道：

“你看你看，小姑娘人小鬼大，聪明！知道先讨好婆婆。这可比关旭婉玉那娘们儿强多了。”

酒桌上顿时又尴尬了。

王俊瞪了一眼赵飞，心想你这小子真是哪壶不开提哪壶，然后拍拍狄龙说：“给你留了五瓶，人均闷三瓶，迟到加两瓶。刚才鸟王说错话了，允许你分他两瓶。赶紧吹吧。”

然后把两瓶酒摆到赵飞面前，说：

“我看你就是没喝到位！”

继续喝，终于喝到主题了，大家开始集体、分批次祝橙子和吴茜新婚快乐，把橙子往死里灌。

众人一直喝到凌晨两点才散伙，王俊的车是不能开了，打算停在这里，第二天再找保险公司来处理。大家打车的时候，狄龙凑过来小声对王俊说：“一会儿找个地方坐坐？”

“这么晚了，啥事？”

“说说刚才的事儿呗，你看你的车，嘴皮子都豁了——”

王俊拍拍狄龙的肩膀，说：

“刚才真没啥事。你回家好好陪邵楠吧。”

“真没事?”

“没事。忙完这段时间，你就去把婚纱照拍了，早点结婚吧。”

狄龙看看王俊，知道这哥们儿喜欢说话打哑谜，可是他又觉得邵楠肯定不会有什么问题，就暗暗告诉自己今天应该真的没啥事，有俩流氓闹事不太正常了嘛。

出租车挨个儿过来了，大家依次上车。

王俊留到最后，先送王昭君回公司宿舍，然后才回家。在车后座，王昭君把头靠在王俊的肩膀上，王俊觉得很温馨。姑娘的身体异常柔软，王俊想不明白这么一个柔弱的小丫头，为什么会有那么多使不完的劲儿呢?

狄龙在车上紧紧握着邵楠的手，邵楠盯着窗外看。

邵楠感叹自己已然不小了，不再是大学里可以随便恋爱的小姑娘了。虽然她依然对生活怀有无限的想象，觉得每一处的霓虹灯都和自己有密切关系，可是现在摆在她面前的最重要的议题是必须避开侥幸、贪婪和欲望，少去想“我觉得会如何如何”“我这样做，成了，就可以如何如何”。而是设身处地地思考“如果我错了、失败了我需要承担什么？我可以并且愿意承担吗?”就是出于这种考虑，所以她不敢彻底跟王俊撕破脸。过去的经验反复证明，自己没有足够的魅力靠一张脸得到富贵的生活和美好的未来，她不甘，却又不得不甘心。这一左一右的摇摆，让她痛苦——或许，这种摇摆，就是她青春的写照吧。

赵飞闭着眼躺在后座上，他不知道回家之后要干吗，而且，他现在也没有家了，只有一个租来的一居室。赵飞害怕一个人在屋子里走来走去，那感觉太恐怖了。快到家的时候，他让司机师傅把他放到一家 KTV 门口。

橙子和吴茜新婚宴尔，觉得眼前是无限岁月静好。这段时间橙子和吴茜都感觉生活压力不大，感悟原来幸福并不仅仅是锦衣玉食，而是一天接着一天，每一刻都轻松。掉进幸福的旋涡之后，橙子朋友圈都刷得少了，他觉得自己不光能看出年轻人一腔热血的优点，透过优点，还可以察觉每个人孤僻懒散自以为是的性格缺点，比如乐于矫饰自己的空虚，比如善于美化自己的生活状况。越是幸福，橙子就越觉得那些缺点好吓人呀，所以他愈加执念自己唯一可以掌控的人生理想——陪着吴茜安安稳稳地白头偕老。如果害怕过程艰难，那现在就赶紧变老！快速变老的最简方式，是少些念想。

9

为了回避办公室恋爱，关旭婉玉结婚后就辞职了。

张琪送关旭婉玉回家，路上先道歉，说自己之前对她太严格了，以后大家都是朋友，前嫌尽释吧。然后说自己羡慕关旭婉玉，自己长得不漂亮，所以没有前赴后继的男人愿意养着自己——在张琪的眼里，关旭婉玉不管嫁给王俊还是成康，得到的爱都可以受用一辈子，而自己却要不停地打拼，自己买床单被罩，自己买茶杯茶壶，自己买储物架，然后自己一点点把储物架装满。看着是充实了，其实是穷尽所有的努力，用空虚把所有的空间填满了。有些人享受这个过程，有些人便觉得是煎熬了。

关旭婉玉觉得自己终于可以放松一下了。目前的生活状况真挺好的，成康虽然没什么出息，但是好歹不缺钱，自己以后有个一男半女，把孩子培养成人才就好了。而且成康的母亲也慈祥，这一点就胜过了王俊。王俊的母亲太冷峻了，女强人最不能做婆婆了。

另一边，王俊的辛苦付出终于有了结果，通往郊区的路本月就要动土了。开动典礼之后，王俊对胡灵说，项目上不要怠工，冬季之前主体施工工作尽量往前赶，拿结算的这块肥肉引着施工单位加快进度。同时，赶紧着手准备宣传方案，一定要把楼盘的营销广告做好。

胡灵说她了解到最近扬尘治理比较严格，在施工程马上又要停工，所以再怎么赶，现在的项目预售都要到明年年中了，今年的资金缺口依然比较大。

刚才参加开工典礼的时候王俊还是满面春风，现在听到胡灵这么一说，王俊觉得自己还是高兴早了。

想做成点事儿，怎么就这么难呢！王俊之前觉得自己一旦具备了相当的业务知识，做事情就会游刃有余，现在看来，很多事和业务能力没关系。困难超乎想象，商场真如战场一样残酷。

王俊让胡灵把参加开工典礼的几个项目经理都叫到自己的车旁边，说："现在公司的投资业务占用资金比较多，大家觉得咱们的地产项目工程款能延期付款吗？"

众人都不说话。

王俊不知道大家为什么都不说话，就扫众人一眼，继续说："你们天天在项目上和施工单位混在一起，现在有困难了，就不能让他们退一步帮我们一把？"

一个项目经理牵头说："王总，您可能没有施工经验，这可到年底了，工程款不能拖呀！”

剩下的人都附和起来，说：“是啊，就怕有人闹事呀！咱们做决策也得考虑实际情况嘛。”

“陈总了解我，老王总也了解我，我这人平时管理就严格，现在怎么好意思去求那些施工单位？”

“咱们这么干属于失信。”

……

王俊听明白了，这帮人压根就没把自己的要求当回事，都在敷衍自己呢。尤其听到那句“您可能没有施工经验”，王俊觉得这是公开挑衅。王俊一肚子火已经是憋不住了，他沉默了三五秒，张口骂道：“这就是你们的管理？一个个净给我当二传手是不是？有事了没一个能给我挺住的！”

胡灵考虑到毕竟是在开工典礼现场，老板这么骂人太没风度，赶紧过来打圆场，说：“大家先回去吧，都好好琢磨琢磨王总刚才说的事儿，明天咱们再议。”

王俊知道现在求那些项目经理无济于事，可他最近实在是累坏了，也急坏了，就一脚踹在旁边的饮水机上，吼道：“通知财务和人力别考评了，年终奖给我停发！不想干就滚蛋！”

成康也在典礼现场，看到王俊在发火，故意一脸坏笑地冲王俊招招手，喊道：“王总，年少有为呀！”

王俊指着成康就要开骂，胡灵死死拽着王俊，把王俊拖到车上。在回公司的路上，胡灵说：

“陈总上午跟我说，咱们还是要想办法搞钱，工程款拖久了施工单位一定会扯皮，说不定不到年底，那些人就要组织劳务队来闹事了。之前因为结算滞后，公司被讹诈过不少钱。”

“我妈那边有什么思路吗?”

“陈总说她在联系银行。对了，陈总真要换秘书了?”

“换秘书?哦，我想起来了。不是换，是来了个实习生，熟人的闺女，在单位实习呢。最近我这边事儿多，你暂时跟着我吧。辛苦你了。”

胡灵小声对王俊说：

“那个小姑娘说她可以帮忙搞点钱，这话还是当着陈总的面儿说的。陈总没答应，也没回绝，说让她直接来找你谈。”

王俊哭笑不得了，苦笑道：

“我的胡大姐啊，我怎么说你呢！我看你真是想钱想疯了。她一个穷学生，能有什么钱?实习期间把饭钱省给你?其实我刚才啊，也是故意吼一吼那几个懒得要命的项目经理。我都让刘海测算了，咱们的缺口不会超过一点五个亿，如果施工项目收款顺利的话，也就一个亿左右的缺口。所以咱们别做白日梦了，实在不行按照陈总的意见，贷款呗。”

“可是利息高呀。”

“继续想办法吧，不还有两个月才过年嘛。”

“对了，您对接的那个地产商计划年前招标。我昨天和陈总去和业主的项目老总谈了，计划把预付款抬到五千万。那人不错，我看是真想帮我们。”

“还是我妈的朋友靠谱啊！既然都谈到这个程度了，那这个项目就一定要中，低价也要中。真要拿到了这笔预付款，咱们的压力就小了很多。”

“不过您也别太乐观了。这毕竟是投标，纯市场行为。咱们再有诚意，也可能中不了。”

“我知道。我也没说百分之百能中，咱们尽力就好。”

“投标谁来牵头？”

“狄龙吧，他比较有经验。”

胡灵想说上次的事儿狄龙还是有嫌疑的，可是碍于王俊的面子，话还是不好说得直白，只能说：

“好的。我一会儿就跟他说一下，提前做好准备。最近我也不是很忙，我也参与这个标吧，大家……大家互相监督。”

“砰砰砰！”

一阵敲门声响起。

关旭婉玉打开门，门口站着两个女的。高的裹着红色披肩，矮的指甲长得惊人，俩人看了看关旭婉玉，“红色披肩”问：

“你就是成康的老婆?”

关旭婉玉愣了一下，说：“对。你们是……”

“我怀了他的孩子。”“红色披肩”倒也不害臊，张口就这么说。

关旭婉玉盯着“红色披肩”看，不知道她说的是真是假，本能地抵触，想要关上门。“红色披肩”迈一步走进来说：

“这也不关你的事，你结婚之前我就怀孕了，前段时间一直在外地旅游，现在才赶回来。”

关旭婉玉退一步，站在一边，一手依然抓着门框，说：

“那你直接去找他就行了。”

“我给他打电话了，我就在这里等。你别紧张，我们就是生意关系。和你们的真爱比不上。”

说着两个女孩笑一笑，然后一起在沙发上坐下，“长指甲”把几张纸放到桌子上，看着像医院的检查报告。

关旭婉玉无奈地关上门，也不愿意再跟两个人说话，径直回到卧室。成康回家之后，开始跟外面的女人说话。从传进来的只言片语可知，成康当年花十万买了女孩半年的时间，但是女孩想要的不止十万，所以故意怀孕，再敲诈一笔：

“一百万，如果你不给，我就到你爸妈单位举报你爸妈。”

成康当初娶关旭婉玉的时候没有犹豫，今天面对这两位姑娘，依旧没怎么犹豫，他立马答应了女孩的要求，说：

“好的，一百万。我动过手术，按说是没有生育能力的。”

女孩似乎是默认了成康的话，过了好一会儿，才说：

“生孩子也需要费用。”

“我出。”

关旭婉玉想打电话给婆婆，让她来给自己做主。可从刚才外面三个人的聊天中，关旭婉玉已经听出来了，公婆早就知道了这件事。那找来自己的母亲呢？这显然更没有意义，父亲病了，母亲又那么弱势，二老哪是成康一家的对手呢？

关旭婉玉终于明白了，成康父母的慈祥和王俊母亲的冷峻都是生活使然。王俊的母亲是创业者，长久的商战经历，让她养成了极其理智地处理问题的能力，如果这事儿出在王俊身上，王俊的母亲不会任由儿子胡来，凭她老人家的脾气，估计她不光不会姑息儿子犯的错，甚至还会借机好好收拾一下闹事的姑娘。可是成康一家呢？生活让他们贪婪，贪婪的最好伪装就是一副慈眉善目的面皮。关旭婉玉此刻才明白，在他们的笑容背后却隐藏着欲望和卑鄙，这些人都是戴着面具生活的，天知道他们撕掉面具之后会是什么样子。

关旭婉玉拿出手机，打开王俊的聊天页面，结婚那天王俊只给她发了一个信息：“新婚快乐。再见。”

婚后关旭婉玉再也没有想起过王俊，一次也没有。她觉得自己很厉害，通过一桩婚姻就让大片幸福包裹住了自己，和之前的所有痛苦说了再见。

和关旭婉玉相反的是，成康却总是会拿自己和王俊比较。就在一周之前，成康在出席市政道路的开工典礼时就故意挑衅了王俊，其原因是这位二世祖打心眼里瞧不起王俊。成康觉得身为有钱人，自该活得轻松自在，或者说，自该每夜去夜总会里厮混，何必还要努力工作呢？王俊你装什么呢?!

开工典礼那天回家之后，成康命令关旭婉玉以后不要再跟王俊联系。关旭婉玉听到成康如此要求自己，竟然觉得很开心呢，她觉得这个男人为自己吃醋了，说明自己被重视了。

可是，为什么一周之后，成康一家人就要这么对自己呢？

关旭婉玉想不明白个中缘由。

成康自始至终，没有回房间看一眼关旭婉玉。几个人达成协议之后，就一起出门了，大概成康需要为这个情人找个住的地方，还需要请这两个姑娘吃些东西。

关旭婉玉走出卧室，冷眼看着家里的一切。

这时候太阳正要落山，残留的一丝丝余晖在空中折射，施舍一点点玫瑰色的、晶莹却又有些呆滞的愁绪铺在阳台上，用脚踩一下，就碎了。天就黑了。

关旭婉玉觉出自己似乎哪里做错了，可是又想不出来到底是哪里做错了。想来想去，自己也不俗呀，可是为什么总要生活在如此世俗的环境里呢？客观来看，自己不光不俗，感情还挺丰富呢。就说此时此刻吧，自己的细腻柔软如深湖潜隐，褶皱爬上额头眉梢，一切都是鲜为人知的鲜为人知，情到深处的情到深处。

关旭婉玉依旧执信——自己“日晚倦梳头”的样子很美，是现实总是和自己的美过不去！

可是关旭婉玉不明白一点，那就是——若是夕阳西下的碧落、南国的山水、古城的建筑物可以拯救人的坏情操、恶趣味，那世上怕是根本就没有俗人了吧！

晚上十点多，成康一身酒气地进门之后就跟关旭婉玉说：

“我妈说孩子要生下来，我觉得对这事儿你没必要太神经。”

“我有我的底线，你之前怎么样我不管，但是孩子肯定不能要。”

成康到冰箱里拿出来一瓶饮料喝了一口，漫不经心地说：

“你要的不就是这个房子吗？”

“我要一个美满的家庭。”

“那你可以去找王俊，你找我干吗？”

“在你眼里我是不是和她们一样?”

成康愣了一下，仔细想想，这个问题的确很有意思，而答案也是显而易见的：“你觉得有什么区别吗?”

关旭婉玉意识到这个回答已经彻底触及自己的底线了，她瞪着成康，半晌说出来一句话：“我要跟你离婚。你给我一套房子。”

成康乐了一下，说：“你想得美。你下手比她们厉害呀!”

接下来就是争吵。如果王俊是旁观者，他定然不愿走进这个家门，他更愿意在另一个屋子里，透过层层玻璃窗来观察，看到的只是肢体上的冲突和张张合合的嘴巴，而不会被那些发自肺腑其实都逻辑不通的句子搅扰了大脑。

关旭婉玉刚洗完澡，只穿着睡衣，就被成康推出了家门。

关旭婉玉失魂落魄地走下楼，无奈之下，打通了吴茜的电话。在等吴茜的时候，她哭了，她想到自己举行婚礼的时候吴茜也没有来。吴茜可是自己的好朋友，最好的朋友，可是为什么她收到微信的请柬之后没赶过来呢？吴茜为什么这么对自己？

橙子开车带着吴茜一起过来，吴茜下车之后先是安慰关旭婉玉，然后把关旭婉玉送到宾馆，路上给她买了件衣服，听她说了事情的大体情节。

到了宾馆之后，吴茜帮关旭婉玉办好入住手续，送她上楼。

“我对不起王俊。”

关旭婉玉说这一句话，是因为她断定王俊还喜欢她。

吴茜不接关旭婉玉的话茬，问道：

“你打算下一步怎么办？”

“我不能一辈子就这么毁了，我要离婚。”

吴茜看着曾经的好朋友现在如此落魄，心疼地问：

“需要我把你的情况转告王俊吗？”

关旭婉玉脾气倒是不小，斩钉截铁地说：“不需要！”

“那你以后怎么办？”

“找份工作，自己养活自己。”

吴茜察觉到关旭婉玉神经有些不正常了，她的对白语速飞快，显得很没礼貌。

吴茜在床边坐下，最后问：“需要我留下来陪你吗？”

“不用了，橙子还在楼下呢。你赶紧回去吧。”

“你这个样子……”

“我没事的，我这全是咎由自取。”

吴茜叹口气，也懒得继续留下来聊天了，她抱了一下关旭婉玉，然后下楼了。

关旭婉玉来到卫生间，对着镜子顾影自怜。她发现自己在短短一年的时间里老了许多。那爬上额头的皱纹是最难以掩盖的怨恨，一笔一画长得也忒用心了。

既然事已至此，那就彻底撕破脸吧！

关旭婉玉下定决心了，决定不在成康一家人面前做个丑陋的小丑。如果得不到补偿，那她就要找回尊严，找回自己的尊严，找回父母的尊严。

关旭婉玉在宾馆的长椅上坐了一夜，第二天九点多，她打车来到成康父母的单位，问门卫纪检处在哪儿。

到了纪检处，关旭婉玉对着满屋子的人亮明身份，然后举报成康父母违法经营，私自用企业的资质和资金违法承揽项目，并且透露了其子成康的多处住宅。

“请你们去调查！请你们把那些浑蛋全抓起来！”

关旭婉玉这么吼道。

“听阿姨说你还缺点钱？我来帮你？”

王昭君来到王俊的办公室，叫醒正在椅子上打瞌睡的王俊。

王俊起身，伸手在饮水机下接点水拍在脸上清醒一下，然后说：“怎么帮我？继续卖洗衣机呀？”

王昭君在王俊对面坐下，摆弄着手机说：

“你有没有发现你有个缺点？那就是挺瞧不起人的！”

“客观事实是，你如果靠卖洗衣机能撬动一个地产项目，那我真服了你了。你就是第二个董小姐。”

“说吧，你需要多少钱？”

“现在算起来，最少一个亿。这还是乐观估计，如果下个标中不了，就是一点五个亿，是不是远超你的预算？”

王昭君甚是镇定自若，不急不躁地说：

“我不知道能不能搞到那么多，但是可以试一下。”

“找谁？”

“我继父。我昨天联系他了，说了说咱们公司的情况。他说他正想给自己的员工谋点福利，决定组织内部员工集体购房。钱可以今年就给你，条件很简单，你要给出一个像样的折扣价。这么做不违法吧？”

王俊觉得这事儿靠谱，自己怎么就没想到先把房子卖给某些公司呢？不过王昭君还是考虑不周。这招其实早就有人用过，之前就有地产商把房子卖给中介公司，变相捂盘，为此还被政府处分了。自己不玩这个花招，不干这种坑人的事儿，但是如果能有公司来订购福利房，自己完全可以发起一个借贷的流程，同时在合同中约定房屋达到预售之后，借贷资金自动转为购房款。利息照付，这就一点问题没有了。

王俊赶紧问王昭君：“他在什么地方？我想去见见。”

“你要亲自去卖房子？不合适吧！胡灵说她跟我一起去。你嘛，好歹也是个领导，如果前期就出面，那过程中出了什么事，难道要陈阿姨帮你吗？”

王俊摇摇头，说：“还是我亲自来吧，等下你叫上胡灵，咱们一起去。让她带上酒，准备点礼物，表现得重视一点。”

“不用礼物。”

王俊一脸疑惑地问：

“不用？公司纪念品而已，简单表达一下心意嘛！”

王昭君依然说：

“不用。我现在约一下，下午咱们就去？”

王昭君拿出手机在王俊面前晃了晃。

王俊点点头，等王昭君打完电话，他满怀感激地问王昭君：

“你继父是干吗的？我怎么没听说过这个人啊？最近几年虽然见过你妈几次，可我以为阿姨单着呢。”

“互联网。”

“高端产业啊。”

“当年在北京上学的时候，他就对我妈有好感，工作之后在国外待了七八年，婚姻大事耽误了。那年赶上我妈妈离婚，他就捡了个漏。”

王俊喝口水，说：“你怎么不高兴呢？”

王昭君漠然地看了一眼王俊，说：

“没有啊。你赶紧算算卖出去多少才可以吧。”

“他们公司规模怎么样？”

“挺大的，那个胜华商都办公楼，他们公司的。”

王俊点点头，算计着说：

“其实这个思路只要顺利执行下去，解决问题就不难。你算呀，一套房子一二百万，打包卖出去一百套就可以了。”

“你们可真能赚钱，随口就几个亿。”

王俊赶紧解释：“资金流动着，钱多利润少。这不一个亿都愁死人了嘛。那里有上千套房子，说起来都是钱，可是搞不好还会赔呢。咱们什么时候出发？”

王昭君打通了电话，倒也没有多余的寒暄，简要说了见面的事儿，然后对王俊说：

“五点见面，四点出发就行了。他现在开会呢。”

“好，我一会儿也有个投标启动会，正好开完了咱们出发。你参会吗？一起去学习一下呗。对了，我妈知道这事儿吗？”

“我已经跟阿姨说了。”

“好，咱们去开会吧。”

会议室里，王俊认真研究即将到来的投标。按照业主的一贯模式，报价不给澄清的机会，一锤子买卖。所有投标单位的报价乘以百分之九十五到百分之九十九的系数，取平均值作为基准价，上下偏差都要扣分，然后再乘以百分之九十五到百分之九十九的系数定标，总价不准调整。投标单位多，系数不确定，商务报价就有难度了，而且投标价格折算两次才是定标价格，弄不好效益会受影响——总之，这个标很有挑战性。

那边，关旭婉玉离开成康父母的单位后，婆婆和成康的电话就打了过来。关旭婉玉接听了成康的电话，成康警告她这么做没有好下场。关旭婉玉挂了电话，不敢在外面活动，直接回宾馆。成康又来电话，关旭婉玉拒接，成康开始发信息，刚开始的时候态度强硬，后来就变成了请求。关旭婉玉已经对这份婚姻不抱有幻想，懒得考虑后果，直接关掉了手机。

开会的时候，王昭君拿着手机小声对王俊说，继父那边想看看项目简介，还要让王俊简单报个价。

王俊先把手机里的项目简介发了过去，这简介是给政府准备的，写得相当漂亮。然后王俊带着王昭君来到母亲的办公室，商量以后，决定一平方米按照一万八报价，数量超过五十套，九五折，超过一百套，九三折。为了最大限度调动购房的积极性，王俊提出一个方案，就是如果购房人数超过了五十，那就随机挑选两家，给个八折优惠。

时间快到了，王俊带着胡灵和王昭君赶往胜华商都办公楼，路上那边发信息说直接到饭店见面。

陈淑荞发信息告诉王俊，王昭君的父母离婚那年，正赶上王昭君的父亲升职，离婚造成了不好的影响，被人抓住了把柄，所以升职的事儿就泡汤了。此后王昭君的父亲破罐子破摔，与同事和领导越来越合不来，最后在王昭君十五六岁的时候，因为贪污被判了刑。

王俊看了短信，纠结了好一会儿，觉得还是把话说明白了比较好，就对王昭君说："你家里怎么了？"

"挺好的啊。"

"我的意思是，叔叔什么时候出狱？"

"快了。"

"我听说你和继父的关系一般，如果你觉得这事儿挺不让你舒服的，那就算了。等会儿大家吃个饭算是认识一下，如果人家觉得有难处，你也别太强求。"

"这件事不是对你很重要吗？"

"对。可是我不想让你……"

王昭君也不看王俊，置气似的恶狠狠地说：

"我会尽力帮你的。你就放心吧，我肯定把房子卖出去！"

王俊也不好再说什么了，开始做酒席的准备工作，问道：

"对了，你爸……不对，你继父叫什么？"

"陈道明。"

“咦，这名字挺耳熟，听起来像是知识分子。”

“确实是挺有文化的一人儿。”

“抽烟吗？”

“抽。”

“酒量怎么样？主要是好这口吗？”

“好啊，跟你好美女似的。”

“那就好，那饭局就不会太沉闷。”

下车后，陈道明的秘书已经在楼下等着了，说陈总一会儿就到，让大家先到包间里休息一会儿。众人在楼上刚等了没几分钟，陈道明和王昭君的妈妈刘晓庆就来了。

陈道明进门后毫无领导的架势，热情地递烟，然后张罗大家坐下，凉菜还没上全，陈道明就先挑开了话头：

“小王，你就直说需要多少钱吧。”

王俊挺喜欢陈道明的爽快，就实实在在地说：

“刚才我盘了一下，公司进进出出的钱都算上，紧打紧算，到了年关还差一个亿。建筑行业一过年就头疼，这一点比不上你们高科技公司啊。”

陈道明接过服务员递过来的一盒牛奶，撕开一个角，放到王昭君面前，然后对王俊说：“小君给我打完电话之后我立马就落实了。我这边也盘了一下，一百套不一定有，但是大家看了你给的优惠，中层干部以上的人都想要，再加上一些家庭条件不错的员工，六七十套还是可以消化的。”

王俊听到这个数，心里不是一般的高兴，赶紧举起酒杯，说：“那我先谢谢叔叔了。我就替我妈妈做个决定吧。按照您说的数量，多十来套少十来套无所谓，都按照九三折来。房子明年六七月份，最迟国庆节之前陆陆续续就可以交钥匙。这两年因为修路，交通不是很好，我们公司会安排班车为贵司的员工服务，一年三百六十五天，不分工作日节假日，免费接送。”

陈道明觉得王俊开出的条件真挺不错，满意地点了点头。

刘晓庆看事儿谈得差不多了，就拿起酒杯，说：

“小君下午说完这事儿之后老陈立马就活动起来了，一分钟都没耽误。现在小君在你那里实习，让你和陈姐姐费心了。”

陈道明看一眼王昭君，也对王俊说：

“王总可要管得严一点儿，小姑娘入职前几年得好好学东西，不能太娇气。”

大家一杯酒刚喝完，王昭君就站起来，端着酒杯说：

“爸妈，谢谢你们了。”

陈道明听到王昭君叫自己爸，高兴得嘴都合不上了，赶紧再次斟满酒，这次他也不看王俊了，直接对王昭君说：

“建筑公司的事儿我也懂一点，你们年前的日子肯定比较难熬。再说了，民工兄弟们也要拿钱回家过年啊。所以呢，这事儿就不用拖到年根了，一个月吧，一个月之内我就把钱准备好。这也是为员工谋福利嘛，咱们双赢。来，叔叔……不，爸敬你一杯！”陈道明说完将杯中酒一饮而尽。

王俊察觉出来了，王昭君其实和陈道明没什么过节，可能只是亲生父亲因为离婚而颓废，所以她才对陈道明有点儿抵触情绪。了解了内幕，王俊觉得这酒席没什么压力了，他给胡灵递个眼色，意思是，放开来吧，多么常规的一次经营活动啊。

气氛起来了，不光胡灵放开了手脚，陈道明的秘书也开始表现了。王俊和陈道明偶尔聊几句工作上的事儿，多半的时间在聊家常。陈道明明显是高兴过头了，喝酒也没了节奏，不一会儿就有点儿醉了。

刘晓庆趁王昭君去卫生间的空当，凑过来问王俊：

“我听陈姐姐说小君最近和你处朋友了？”

王俊也喝得有点上头了，听刘阿姨这么一说，愣了一下，赶紧解释：“我妈……我妈这话可说岔了。我和小君没怎么处，您……您这么一说，我都不知道该怎么回答您了。”

刘晓庆看到王俊的窘态，知道陈淑荞说的不是假话，就嘱咐王俊道：“小君平时不爱和我们交流，以后你就多费心照顾一下她。她小，你就是大哥，她什么地方做得不对，你就直接批评。”

“不，不，她方方面面都很好。”

陈道明也说：“今天这事儿也是小君找了我，我才这么利索去办。小君从来没求我办过事儿，今儿个头一次。小王总啊，咱们虽然公事公办，可你心里得有个数啊。”

王俊点点头，不过关系没确定，他也没法儿表态，只能再次感谢陈道明，继续敬陈道明和刘阿姨酒。

酒席之后，王俊送王昭君回住的地方。王昭君不愿意坐车，下楼之后就走向了公交车站。

王俊不知道王昭君葫芦里卖的什么药，就让胡灵先走，自己跟着王昭君去坐公交车。

虽然王昭君刚帮王俊解决了个大问题，可是她还是有点儿不开心。王昭君自己也说不清楚这是为什么。但见姑娘蹙着眉，琢磨了又琢磨，答案时隐时现，一如雨后雾色幽见。

自己把事儿办得这么漂亮，为什么还不开心呢？

是惭愧于动用了继父的资源吗？

王昭君不能确定这个答案是不是自己不开心的原因，她看着窗外，对王俊说：

“我有一个同学，父母是大官，可是她依旧每天去语言学校当老师，有时候还逃课去，累得嗓子疼得说不出话来，天天要吃很多含片。她马上就要出国读书了，用的是自己赚的钱。”

王俊点点头，不说话。

王昭君又说：

“我的前男友，家里很穷。他妈妈每天都上山捡石头，背着沉重的矿石卖给矿场，一次三五十块钱，腰间盘都突出了，还在死撑着。他学习很好，现在签了一家国企，快要入职了。”

到了岔路口，俩人换了辆公交再上车，又坐了一会儿，到目的地了。

下车之后，王俊感觉到一股冷风袭来，打了个冷战。

这片儿是一处公园，迎面起伏的缓坡，错落有致的是挺拔生机的杨树林。杨树的脚下是浅浅没着马蹄的嫩草，嫩草中镶满了白色的雪。缓坡的另一面是什么，王俊不知道，他平时太忙了，都没时间去看看。

王俊似乎明白了王昭君的不开心，这个姑娘有很强的表达能力，但是哪怕是最深处的心思，也可以露出点儿端倪，让人探幽而起微情。

说大一点，姑娘在哀民生之多艰，她察觉到了芸芸众生的辛苦，就暗自检讨自己辛苦得还不够。往小了说，姑娘不知道自己以后的生活怎么过才有意义。把自己累趴下？与众生同苦？好像也没什么意义嘛。要不然就找个捷径，让自己不用怎么努力就衣食无忧？这种生活似乎更无耻了！

王俊偷偷看了一眼身边的王昭君，心想，你可真好，你虽然爱骂人，可是你比大多数的人都要善良。

王昭君在长椅上坐下，问王俊："哥，什么时候穷人都能有大房子？比如狄龙，比如我前男友。"

见王俊不回答，王昭君继续问：

"哥，你干成了狄龙和胡灵都干不成的事儿，赚了他们都赚不到的钱，不觉得很残忍吗？我要是他们，我会很伤心的。"

王俊突然很想哭，他伸手将王昭君拥入怀中，长舒一口气，说："丫头，对不起，我就想着自己发财，别的什么都干不了。对不起，我让你失望了。"

半个月之后，王俊收到了陈道明分两次付款的第一笔，八千多万。王俊长长地舒了一口气，心想这个坎儿差不多是过去了。即使没有第二笔付款，单靠这到手的八千万，熬一熬，年关也就过去了。

王俊立马召开清算会，责令各个项目经理重新上报资金计划。得益于不久前王俊发了脾气，大家这次都学乖了，尽量都把资金计划做得漂亮一些。原本测算的一个多亿，再算一遍，变成了不到九千万。

陈淑荞在办公室里看到胡灵发的信息，悬着的一颗心放下了。陈淑荞之所以故意不去参加如此重要的会议，所传达的信息很明确，那就是她要任由儿子想怎么管理就怎么管理，想怎么骂人就怎么骂人——至少在外人面前，她是这个态度。如果今天还是自己来主持会议，说不定现在大家又开始诉苦了，诉苦不是真苦，而是要狠下心来和王俊抗衡到底。如果真到了这地步，不管自己是拨乱反正，还是批评儿子不该随便发火，结果都是让那些不作为的人变得更加嚣张。陈淑荞是绝对不会给他们这个机会的。她这不是把儿子当刀使，而是用不出面的方式告诉所有人，自己是儿子手里的刀。

会议刚结束，王俊就接到了橙子的电话，电话那头，橙子叹口气说："王俊，有件事不知道该不该跟你说。"

"那就说吧，别憋坏了自己。"

"关旭婉玉离婚了。"

"这才结婚一个月呢。"

"对啊。来也匆匆去也匆匆。"

王俊关上自己办公室的门，说："怎么莫名其妙就离了呢？她是故意拿结婚的事儿收份子钱吗？"

"成康那小子在外面有情人，情人怀孕了，非要把孩子生下来。关旭婉玉不想让孩子生下来，就因为这事儿，俩人闹到离婚的地步了。关旭婉玉想要一套房子，成康死活不给，关旭婉玉一气之下就把成康一家举报了，说是什么违法经营，贪污受贿。现在政府把成康他们家查了个底儿朝天，查出来二十多套房子。”

“有意思！我早就看成康那小子不顺眼了。”

“你就不伤感？”

“我能怎么伤感？我的确心里不舒服，不过我能做什么呢？赶着去接盘？”

“这几天一直是吴茜在陪着关旭婉玉，听吴茜说，人家一直在念叨你，左一句带着你，右一句带着你，还说对不起你。”

王俊点燃一支烟，在椅子上坐下，说：

“她是不是打算杀个回马枪？”

“今天关旭婉玉回成康家取东西，你去不去帮忙？”

“我去算什么？”

“你想不想去吧？”

王俊斟酌数秒，想到自己下午也没啥事，就说：

“既然总是提起我，那我就去看看呗。几点？哪里？”

公寓已经不属于成康了，属于他的只有老城区的一套旧房子。成康站在楼下，看着关旭婉玉在吴茜和橙子的帮助下把东西搬下来——其实也没多少东西，多半是衣服和一些日用品。

王俊没有上楼，在楼下帮忙把东西放到车上。

成康瞪着王俊，他真想去揭发王俊不法经营的行径，让王俊也不得好死。可是想来想去，王俊貌似也没有什么把柄，而且即使真有把柄，现在他和自己公司的合作工程已经启动了，各个单位都已经动手干活了，自己现在去搅和一下，纵然王俊饶过自己，其他人也不会轻饶他——之前他天天开着豪车笑看浮生，觉得自己多么有优越感，现在再看眼前的事儿，才发现原来自己什么都不是，每个奋斗的人都像是狮子老虎一样专注和凛然，只有自己在狐假虎威。退一步来说，自己的工作还是求人才得以保全，自己还敢做什么出格的事儿呢？以后不活了吗？

王俊走过来，递给成康一支烟，也不多说话，拍拍成康的肩膀，让他想开点。成康知道，自己沦落到这么一副境地，王俊肯定会表现得很豁达，这是王俊一贯的做派。成康被抄家的时候没有哭，可是王俊给他一根烟，拍拍他的肩膀，他就蹲下来哭得泣不成声。他有些羡慕别人踏踏实实的生活模式了，他不知道自己的未来在哪里——他根本就没有谋生的技能，而没了钱，他就真的找不到人生的乐趣了。

关旭婉玉都不知道王俊到底说了什么，才让这个不可一世的男人一下子土崩瓦解掉了。

橙子叫来一辆面包车拉东西，把东西拉到关旭婉玉新租的一间合租房里。

关旭婉玉坐着王俊的车，一路上都没说话。

车停在了楼下，关旭婉玉才问王俊：

“你是不是恋爱了？”

“怎么这么问？”

“随便问问。”

“最近忙，没顾上别的事儿。”

“那你还会来找我吗？”

“等我忙完了吧。”

“什么时候忙完？”

王俊转脸看看关旭婉玉，他不知道关旭婉玉为什么能一面这么黏着自己，一面还能结婚、离婚。王俊想想手头上的工作，心想可预见的未来，哪有闲下来的时间啊。这个月要卖房子给陈道明，还要投标，完事就到年底了，收款的事儿规划得再好到时候也会有很多事儿，处处都要应付。

说实话，王俊也有些感动，毕竟这个女人终于开始黏着自己了，可是他却是有点儿懈怠了，就随便说了个数字：

“二十多天吧，交标之后可以休息休息。赶紧下车吧，橙子他们等着搬东西呢。”

关旭婉玉下车之后径直上楼去开门，然后和大家一起把东西搬进去。忙完了，她提出来请大家吃个饭。王俊说自己就不参加了，开车离去的时候，用微信转给橙子五千块钱，让橙子把面包车的车费给结了，剩下的钱，由吴茜出面把关旭婉玉的房租处理一下。

橙子说：“你自己来多好！”

王俊说：“我最近顾不上她。”

王俊想去给王昭君买个礼物，答谢她的解围之恩，刚选好一部手机，自己的手机就响了。打开一看，是狄龙发来的招标文件，留言说准备动手吧，陈总在公司等你呢。

王俊喟然长叹一声，赶紧付款赶到公司。在陈淑荞办公室，王俊并没有看见王昭君。王俊简单和母亲说了几句话，然后把手机放到办公室，抱着电脑就去会议室跟大家碰头。

整个下午王俊都在会议室里看招标文件，自己的专业能力并不是很强，很多内容都要请教专业人员。忙了好大一会儿，休息的时候他打开手机，发现王昭君出版了一本小说，晚上要在大学里搞毕业签售会。

投标初期，就是测成本，做方案，具体的决策要一周后才有依据。技术性的工作都分配给具体的人了，王俊觉得自己也没必要一直待在公司，就帮大家在楼下定了个吃饭的包间，让胡灵招待大家吃饭，自己开车赶往了大学。

王俊已经好几个月没有回大学看看了。

冬天的校园有些萧瑟。图书馆一楼，一帮学生在吃火锅，估计是他们猝不及防听到窗外忽起了的风声，才会意识到深秋已来，估计等他们吃得很晚了走出门，才会突然觉得夜里特别冷。

王俊来到熟悉的会堂，在会堂靠后面的地方找个座位坐下。舞台上，几个学生在对谈，聊书里的情节，聊对社会的看法。王俊恍惚觉得自己在舞台上，主持着新生迎新晚会。

王俊冲旁边的工作人员招招手，买了本王昭君的书，翻看了几页。

“如果成长是从一个境界跳到另一个境界，如此绝情，那我宁愿不成长，我宁愿一步跨入太虚幻境。看看周围的这些人吧，死一万次的成熟，伤痛是我们并不自知的麻木成了妖，当初的爱也变了样。哥，我是这棵树呀，植于门庭前的视若无物。大概有些人亦是你前世的树，今生来照一面，你都要珍惜啊。”

“奢望是近在眼前的腊月，我就带你回家。我不要你的钱，我不要你的房，我只要和你在一起。华北平原，一望无际的田地，温暖的太阳，你让孩子骑在你的背上，说我们农村人都是这样带孩子的。我在除夕之夜蒸馒头、做枣馍，然后……你喝多了。那一秒，新年了，时间被我们打败了！”

……

王俊有些感动，她抬眼看看舞台上的王昭君，发现她也看到自己了。

“有没有人要表白的?”主持人站起来起哄。

王俊举起了手，在学生们的吆喝声中，他走向舞台。站在台上往下面看一眼，所有人自己都不认识。自己的同学都走了，可是，他们好像把真挚的爱情落在这里了。

王俊抬抬头，隐约能感觉到舞台之上巨大聚光灯投射出来的温暖，他说：“我刚看了王昭君的书，仿佛自己也重新回到了大学时期。我大学时的女朋友结婚了，新郎不是我。很好笑吧，这事儿到你们头上，你们就笑不出来了。不过我女朋友不到一个月就离婚了，所以幸好新郎不是我。当时呢，也就是十年前吧，她和你们一样，在下面听讲座。她很漂亮，也古灵精怪，可是现在我真的不知道为什么人会变，我以为我会娶她，可是我现在……”

在王俊沉默的时候，学生们高喊：“表白！表白!”

王俊㞞了，他不敢对王昭君表白，他还没想好呢，而成年人没想好的事情就不会做。王俊拿出来给王昭君买的手机递过去，说：“祝贺你!”

王昭君拿过来礼物，静静地说：“谢谢你!”

下面的学生窃窃私语，互相猜测这是什么礼物，是最新款的手机吗？是首饰吗？看起来包装不错，这人好大方呀！

而在众人的窃窃私语中，王俊拿着王昭君的书狼狈地离开了会堂。

王俊一个人沿着河边散步。走了一个多小时，王俊觉得实在是闲着无聊，就开车去找橙子。

在橙子家楼下的烧烤店里，俩人点了些吃的，要了几瓶啤酒。

喝一口酒，王俊问橙子：

"你说关旭婉玉这么一个状况，我该怎么办呢？"

"你怎么突然这么问？你不是一直在忙工作吗？工作狂！"

"我今天在大学里参加活动，好多事儿涌向了心头。"

橙子吃一口青菜，嚼了一会儿，说：

"老四啊，我们都变了。和吴茜再次恋爱后，我发现我变化太大了。"

"怎么变了？"

"变得不矫情了呗。平时互相问问对方什么时候回家，互相关心一下对方的工作，就完全可以了。至于爱情嘛，就各自感悟吧，少说几句话，也就没什么冲突了。"

“我分不清自己现在是喜欢她还是不喜欢她，毕竟我……”

橙子给王俊倒上酒，说：

“如果你真的还喜欢她，就不要考虑太多了，去找她就行了。你看看大学里的那些姑娘，即使是个天使，她也要吃些东西，最后还希望有一栋房子。这都是正常的需求啊。”

“喜欢一个人，真不需要考虑太多吗？真的可以丢掉爱情去经营婚姻吗？”

王俊说着，看看手边王昭君的书。

“谁的书？”

“一朋友的。”

橙子最后鼓励王俊一句：“考虑太多，你只会浪费时间。真的。”

王俊突然对婚姻产生了好奇，就问橙子：“你们平时吵架吗？”

“现在不吵架了。”

“难道是找到什么方子了？”

“我不是说了吗？个人忙个人的，有空就去吃个饭，看个电影，看电影就看那些垃圾的，纯粹是图个乐呵。至于吃饭嘛，咱们这城里你也知道，一到周末全是人，商场里吃个饭，排队就要一两个小时，拿着手机一边玩游戏一边等。一天的时间很快就过去了。”

王俊失魂落魄地看看窗外的景象，看着来往的人在冷风中缩起脖颈：“你的生活我不喜欢。”

“那你喜欢什么样的生活？”

王俊端起一杯啤酒，指一指远处的楼房，愤愤地说：

“我现在突然不羡慕那些楼里的灯光了。我现在发现，这社会上有太多的假象。那些成家立业的人，不见得有多聪明，也没几个恋爱专家，可是他们都亮起了灯，这就很吓人了。吓坏了关旭婉玉，也吓坏了我。”

“没有一个家，你以后会更害怕。”

“不，是你们对于家庭的定义有问题。不说了，喝酒吧。”

橙子突然开窍了，问道：“老四，你是不是喜欢上王昭君了？”

“喝酒！”

10

那件事过去很久了，狄龙觉得自己可以大大方方花钱了。他给母亲邮寄过去两万块，又狠狠心给邵楠买了一块价值两万块的手表，赢得了女朋友片刻的欢心。

狄龙和邵楠商量好了，情人节那天就去领证。不过狄龙有了新的追求，在第一套房子基本搞定之后，他在琢磨再买一套房子。王俊不是说了嘛，要让所有的兄弟都能在新区有房子，可是自己没有那么多钱啊，即便是在公司无息贷款，首付也是个大问题。

赵飞主动联系了狄龙，狄龙半天没有回复赵飞的微信，一直到下班后，赵飞的电话打了过来，约他找个地方坐一坐。

KTV的包厢里，赵飞喝了几杯酒，吃了几块水果，在兜里掏出来五个砖头，扔在沙发上，对狄龙说："这是五十个。一个点呢，五百个，我们就按照一个点来。你把数字给我，我不中，这五十万也是你的，中了，剩下的钱如数给你。我不会骗你。"

狄龙还在犹豫，他看看赵飞，皱着眉头，说：

“这个项目我不能给王俊搞丢了。”

“这个机会你一辈子可能只有一个。这是你的房子，你的车子，甚至是你的妻子，你可想好了。”

“我只要一百个，给你一个大数怎么样?”

“多大?”

“告诉你大概几个亿。”

赵飞跷起二郎腿，说：“这个数字对我来说没有任何意义，我要的是最终报价，精确到个位数。”

“这是违法的。”

“我当然知道是违法的。”

狄龙觉得有必要说一下自己公司的情况，就说：

“现在公司的资金很紧张，王俊很重视这个项目，天天和我们一起加班。这个标丢了的话，王俊是不会善罢甘休的。”

“你别说废话。你我难道就天天眼巴巴看着他王俊赚钱？尤其是你，还天天替他算钱。难道你真想一辈子都被别人踩着吗?”

赵飞觉得狄龙一定会答应自己的，在他的眼里，看似自由的意志和不确定的观感，其实只是一套本能和欲望的流水线。每个人都可以被利益说服。

“我害怕!”狄龙说了内心深处最本质的担忧，如果赵飞能解决这个问题，他就可以干这事儿了。

但是这对于赵飞来说根本就不算事儿，赵飞拍拍狄龙的肩膀，把钱装进他的包里，说："人呢，干大事的时候都会害怕。可是一直窝着，未来在哪里？窝着，窝着，一转眼，三十岁了，然后四十岁了，累死累活那么多年，到头来一无所有，一贫如洗，这就是你的安稳生活？想开点吧哥们儿，这事儿对咱们来说，都是改变命运的机会。再说了，明年你可以辞职嘛。一个根本就不在一个层面上的朋友，和这五百万相比，你怎么权衡？"

狄龙闭上眼沉思了一会儿，猛喝一口啤酒，说：

"那你可不能把我卖了。"

"那我就是把自己卖了。来，唱歌！"

赵倩在女儿离婚后一直装不知道，也瞒着关正良。这天在家里收拾东西，看到了女儿小时候的照片，她就莫名地哭了起来。仿佛就是在昨天，自己的女儿还是几个月大的孩子，很小很小，去医院打针的时候抱着自己不松手，把头埋进自己胸脯。这么多年过去了，女儿出落成大姑娘了，自己呢？也老了。

看着镜子里的自己，如果赵倩懂英文的话，怕会喟然一声长叹，感伤难怪在英文里皱纹和心计都可以用 whisle 来表示——遇到的困难多了，思考的事情也会随之增加，慢慢地，心思也就历练出来了，与此益彰，皱纹遽起——说自己有心计，倒也冤枉，自己哪里有心计呢？就拿自己想开窗帘店的事儿来说吧，那不也是为了全家人的生活？是的，自己是逼着女儿了，逼着女儿嫁给了不喜欢的男人，可是这怪她吗？这哪一件事不是生活使然呢？

穷人的心计，一个不留神就变成了刻薄。可这一切都是为了生活呀，真要怪下去的话，终极答案是永远都不能揭穿的隐晦，而赵倩只觉得委屈，除此之外没有别的念想了。

当天下午，赵倩拿着自己放在衣柜里的两万块钱走出门。打通女儿的电话后，来到女儿租的地方。

女儿住的是合租房，三居室，住了四户人家，客厅也住了一户人家，加了个隔断。女儿还没回家，赵倩进不去女儿的房间，就在残余一半面积的客厅里找个地方坐着。

卫生间里，一个遍体文身的男生在洗漱。洗漱完之后，把劣质香水喷在身上，然后简单化了个妆——赵倩第一次见男人出门前还要化妆，觉得甚是新奇。赵倩探头看了看，小伙子化妆似乎并不是为了好看，而是在耳朵上挂上金属，把眼线画得异常可怕。客观来说，这种 Special Make - up（特殊化妆，电影术语）的确不是一般人可以驾驭的，可是这哥们儿就有这自信——好在社会上也有姑娘买他的账，这就给了他不小的信心。

晚上八点多，女儿终于回家了，赵倩跟着女儿来到房间。

关旭婉玉放下包，让妈妈坐在床边，自己在椅子上坐下，说：“妈，你怎么来了？”

赵倩看到女儿的卧室倒还整洁，心情好了一些，说：

“我就不能来看你吗？”

“爸爸怎么样了？”

“还是老样子。”

关旭婉玉不敢看母亲，随口说一句：“真是辛苦您了。”

赵倩叹口气，心想什么辛苦不辛苦的，这辈子就这样了，再好听的话，再不好听的话都是过耳之风，没什么意思了。她看女儿一脸倦容，就问：“你现在干什么工作？”

“回到了之前的单位，总部不要我了，我就去了区域。现在还是做之前的工作，就是更具体了。”

“也就是更累了呗？”

“年轻人都这样嘛。”

“你怎么就走到这一步了？”

关旭婉玉不知道该怎么回答母亲，她哪知道自己为什么就这样了。可是自己走的每一步都是趋利的，和别人一样做了正确的选择，按说不会错呀，可是为什么还会这样呢？真是奇怪啊！

赵倩从兜里拿出来钱，放到关旭婉玉床头上，说：

“成康也没给你多少钱吧，这些钱你先用着。租的这个屋子到期之后你就换个地方吧，好歹有个单独洗漱的地方。你也不看看外面那几个男人，都是干吗的呀，和他们一起住多危险呀！”

关旭婉玉极力推辞：“妈，我不要您的钱，我有钱。”

赵倩不耐烦地看看女儿，说：“你就收下吧，你收下了我也放心。”

关旭婉玉叹口气，把母亲的钱放进包里，说：

“妈，一起下去吃点东西吧。”

“你这里能做饭吗？”

“能，不过我没做过饭。”

“我给你们收拾一下，给你做顿饭吧。”

王昭君搞完新书的宣传之后继续实习，王俊看她没用新手机，就问她是不是不喜欢，不喜欢可以去换一个。

王昭君冷冷地说新手机给老陈了，人家帮了自己那么大的忙，不感谢一下怎么能行呢？

王俊还是不知道王昭君为什么不高兴，不过这句话倒是提醒了自己，过年的时候一定要去感谢陈道明一下。

王俊回办公室没一会儿，陈淑荞就走了进来。母亲一向不来自己的办公室，王俊有点蒙，赶紧收拾了一下凌乱的桌面，静候老佛爷发号施令。

陈淑荞也不坐下，扫一眼王俊乱糟糟的办公桌，兴师问罪道："别收拾你的狗窝了，乱糟糟的挺好的。我问你，你是不是惹小君不高兴了？"

王俊丈二和尚摸不着头脑。

"没有啊，我最近忙得很，一门心思扑在工作上了。"

"我还冤枉你了？上午你刘姨给我打电话，说小君埋怨她了，说我是在瞎当媒人。"

"这话可说得有点过头了，回头啊我得跟刘姨好好掰扯一下。您等着，我回头就给您讨回公道。"

"掰扯个头，你跟我说实话，你和小君到底是不是处对象了？"

王俊仔细想想，想起来了一件事——难道是自己在她的新书发布会上没有表白，惹姑娘生气了？这么一想，他真不知道该怎么回答母亲了，王俊挠挠头，说："感情的事儿讲究个循序渐进，我这刚清醒了没一年，就算处对象，也得慢慢来呀。"

"王俊，我跟你说，你感情方面最好认真点儿。之前那个关什么，名字贼别扭的，我听说已经结婚了，那就不关你什么事儿了。你要是想跟小君处，就好好待人家。这事儿处不好，我脸面都没处放。"

王俊连连点头，恰好这时候胡灵走进来说成本要评审了。王俊扎个空当，赶紧抱着笔记本电脑去开会。

会后，王俊主动约王昭君出去吃饭。王昭君没答应，也没拒绝。王俊回办公室整理一下资料，关上笔记本，来到陈淑荞办公室门前，敲敲王昭君的工位，说：“下班了，吃点东西去？”

王昭君看了看王俊，有点不乐意地站起来收拾东西。

屋里面陈淑荞隔着玻璃看看儿子，心想养儿子最怕的就是看儿子出丑了。要是女儿，自己也好仗义执言，可偏偏是儿子，出了事儿除了自己跟着一起丢人，没别的招儿。她冲儿子摆摆手，让儿子赶紧走，爱干吗干吗去，别在自己办公室门口站着跟门神似的。

王俊带着王昭君下楼，启动了自己半年内被撞了三次的车，开车前往距离自己最近——一条开满了湘菜馆和西北菜馆的欧洲风情街。找车位找了半天，找到一个很小的车位，停车又停了半天。好不容易停好车，王俊下车就看见王昭君在皱着眉盯着街道看。

“怎么，不喜欢这里？”

“还好意思叫风情街，还不如我好看。”

“可不是嘛，徒有个名儿，内涵跟你没法比。”

在餐桌前坐定之后，王昭君问王俊：

“怎么想着叫我出来吃饭啊，这时候你不得陪着你关姐姐、胡姐姐吗？今天她们给你放假了？”

“你不是出书了吗，给你庆祝一下嘛。现在市面上找本能看的书不容易，所以我得好好伺候你，免得史书上记我一笔，一句话就把我说成了浑蛋。你别笑，对于我们这种小人物，史书上都这么处理。”

“你可真有荣辱观。”

“天天跟你在一起，见贤思齐，也思不齐。”

服务员过来点菜，然后把茶饮布置好。

王昭君看看王俊，趁着王俊在暧昧期间表现不好的落魄，先下手为强，非要掐他一下，让她知道自己的厉害：“听说你那爱之至深的姑娘结了婚，又离了婚，是不是你又有机会了？”

王俊喝一口水，说：“又不是为我离的婚。”

“没当上小三，心里有点落空了？”

“也不是，兔死狐悲，看着别人活得不好，反躬自省，发现自己也不是皇帝老儿，周围也没千八百个姑娘睛等着跟着我过一辈子，我能照顾得了。现在是信息时代，挺好的，干什么都方便，只是我觉得人变得更无助了。有时候啊，你不光帮不了别人，社会上的冷刀子甩过来，你想护着别人都护不住。”

“要说你没志向吧，得先批判这个时代没给你发挥才能的舞台。”

“可不是嘛，乱臣贼子生在太平盛世，做大了也就是个西门庆。对了，你看过《金瓶梅》吗？”

王昭君突然板起脸来问道：“王俊，我问你，我严肃地问你——”

“什么？”

“如果给你机会，你还有没有可能回到她身边？或者说，你现在最喜欢的是我还是她？”

王俊看看眼前的姑娘，不知道该怎么回答。

其实对于很多女孩，王俊都有非分之想，尤其是对于王昭君这种年轻貌美的小姑娘。可是王俊却不知道得到了眼前的姑娘之后的后果是什么。牵手了，接吻了，爱了，也睡了，然后呢？幸福是什么？悟出来了吗？你觉得自己挺牛，你牛在哪里呢？不管是出于世俗，还是出于负责任，王俊都觉得自己不能再胡来了。时速六十以上就是风，过了三十岁就是真实的人生。糟蹋了就是糟蹋了，一般人根本就没有翻牌的机会。王昭君她爸就是明证。

王俊觉得无论如何都不能为了睡一觉而欺骗王昭君，就冷着脸说：“你想听真话？”

“当然是真话。”

“我就说最真实的感受吧。有。”

“你觉得我会伤心吗？”

“我猜不到，真的，我不光猜不到你要说什么，还猜不到你想的是什么。你这人吧——”

王昭君一脸迷茫地看着王俊，说：

“我很伤心啊。这很难猜吗？你到底有多笨？”

“哦。那我其实很喜欢你。”

王昭君愣了一下，无奈地说：“这是表白吗？”

王俊大喝一口果汁，打退堂鼓了。

“我喜欢你，这只是我的一种感觉而已。但是我想把正式的表白留在后面，我相信——我，这么说吧，我很怕自己配不上你的爱，或者说对感情再次判断错误。你也别伤心了，上次看到你哭着上楼，我心里可难受了。”

“我不怕你骗我。”

“我怕。”

王昭君无奈地摇摇头，说：“好了，你别哭丧着脸了。我没否定她会爱上你，或者说，会真的爱上你，但是我觉得她可能一辈子都不知道你在想什么，一辈子也不能成为你的红颜知己。因为最好的恋爱，是你比我高明，我也比你高明。你就自己权衡吧。天下男人这么多，我管不过来。”

“你太聪明了。你真是太聪明了。”王俊低着头喃喃地说。

王昭君觉得很扫兴，可是她依旧很自信，她深信王俊总有一天会以自己喜欢的姿态走过来，带来的爱是真的，也是有生命力的。

王昭君吃了一口菜，主动岔开话题，问王俊第二笔款收到了没。

“收到了，加起来正好一个亿。我怀疑啊，陈总自己使劲儿了。要不然哪有那么巧的事儿，我说要这么多，就来了这么多。”

“你怀疑第一笔是真的被消化了，第二笔是他帮职工垫付的？”

“你觉得呢？”

“我不小心把真话告诉你了。”

王俊赶紧举杯：“太感谢你了，要不是你，这个事儿我能愁到现在。陈总使劲的这事儿就当我不知道吧，如果年底我这边有结余，我就把结余的钱给陈总打过去，到时候再把话说开。”

“说不说开那是你自己的事儿，这都是你自己琢磨出来的，和我没关系。”

王俊心想你这丫头以后要做起公司来，那铁定是见神杀神，见佛杀佛，可是王俊还是装出了大男人的做派，教育王昭君道：

“人情说到底还是人情，你可别这么冷漠。这样不好。”

王昭君哂笑一声。

王俊不乐意了，说：“你笑什么笑，我说得不对吗？”

“你这就叫得了便宜卖乖。我发现你这人吧，我就直说了哈，好色又虚伪，坏得比一般人还入骨。”

“好了，今天就不该叫你来吃饭，说上瘾了你。”

狄龙最近心神不定，天天晚上睡不好，有时候半夜醒来，憋得难受，就起身出门抽烟。因为母亲的病情加重，住院需要花钱，邵楠受不了自己一而再，再而三地贴补家庭，提出了分居的要求。现在邵楠住在哪里狄龙都不知道，他唯一能做的就是赶紧解决生活的困境，早日把心爱的姑娘接回来。

每次看到王俊认真研究报价，狄龙就觉得很对不起王俊。王俊太用功了，他一点不像富二代，而是自己见过的最有事业心的男人。可就是这么一个人，自己却要去坏他的事儿，狄龙觉得自己太不是人了。

偏偏王俊把狄龙当成了心腹，分析报价的时候，总把狄龙和胡灵叫到自己办公室商量。每当这时候，狄龙就怯于发表论点，不停地给王俊、胡灵端茶倒水。

其实最让狄龙郁闷的是他觉得自己就是个傻瓜。内部工作还好说，对于王俊以及陈淑荞的对外经营工作，狄龙一直琢磨不透。令狄龙费解的是，昨天的对手，今天就可以变成朋友。半年前，自己和王俊去交标，王俊的胳膊被人拽了一下，青了一大块，可是半年后，两家单位的人一起吃饭的时候，就可以互相借鉴商务策划和技术方案。狄龙觉得里面有他不明白的事儿。狄龙在酒席上看看王俊，王俊一脸轻松，就当这家单位一直是自己的朋友，丝毫没有交流上的障碍。

狄龙觉得自己还差点儿东西，可是他也顾不上深究这里面的门道了，他快被生活逼疯了，现在他的首要任务不是做好自己的事业，而是尽快解决生活上的种种困难。

狄龙决定了，决定按照赵飞的要求泄露报价，但是在此之前，他让赵飞给他找一家单位面试。

赵飞乐得揽下这件事儿，毕竟介绍一个有经验的商务人员，他也是帮某些单位招贤纳士了。

狄龙在某个中午偷偷从办公室溜出来，到另一家公司参加了面试。面试过程很顺利，自己的能力也得到了对方单位的认可。

11

“啪!”

王俊一脚踢翻脚边的一张椅子，盯着屏幕上各家竞标单位的报价列表，陷入了深思。

王俊知道，此时此刻自己的报价已经废了，申诉毫无意义，当务之急是赶紧找到解决方案，而最好的方案，是把这次招标活动推翻重来。

胡灵看到报价之后就走出开标室，不停地打电话。过了一会儿，其他公司的人都走了，胡灵走进来对王俊说，有几家公司在盛秀打印社打印标书，大概有三家，其中有两家，打印了两份标书，前天白天打印了一份，昨天晚上临时又一份。

“报价相差很大是不是?”

“对。如果按照之前他们打印的，我们的报价很有竞争力。只可惜，最后改了，改完之后我们就……”

王俊面无表情地盯着胡灵，问道：

“胡灵你跟我说实话，是不是你透露的报价?”

胡灵不敢相信自己的耳朵，说道："王总啊，我是农村出来的，一毕业就跟着陈总。陈总待我就像亲闺女，我再怎么……"

王俊打断胡灵的话，说："你只管回答我！"

胡灵反应过来了，王俊明里在问自己，其实是在怀疑另一个人，她叹口气，用平和的语气说：

"王总，实在不行报警吧，这个标丢了太可惜了。"

王俊站起来，沉思数秒，对胡灵说："行！既然不是你，那……那就好办了。你马上报警，然后安排人把那几家单位打废的标书拿过来，电子版也行。他们临时调整报价，肯定有不正常的痕迹。打印社不给的话，扔点钱也要搞到。"

说完王俊就要走，刚迈了两步，回过头对胡灵说：

"我从来没怀疑过你。你现在告诉狄龙，让他在办公室等我。还有，安排人直接带着警察去打印社，咱带着警察去找证据。"

说完这句话，王俊赶紧出门，上楼去找业主的招采副总。

路上王俊赶紧给母亲打电话，说了开标的大体情况之后，又说了自己接下来的方案。

"三个人最有嫌疑，我、胡灵、狄龙。胡灵和我一起开的标，我刚让她报警了，狄龙在哪儿？"

王俊什么都顾不上了，不管是谁搞的鬼，这次都要彻查！

陈淑荞走出办公室看看，说："不在公司。"

王俊咬着牙关说：“那就顾不了他了。妈，你跟业主高层联系一下，让他们知道不是我们狗急跳墙，是我们真被人耍了。我现在就去找招采副总说明情况，咱们上下联动，沟通到位，动静闹大了，预计这个标跑不掉的。”

“你注意点言辞，毕竟咱们现在处于被动。”

“我知道了。妈，对不起，这事儿怪我。”

“以后长记性就行了，是我让胡灵提醒你要注意狄龙的，你偏不听。”

王俊叹口气，快走几步，推开招采副总的门。

招采副总见王俊进来，赶紧把手里的烟掐灭，故作很惋惜地对王俊说：“小王还没走啊。唉，你这报价，只能说运气不好，而且呢，咱家这个评标办法随机性太强了，谁也说不准开标后是什么情况。”

王俊递给副总一支烟，自己也点燃一支，故作轻松地说：

“哥啊，我也不打马虎腔了，我现在是来跟您告状的。我们报价没问题，是别人的报价有问题。”

“到底怎么回事？”

王俊关紧门，在沙发上坐下，说：

“有人泄露了我们的报价。说白了，就是有些单位不守规矩，收买了我的人，而且我还怀疑他们存在围标行为。”

副总沉默了几秒，说：“这么说可得有证据啊。”

王俊刚要回答，胡灵电话打来了，说警察一会儿就来，让王俊在这里等着，她要去公司查一下所有人的电脑。

王俊挂了电话，说：“领导您看，我这边已经报警了。本来我想跟您汇报一下再行动，可惜手下的人比较激动，擅自行动了。弟弟我年轻，管理不到位，还请您见谅了。”

副总听到王俊已经报警了，也不敢说王俊的不是，试探性地问：“是哪家单位这么不守规矩？”

“我猜测——我这只是猜测哈，是国威盛京搞的鬼。我不知道您这边是怎么定的投标单位，但是有那么几家单位是挂靠的，社会上几个出了名的标虫，全在给他们张罗事儿。也就是说，好几家单位的名头他们都串着用，不管谁中标，最终都是他们一家在干。开标的时候我感觉不对头，就让手下的哥们儿在全城范围内找打印社了解情况。您还别说，我这瞎猫还真撞到死耗子了。国威盛京这家单位，还有他们经常合作的几家单位，在同一个打印社打印了标书，一帮人同进同出，很不正常。而且他们打印了两套标书。前天打印了一份，那是他们自己测算出来的，昨天又打印了一份，这就有猫腻了。结果呢，修改完的报价把我甩得老远，去掉一个最高一个最低，圈里都没我了。”

“要是这样的话，他们的投标我们得考虑一下了。”

副总也不好把话说死，眍着小眼睛，等着看王俊的态度。

王俊心想既然你还下不了决心帮我，就别怪我吓唬你了：

“领导，这就不是考虑的问题了，您可得看明白了，这是有人要进去了。所以呢，我觉得这个标咱们得重来。不过您也没必要担心什么，毕竟您这儿一向公事公办，对吧？”

副总有些紧张了，关切地问王俊：

“王总，您是不是得罪什么人了？”

王俊笑一笑，说：“都是为了生存，要说得罪，也是我现在才开始得罪。我已经让我母亲跟您这边领导说了相关情况。我在这里也汇报一下，咱们心里都有个底儿，免得您老板问起来，你啥都不知道也不好。”

副总心想王俊已经报警了，而且话说到这个份上了，就赶紧表态：“王总啊，您别多想。虽然今天我是甲方您是乙方，但是老王总和陈总这边我也熟，再说了，咱们俩都老朋友了，还是老乡，就更不用见外了。既然事儿出了，您该怎么办怎么办，如果真查出来有问题，我肯定不能让您吃亏。明天技术标，我先不让评了，一切等有了定论咱们再说。王总，您看怎么样？”

王俊沉默了两秒，站起来，深深冲招采副总作个揖，说：

“老哥，那我谢谢您了。”

王俊走出副总的办公室，刚到一楼，看到刘海抱着另一份标书在角落里被三个保安包围着。

王俊走过去问刘海怎么回事，刘海激动地说：

“我……我要上楼，他……他们不不——不让！”

王俊故意问：“谁不让？”

刘海指指保安，说：“就……就是他们！”

王俊抬腿冲揪着刘海不松手的保安就是一脚，保安们想反击，王俊退一步，操起旁边的一个花盆，说：

“你们这帮孙子也敢玩猫腻是吧？胆儿真肥呀！”

王俊正说着，陈淑荞派来的小伙子们都到了，一帮人围着三个保安。

王俊直接把花盆摔掉，对小伙子们说：

“这几个人看好了，等警察过来全带走！我交标迟到那是我的事儿，你们保安凭什么扣我的人？”

到这时候，王俊彻底明白了，这个标被别人运作得很全面。自己早就害怕可能会泄露报价，所以偷偷安排刘海准备了另一份标书，做最后一搏。只不过自己在交标前的一分钟还是没有发现异样，就没让刘海上楼。刘海肯定是自己知道了投标报价不利的结果，想冲上楼去挽回局面，结果被竞争单位收买的保安阻挠了。虽然刘海即便是顺利上楼，也错过交标时间了——都开标了，怎么还能交标呢？可是保安们傻乎乎的做法，彻底暴露了这场投标背后的伎俩。

还有一点最重要的是，对手连自己准备了两套标书的事儿都知道，泄密的人肯定是自己最亲近的人。

这个人为什么要铆足了劲陷害自己呢？

王俊刚走出一楼大厅，胡灵的电话就打来了，王俊接听电话，问："怎么了？"

"王总，两件事，您可听好了。第一，陈总嘱咐您千万别跟业主闹僵了。现在我们不怀疑任何人，只单纯投诉开标结果，一切事情等警察调查清楚了再说。到这时候了，您千万别意气用事，我们要保证我们做的每一件事，说的每一句话都合法合规。第二——"

"第一件事记住了，我守法。第二件事是什么？说！"

"查出来了，应该是狄龙。"

"怎么确定的？"

"我和陈总在商务部彻查了所有人的电脑，包括您的。商务部的刘子明登录了狄龙的电脑，发现狄龙注册了新邮箱，给另一个邮箱发了咱们的商务标，一整套。"

"妈的！"

王俊真想把手机摔了。虽然刚才就怀疑是狄龙，可真到这一刻了，他竟又不敢相信是自己的兄弟做出了这种事，自己前不久还给了他十五万，万万没想到，十五万竟然买来了背叛。

王俊有点想哭了，他沉住气，问：“给谁发的？”

“看不出来是谁，邮箱是7924571……”

“你等一下。”

王俊说着用另一个手机开始搜这个号码，搜完之后，上面显示用户的名字是“niaowang413”。王俊这下子心都凉了。

胡灵问王俊：“王总，这是谁您知道吗？”

王俊没有回答，他木然地挂了电话，摇摇晃晃走到街上，失魂落魄地在街边的马路牙子上坐下。

过了三五分钟，王俊才拿出手机，给橙子打了个电话。电话接听之后，王俊“哇”的一声哭了起来。

“怎么了老四？你哭什么？”

王俊一边哭，一边说：

“你来艺术大道，金融中心楼下，我在路边等你。”

橙子慌了，赶紧追问：“你这到底怎么了？”

“你赶紧过来！”王俊说完就把电话摔了，屏碎了。旁边的小伙子赶紧用自己的手机帮王俊换上手机卡。

警察到了，问了王俊一些问题，王俊打电话叫来胡灵跟警察交涉，然后自己继续坐在马路牙子上沉思。

橙子下车后一路小跑来到王俊身边，看看周围的警察，不知所措地问王俊："老四，怎么了？"

王俊似笑非笑，似哭非哭地看着橙子，说：

"老三啊，你说好笑不？我刚才被人骗了，骗了我一个很重要的项目。骗我的人你猜是谁？"

"不会是狄龙吧？"

"还有鸟王。"

"什么？"

王俊咬着牙说："他们串通好了来玩我。我真想不到会这样，我……我不知道哪里得罪他们了，我真不知道哪里得罪他们了。我一直把他们当兄弟啊。"

王俊说的是真话。这几个月来，他虽然在工作上努力变得冷峻无情，但是他从来没想着欺骗兄弟。王俊一直觉得自己的有情有义是自己有别于其他人的重要特质，可是今天的打击让他怀疑自己的一切理念了。王俊瞬间觉得一直热爱的工作索然无味了。橙子坐下抱了抱王俊，让王俊别太难过。

胡灵走过来，俯下身子，对王俊说：

"王总，保安们都说了，是别人给了他们钱，让他们挡着刘海不让上楼。警察现在要去控制赵飞。赵飞现在是社会上的人，四处窜，随便挂靠了一个公司，也不上班。要不你给他打个电话？确定下位置，我带警察过去。”

“狄龙呢？”

“家里没找到，电话第一次打通了，商务部的小伙子问他邮件怎么回事，他就挂了。”

“不该这么说呀。人不就跑了吗？”

“刘子明觉得他可能是发给了咱们单位的某个人。”

王俊点点头，擦擦眼角的泪水，说：“好。橙子，你来打赵飞的电话，就说我晚上要请他吃饭，就说我想他这个兄弟了。”

橙子看看王俊，似乎在问，非要搞成这样吗？

王俊拍拍橙子的肩膀，说：“搂不住了，打吧。”

橙子拿起电话拨通了赵飞的电话，电话接通后，橙子说：

“在哪儿潇洒呢？”

“按摩呢。”

“一会儿找个地方吃点东西？”

“你怎么想着请我吃东西啊，再说了，你又不能喝酒，你最近不是在忙着造接班人吗？”

“王俊想喝点，我不能喝酒，只能叫你了。”

赵飞刚才也没有打通狄龙的电话，就试探地问道：

“对了，王俊的标怎么样了？”

“不知道，看他不怎么开心，说要和兄弟们喝点酒。他的兄弟，不就是你、我还有狄龙吗？”

“把狄龙叫上一起呗？”

橙子继续胡诌八扯：

“那小子太没劲，刚交完标，就跟阿姨请假说要陪媳妇去照婚纱照，我们哪里去找？难不成一起去照？那媳妇算谁的？”

“好好，你说个地儿，我一会儿过去。”

“大学南门，上次那个地儿。现在五点了，六点半见面，迟到的按老规矩，罚酒。”

橙子说完挂了电话，看看王俊，问：“你去吗？”

“橙子，帮我个忙吧。”

“你说。”

“你带着警察去抓狄龙，我现在要回公司。公司现在乱七八糟的，我不能把我妈一个人落在那里。”

“老四，这事儿……”

橙子刚要拒绝，但想到王俊一天之内被两个兄弟背叛，这时候再逼着王俊去抓狄龙说不过去，就说：“好。我去！我不知道你们这儿到底怎么了，但是我希望这是个误会。”

“去吧，完事来公司接我。”

“干吗？”

“喝酒，晚到的罚酒三瓶。”

狄龙接到商务部同事的电话就知道自己完了，他已经顾不上自己还没到手的四百五十万了，马上到营业厅买了个新手机，办了张新卡，然后打通了邵楠的电话。

挂了电话之后，狄龙打车来到自己租的房子里，用背包把五十万元装好，打车来到和邵楠约定好的地方。

在公寓楼下长椅上，还没等狄龙说话，邵楠就说：

“在你来的五分钟之前，橙子给我打了电话。”

“说什么了？”

“警察把赵飞抓走了，正在找你。”

狄龙本来的打算是那四百五十万不要了，自己死活不承认这事儿，最后实在不行栽赃打印社透露了消息，预计王俊纵然有万般能耐，事儿也扣不到他头上，可是他没想到，仅仅几个小时，赵飞就被抓了。

他们怎么知道自己和赵飞串通的？

王俊知道了这事儿，会放过自己吗？

狄龙这下真怕了，他本来是想用五十万作为筹码，让邵楠回来，可现在看来，自己的一切计划都泡汤了。狄龙捂着脸，半天不说话。

邵楠关切地问狄龙：“你到底怎么了？”

狄龙拿过来背包，打开——他很纳闷，五十万元怎么就这么一点儿，看起来五个砖头也并不多。可就是这么一点儿钱，自己怎么都赚不到，他觉得自己真是太失败了。

狄龙把书包递给邵楠看一看，说："给你了。"

"哪来这么多钱？"

"奖金。"

"奖金这么多？"

狄龙眯着眼，痴痴地看着邵楠。这个女孩曾经是自己生活的全部，可悲的是自己恐怕再无机会照顾她了。

沉思数秒，狄龙给王俊打了电话："王俊，对不起。"

王俊正在开车回公司的路上，车上没人，他打开车载电话：

"刘子明查到了你发的邮件，他跟你说了吧？"

狄龙索性和盘托出了：

"老四，跟你直说吧，上次的事儿，也是我搞的鬼。"

"我猜到了。也怪我上次没有戳穿你。"

"谈好了，一个点，鸟王先给了我五十万。"

"你该知道，不管这个标中不中，我们的损失不止五十万。"

"王俊，我把所有的事情都跟你说了，我求你一件事。这五十万，我留给邵楠，她以后万一有事了，手上有点钱，也不至于为衣食发愁。我不会告诉警察这些钱的事儿，你也帮我保密吧。"

“你为什么要跟我说这个?”

狄龙觉得浑身无力，只靠一颗心起起伏伏撞击着胸膛才让口舌发出声音：“你是我兄弟，我不能骗你啊。”

王俊不知道还能说什么，只能说句宽心的话：

“我爸爸当年过了十多年的苦日子，比你辛苦多了。如果你也能撑过来，以后未必就比我差。”

“我不想发大财，我就想安安稳稳过我的日子。体面点儿。”

王俊旋转方向盘，把车停在楼下，最后说：

“狄龙，你去自首吧。我会帮你的。事情是瞒不住的，你觉得赵飞那人靠得住吗?”

狄龙抬头看看，楼上一个男人在看着自己，在叫邵楠的名字，狄龙闭目养神几秒钟，最后说：

“王俊——王总，对不住了。谢谢你一直以来这么照顾我!”

王俊察觉到一些异样，赶紧说：

“狄龙，你别乱来，你赶紧来找我。直接来公司——”

狄龙挂了电话。

王俊回到公司不到半个小时，就接到了邵楠的电话。等他驱车来到邵楠住处的时候，警察已经在周围设防了。

狄龙在楼房的屋顶，一把刀横在锋哥的脖子上——原来邵楠离开狄龙的这段时间里，一直和这个叫锋哥的社会混混住在一起。

王俊下车后，到小卖部里买了两瓶啤酒。然后找警察说了今天的事儿，经过沟通，警察同意让王俊上去试一下。

王俊觉得脑袋有点晕，还有点疼。走上楼之后，王俊先闭眼休息数秒，然后请警察们后退一下。

狄龙没想到王俊会过来。王俊也不犹豫，径直朝狄龙走过去。

"王俊你别过来，你让邵楠过来跟我说几句话。"

王俊故作不耐烦地看看狄龙，说："你要说什么呀？"

"我交代一下后事。"

这一刻王俊的压力非常大，他怕狄龙寻短见，非常害怕。但是王俊知道，越到这种时候越要保持头脑的清醒，万不可有一丝懈怠。

王俊装作没听见狄龙的话，根本不停止脚步，一直走到楼边，把一瓶酒放到狄龙旁边，自己在距离他两三米的地方打开另一瓶啤酒，喝了一口，说："我真没想到你会这么玩，今天你是想彻底破罐子破摔了？"

狄龙瞪大无神的眼睛，说道："王俊，你得原谅我，我是坑你了，但我那是为了生活。没钱的日子不好过啊。而且，邵楠绝对不能跟这个人过，所以今天我要杀了他，让邵楠以后找个好人家嫁了，那样的话我也走得安心——”

“你思路倒是挺缜密啊，看来我之前小瞧你了。我刚才在下面买酒的时候，警察说楼上一个人在犯神经。但是我觉得呢，你不是在犯神经，你肯定心里憋得慌，所以才来这么一出，包括你卖了我的报价。”

王俊看看楼下，警察们拉出了救生垫，正在测量狄龙坠落的位置。王俊继续对狄龙说：

“今天咱们好好聊聊吧。之前总是三五个人一起喝酒，大街上还有姑娘走来走去，那叫聊天吗？屁！那就是闲着无聊了，喝点酒回去早睡觉。不过估计你看着我开车去陪你喝酒，然后再开车离开，心里会很不爽，毕竟你没车嘛。对吧？”

“你是不是觉得我特小心眼？”

王俊看看狄龙，故意把说话的节奏放慢，再喝一口啤酒：

“如果我觉得你傻，我就太不是人了。人比人差不了多少，哪那么多好青年啊，反正我不是——”

狄龙耳朵里轰隆隆，他太激动了，不知道王俊在说什么，但是他觉得王俊刚才说得对，自己就是一直憋得慌，所以才要搞点事情出来。狄龙的神情缓解了一些，说：

“王俊，我知道你可怜我，把我当兄弟。这一切都是我对不起你，你对我很好，是我不懂得知恩图报。”

“你就别拣好听的说了，咱就说说你的生活吧。说句你不爱听的话，我觉得比你困难的人多了。上个月我看报纸，湖北的啊还是广东的啊，我忘了。报纸上说，一个人自杀了，怎么自杀的呢？他用一条绳子，穿在栏杆上，那栏杆就这么高——”

王俊拍拍旁边的阳台，示意一下高度，继续一边做演示，一边说：

“然后头放到绳套里，坐下，把自己勒死了。我当时就想啊，如果他还有一丝求生的欲望，腿使一下劲，就站起来了。可是他没有，他就这么把自己勒死了。今天你寻死觅活，我又想到了那个人。客观来说，如果我是你，如果我知道还有人死得那么卑微，我就不会死。那么多人已经放弃了，惊涛骇浪了吗？没有呀！所以为什么还要去死呢？我宁愿做一个乞丐也不会去死，只要是还有一个人愿意跟我说几句话，我都会耗着，耗到柳暗花明。至少，作为你的兄弟，我王俊能陪你说话，能听你说话。”

“王俊，这个人抢了我的老婆，刚才还冲我吼。我真觉得活下去只是一天天的煎熬，我看不到希望！”

狄龙动一下手里的刀，刀在锋哥的脖子上拉出了血。

王俊解决了狄龙的一个心理难题，狄龙又抛过来了另一个难题，王俊叹口气，恶狠狠地说：

“就你倒霉？关旭婉玉不也嫁给别人了？我有什么办法？狄龙你以为你是谁呀？请你别按照你心里的标准去衡量社会，请你按照客观的状况来分析问题。我们都一样——”

“你和我不一样!”

“不一样?”王俊猛喝一口啤酒，然后把瓶子狠狠地摔在地上，故意瞪着狄龙，决定来一招偷梁换柱，用自己来换锋哥。

“我和锋哥就很一样了，我再坏一点，哪怕一丁点儿，我就会睡了邵楠——多漂亮的一妞呀，还是学艺术的，睡起来肯定爽！来，你把刀放在我的脖子上，拉一下，解解气!”

“王俊你别这样——”

“你不杀我，是因为我是你兄弟?”

“是!”

“你这是什么逻辑？你杀人就是因为你跟人家不熟，而不是人家有多坏！锋哥做错什么了吗？人家自由恋爱怎么着你了，你有什么由头拿人家撒气?”

狄龙突然想不通自己为什么要杀锋哥了，自己看不惯锋哥，让邵楠和锋哥分开就行了啊，为什么非要杀人家呢?

狄龙沉默了一会儿，哭喊着说：“王俊，我没有想过要伤害任何人。我本来也不愿意跟赵飞合作，是他逼我的。”

王俊点点头，感觉这天有得聊了：“从出事到现在，你一直在跟我道歉，现在呢，你终于把实话说出来了，是赵飞逼你的。好，我原谅你了，我真原谅你了。你也知道，我上来就是为了劝你把刀放下。你完全可以不听我的，但是你总得念及你山东临沂老家的爸妈吧？哎，你还记得咱们大学隔壁班的许凤林吗？他家里穷，得了病之后正月初八跳楼自杀了，说是不想给家里增加负担。现在呢？他父母天天生不如死，寻死觅活好几次了。难道你也想让自己的父母痛不欲生？你可真孝顺！”

狄龙傻站着，不知道能说些什么。

是啊，自己死了，父母呢？

王俊靠在阳台上，继续说：“狄龙啊，咱们说点悄悄话吧。你这是帮了我你知道吗？这个标没丢，业主把闹事的单位剔除了，然后又给我们一次报价机会。你明白了吗？明白了吗？就剩下的那几家单位，我搞不定他们？我搞死他们！所以你今天死不死，对我来说没有任何意义。你不死，完事儿你可以离开公司，甚至可以换个城市。十年后我们再聚会，一杯酒的事儿。你如果今天跳下去摔死，或者直接在我面前抹了脖子。狄龙，你这是在工作上给我添完麻烦，又送了我一个逼死兄弟的骂名。”

“我……”

“你要真想道歉，就把刀放下！”

王俊说着，过去拉狄龙的手，狄龙硬撑着不放下刀。

王俊感觉狄龙已经有些摇摆了，往前走一步，一脚踢开锋哥，拽着狄龙往前使一下劲儿，把狄龙从阳台的地方甩开。

警察冲上来控制住了狄龙。

甩开狄龙的那一刻，王俊感觉到铺天盖地的疲倦，腿站不稳，一个踉跄没站稳，索性靠着阳台坐了下来。

“王俊——老四——”

狄龙一边被拖走，一边喊着王俊的名字。

王俊没有回答，他看看远去的狄龙，闭上眼，冲他挥挥手。此刻的王俊浑身发抖，虚脱了一般。

晚上王俊没有回公司，跟着橙子来到大学南门喝酒。

吴茜和关旭婉玉也来了，四个人刚开始的时候都不怎么说话，干坐着。偶尔碰个杯，喝一口酒，继续傻坐。旁边的学生们看看这桌，心里都有点儿发怵，因为大家从来就没见过这么吃烧烤的，心想，这几个人这么有定力，难道西江市的几个大佬今天在这里聚会？

八点的时候，胡灵打电话说同事们都下班了，明天继续来投标。

王俊挂掉电话，一脸坏笑地对橙子说：“早知道这还是一条道儿，我该故意玩一玩那些捣乱的单位。”

橙子揉揉鼻子，吃一口腰子，说：“我的王总啊，你可真狠！”

王俊干笑一声，面无表情地说：“事赶上了，我也没办法呀。我现在啊，是累习惯了，我觉得现在出再大的事儿我都能挺住，都能坐在这里跟你开玩笑。我好歹不会哭。”

橙子看一眼在座的各位，动情地说：“往事如烟啊！记得当年你出事之后，我们三兄弟喝酒的时候都哭了。毕业的时候，各个班聚会，听说关旭婉玉在班级最后发言的时候提到了你——王俊，也哭了。那么深的感情，你看现在，成什么了？”

王俊瞪一眼橙子，心想你说什么关旭婉玉啊，而且这姑娘就在这儿坐着，你是不是也被人收买了呀，你要了关旭婉玉多少钱啊？

橙子知道自己多嘴了，他正在准备要孩子，不能喝酒，就拿着果汁，跟大家碰碰杯，说：“王俊这边算是今日事今日毕了，咱们喝一个吧。”

关旭婉玉喝完酒，小声问：“那俩人怎么办啊？”

“判刑。”

王俊看看关旭婉玉，琢磨一下，继续说：“根据我在书上看的，这种事儿，一般就是三年左右。泄露商业机密，刑事犯罪，谁也说不了情。不过狄龙又玩了这么一出，我就不知道该怎么判了。对了，吴茜，你回头帮我去找找邵楠，给那个什么锋哥送点医药费，让他消消气，帮狄龙说点好话。”

橙子赶紧说：“对，我明天就让吴茜去一趟，钱我来掏。不过老四，我真觉得你当时不应该报警的，这么做有点绝了。”

王俊喝一口啤酒，说：“你就别说了，我当时的确头脑发热了。我也没想到一下子俩兄弟被套进去了，如果现在让我选，我绝对不报警。”

吴茜说：“狄龙家里还有爸妈，年龄都挺大了，这至少三年在牢里，咱们咋跟二老说呀？”

王俊说：“说个谎呗，就说让狄龙出国了，三年后回来。监狱里也能打电话。”

橙子点点头：“这也是个办法。我去说吧，我去过狄龙家，大三扶贫的时候去过。”

几个人正说着话，王昭君赶了过来，一落座就说：“听说今天又是商战又是跳楼，你们这是搞革命清算吗？”

王俊给王昭君倒一杯酒，说：“你答着辩还关心这些事儿？”

王昭君吃一颗花生米，说：“何止我知道，学校里的人都知道了，说毕业的几个哥们儿又是抢钱又是抢女人，玩完三国玩红楼。”

王俊抽一口烟说：“你真有文化，这两本书我都没看过。”

王昭君今天挺开心的，顺着王俊的话说：“我当然有文化了，谁跟你似的两眼一抹黑大字不识一箩筐，有文化的人哪能跟你似的天天为了点儿小钱明争暗斗。”

王俊把烟头吐开，问：“你这是顺利完成答辩了？”

王昭君点点头，说：“优秀论文，还发了八百块钱。”

大家举杯，祝贺小朋友顺利毕业，正式加入成人的社会。

橙子去狄龙家的时候，王俊特意买了些东西让橙子帮忙送过去，又给邵楠送去了一些钱，让邵楠把狄龙给他的钱赶紧交给警察。这些钱赵飞肯定会招，所以没必要死守这个对自己毫无价值的秘密了。

关旭婉玉举报了成康一家，以为啥事都没有了，结果一周之后，就在王俊再次开标后中标的那一天，之前来找她的俩女孩又来找她了。原来是两人快到手的一百万转眼没了，还要搭钱打掉孩子，心里不爽，就去找关旭婉玉要打胎的费用，理由是关旭婉玉是成康的老婆，理应承担丈夫的债务。

关旭婉玉给成康打电话，成康表示自己不会管这事儿。

关旭婉玉无奈之下，又给吴茜打电话。

橙子开车带着吴茜来到关旭婉玉租的一居室，一进门，就看见俩女人鞋也不脱，躺在关旭婉玉的床上耍赖皮呢。

橙子进门之后就把俩女人的包扔出了门，俩女人看到有人这么嚣张，站起来就要动手，橙子也懒得跟他们讲理，冲她们只说了一个字："滚！"

孕妇可不是好打发的，对橙子怒目而视：

"你别碰我，我怀着孕呢。你给我十万块钱我就走。"

橙子拿出手机，拨通了胡灵的电话：

"胡经理吗？王俊开完标了吗？"

"正在开，报价出来了，应该没什么问题了。怎么了？"

"你跟王俊说一下，有人骚扰他女朋友，让他过来一趟。对了，带几个你们单位的兄弟，我看这两人挺嚣张。"

橙子刚挂了电话，孕妇就说："你别以为你叫人了我就怕你，我告诉你，我从来就没有怕的人。"

是的，她不怕橙子，可是不巧，橙子打这个电话的时候，王昭君正在胡灵旁边。听到关旭婉玉这边有事，王昭君给橙子回了个电话，问清情况之后，找陈淑荞说明了情况，带着五个小伙子就过来了。

王昭君在楼下买了一大包吃的，上楼之后问关旭婉玉钥匙在哪，关旭婉玉把钥匙递给王昭君。

王昭君转手把钥匙递给一个小伙子，说："你出去，把门锁死了，没有我的电话，你就别回来开门。"

然后转头对大家说："咱们有吃有喝，就在这里休息吧。"

非孕妇看这些人要关起自己来，说："你这么干我就报警了！"

王昭君不屑地说："你报警呗，你闯进人家家里还有理了？你违法之前能不能做个攻略呀！蠢货！"

俩女孩没辙了，看着小小的一居室里，对手是四五个男人加三个女人，自己这边确实不是对手。硬逞了一会儿强，俩女孩觉得再熬下去，自己肯定更狼狈，赶紧求王昭君找人把门打开，骂骂咧咧走开了。

俩女人走之后，众人也都散了。

经过这么一闹，关旭婉玉觉得自己这么下去也不是办法，看看满屋子的狼藉，她觉得自己说到底还是需要一个可以遮风避雨的家，而这个家，目前只有王俊能给自己。

关旭婉玉不好意思给王俊打电话，考虑了一会儿，打车来到了王俊的公司。问了一下前台，得知王俊开完标又赶着应酬去了，这哥们儿果真天天都很忙。关旭婉玉不甘心，就说想见一见王俊的母亲。

在一楼会议室里坐了半个多小时，陈淑荞下来了。关旭婉玉坐在陈淑荞的对面，双手放在腿上，很拘谨。王昭君看到是关旭婉玉，就直接退出门，留下陈淑荞独自和关旭婉玉说话。

陈淑荞早就知道了刚才的事情，就问关旭婉玉：

“关小姐，你来找我啥事？”

关旭婉玉低着头，小声说：

“阿姨，我一直想过来跟您道个歉。”

“道歉？为了哪门子事儿呀？”

关旭婉玉一紧张就双手搓裙子，她不敢直视陈淑荞，继续小声说：“我应该在王俊醒来之后第一时间来找他。我知道那时候王俊很需要我，我不该抛下他不管。还有，后来王俊因为我又住了院，也是我的错，是我没有处理好自己的私事，连累了王俊。阿姨您不知道，我离开医院的时候心里很难受。我现在觉得自己还爱着王俊，他也放不下我，所以……”

“你是想让我给你做媒呀，你这够直接的，直接奔我这儿来了。不过我听说你已经结婚了呀。”

“那是我一时冲动，阿姨您就原谅我一次吧。”

陈淑荞早就有自己的想法了，所以也不多说废话：

“你别说了。你和王俊之间有什么误会我也不管，但是出于我个人的看法，以及从我知道的关于你们之间的事来看，我觉得你和王俊不适合。”

关旭婉玉瞪大眼睛，抬头看看陈淑荞，问：“为什么？”

“王俊这孩子很重感情，你可能觉得现在他对你冷漠了，但是你应该知道，他醒来之后苦苦等了你一天又一天，每天都不开心。你一两个月没有出现吧？从那时候开始，我就觉得你进不了我们家的门。当然了，关小姐您也未必瞧得上我们家，这有权有势的人多了去了，都比我们家好。”

“阿姨，我知道错了。之前我出国又回国，七八年没和王俊联系过，事情有点——”

陈淑荞摆摆手，不听关旭婉玉解释。

“这可不全是感情方面的事了，这是做人方面的事儿。再说了，王俊的爸爸没了，我肯定要照顾好儿子，您这样的姑娘，我觉得实在是靠不住。”

关旭婉玉最后一搏：

“阿姨，王俊还是爱我的。如果我们以后不见面了，王俊也会很伤心的。您愿意看到王俊整天都不开心吗？”

“关小姐你又想多了，王俊现在和别的女孩处朋友呢。女孩就在我单位，在我办公室跟我当秘书。哎，你应该认识啊。”

陈淑荞看看门口，发现王昭君已经离开了，就说：

“我和女孩的父母已经都见过面了，所以你也没必要再为王俊的感情想这想那。再说了，你当时结婚的时候，王俊也没去你那里闹吧？”

关旭婉玉不敢相信自己的耳朵：“王俊恋爱了？”

陈淑荞微微点头，说：“今年公司比较忙，明年我就张罗他结婚，到时候欢迎你来参加婚礼。你还有别的事吗？”

“阿姨——”

陈淑荞绝对不会再留给关旭婉玉机会了。如果说当时在医院的时候她是在保持一个长辈的做派，现在陈淑荞已经考虑好了，她绝对不会让自己的儿子娶眼前这个四处乱求医，内心深处充满贪欲的姑娘。她见的人多了，她看关旭婉玉一眼，就比关旭婉玉自己都了解自己。

看关旭婉玉泪汪汪地看着自己，陈淑荞站起身来，说：

“关小姐你再坐一会儿吧，我还有事。”

关旭婉玉看着陈淑荞远去，觉得救命的稻草没了。

关旭婉玉恍恍惚惚走出公司大门，说不悔恨是假的，可是当时自己为什么就没想开呢？关旭婉玉给吴茜打电话，说自己被王俊抛弃了，说自己走投无路了。吴茜知道王俊在忙，只能安慰关旭婉玉少安毋躁，一切都等王俊忙完了再说。安慰无效，吴茜只能再次赶紧开车过来陪关旭婉玉。关旭婉玉非要去学校里看一看，吴茜陪着她来到学校。

熟悉的场景里没有了王俊，关旭婉玉流着泪盯着自己的宿舍楼看。此时，关旭婉玉想让一切重新来一遍，可是当初的自己是什么样子，她已经全然忘了。

关旭婉玉一个人躺在床上，心神俱焚。

想想当年的朋友们，嫁得好的，不漂亮的也漂亮了，精致得可怕；嫁得不好的，美丽就突然没了，憔悴得世俗。为什么有的人这样，有的人那样呢？为什么不能每个人都幸福呢？关旭婉玉想不通。依然记得小时候，自己学习好，长得也好，是个小公主。有人讲道理教育自己时，自己就帮着他讲，帮着别人使得道理更加使人信服，显得自己也很聪明。然而长大了，道理就不管用了。现在的自己，满心都是空虚，在美国的时候空虚，回国之后空虚。偶尔想起来当年同学们的毕业祝福，再次念起那些字眼，幸福、如意郎君、岁月静好、愿你能过得尽兴，而不是过得庆幸、愿有一人待你如初、爱你入骨……好像好久没有吃早饭，突然吃一次，肚子竟然不舒服了。

窗外，忽的一阵暴雨卷着黑风，下了一场冰雨。雨水来得快急，散得也敏捷。最后几点雨还滴答着呢，月亮就出来了，照得人心寒。冷到极致的一颗心，就更需要一个拥抱了。也更能感觉到周围的冷了。

“妈妈，对不起了。”关旭婉玉在吃掉大量安眠片的时候，给母亲发了一条这样的短信。

吴茜第二天才得到关旭婉玉自杀的消息，医院里，吴茜问关旭婉玉为什么这么想不开。

关旭婉玉憔悴至极，盯着屋顶，有气无力地说：

“我没有退路了。”

吴茜在床边的椅子上坐下，耐着性子问关旭婉玉：

“你真的还爱他?”

关旭婉玉点点头。

吴茜拿出手机，说：“好吧。我现在就帮你联系王俊，这次，把事儿彻底办了，以后都安稳下来吧。”

王俊接完电话之后，来到陈淑荞的办公室，说了关旭婉玉自杀的事儿。

“你给我说这些干吗?”

陈淑荞合上正在看的资料，气定神闲地反问王俊。

王俊瞪大眼睛看着母亲，埋怨道：“您不该刺激她呀。”

“你就是太优柔寡断了，如果你果决一些，狄龙现在也不会被判五年。”

“可是……可是您不能说我明年和王昭君结婚啊!”

“你怎么知道的?”

“关旭婉玉告诉了我朋友，我朋友告诉了我，只传了两人。”

“你看，我就说这个女孩不行吧，嘴巴一点都不严。”

“人家都自杀了，您就不觉得自己做得有些过分?”

“关键是……我没做错啊。”

王俊无话可说了，他挠挠脑袋，吐吐舌头，无奈地说：

“我现在终于明白为什么别人不怕我了，我心还不够狠，这点儿比您差太多了。”

“你早就该这么反思了，你看你的队伍，带得跟娘子军似的。”

王俊没词儿了，默默回到自己的办公室抽根烟，来回走动着，琢磨到底该怎么办。

王俊再次问自己，自己到底还爱不爱关旭婉玉，如果爱，那该怎么办，怎么弥补已经出现的诸多罅隙？如果不爱，为什么不爱？因为关旭婉玉结过婚还是因为别的？是因为好的理由还是坏的理由?

王俊想了半天，一点头绪都没有，陈淑荞敲敲门，推开门说：“喂！你给我站好，我跟你说话呢！刚才小君跟我打电话请假了，不知道啥原因，反正人家明说以后不伺候你老娘了。我最后提醒你一下，你千万别脑子抽筋胡来。”

王俊觉得不管怎么样自己都得去医院看看关旭婉玉。他拿着包下楼，刚到大厅，就看见邵楠在楼下大厅里的沙发上坐着呢，旁边两个大号行李箱。王俊愣了一下，心想今天怎么了，七仙女反攻人类啊，一个接一个都来捅事了。

王俊招招手，让前台秘书带着邵楠来到会客厅，问道：

“你怎么不让人上去叫我啊？”

“前台的小姑娘说你在你妈办公室里说事呢，我也不着急，就等你呗。”

“你……找我啥事？”

“我想替狄龙给你道个歉。”

“哎呀，还要道歉多少次呀！事情都过去了，就不要再提了。”

“其实狄龙人不坏，他只是想过上体面的生活，仅此而已。”

“我知道，所以我觉得这事儿不怪他。”

王俊接过来前台秘书递过来的一杯水，放到邵楠旁边的桌上，问道：“你带这么多行李干吗？要出差？”

“我打算回家。”

“回家？”

“我妈给我找了份工作，让我回家去。我和狄龙是老乡，我回家也能照顾他父母。等他出来了，我们就结婚。这里的房子我们打算卖了。”

王俊点点头，看看窗外。多少人离不开这个城市呀，流过泪，伤过心，因为在这里撒过娇，就更舍不得背叛了。人总是这么贱，对人冷冰冰，却要对城市一厢情愿。王俊看看眼前的邵楠，有点儿心疼眼前的姑娘，连声说道：

“这样也好，这样最好了。狄龙出来之后，我也帮帮忙，看看能不能在你们那边给他找点事儿做。对了，锋哥那边怎么样了？这人还不错，没对狄龙落井下石。”

“出了这事儿，他还愿意跟我好吗？”

王俊琢磨着也是这么一回事，说：“其实换个角度看，这也是不错的结局。什么是真爱，什么是欺骗，出事了一眼就看明白了。对了，你去机场还是火车站？我送你吧？”

“不用了，我出门打车就行了。”

“别，我今天没事，还是送送你吧。对了，你在家如果有什么事儿，就联系我或者橙子，我们都还是兄弟，一点都没变。”

王俊站起来拎起行李，开车送邵楠去火车站。

邵楠下车的时候，王俊最后说：“邵楠，我兄弟就靠你了！”

邵楠点点头，想流泪最后还是忍住了，拖着行李头也不回走进了火车站。

下午在医院看到了关旭婉玉的那一刻，王俊心如刀绞，瞬时眼泪夺眶而出。

赵倩在收拾东西，看见王俊过来，冲王俊点点头，也不多说话。

王俊问旁边的吴茜："是不是准备出院了？"

"对，橙子在帮忙办出院手续。"

王俊走过来，一把抱住关旭婉玉，抱着关旭婉玉不走电梯，走了楼梯，然后把关旭婉玉放到自己车上，开车送关旭婉玉回家。

关旭婉玉盯着王俊问："你能回到我身边吗？"

"能！"

"谢谢你了。"

王俊觉得有点眩晕，他感觉关旭婉玉的这个谢谢，基本等同于她送给成康的某个拥抱。可是这又有什么办法呢？自己到底还是放不下关旭婉玉。

关旭婉玉继续说："你还记得老校区一楼的自习室吗？昨天我去了。当初我们总在那里上自习。"

"记得。我之前也常去。"

"我想让一切都没发生过，就当我们是一直在恋爱，从恋爱到结婚，什么挫折都没有。"

"我也想把最近的事儿全忘了。真的。"

到了关旭婉玉租的房子，王俊送关旭婉玉上楼。关旭婉玉想让王俊留下来多待一会儿，王俊摇摇头，一个人走下了楼。

王俊觉得他需要在和关旭婉玉复合之前给王昭君一个交代。

王俊开车来到大学，叫王昭君在图书馆前见面——他不敢去女生宿舍楼下。临近毕业了，那里啤酒瓶子乱飞，偶尔女生从上面倒下来洗澡水，沐浴众生。

王昭君走过来了。

王俊远远看见了王昭君，拨通了王昭君的电话：

“你别过来，站在那里，我简单跟你说几句话。”

王俊的语气冰冷，王昭君有点害怕了，她蹙着眉头，孤零零地站在寒风凛冽的图书馆前面，盯着车里的王俊，问：

“你要干什么？”

“小君，对你来说失恋可能很难受，但是毕业了你就会明白，失恋并没你想的那么可怕，失恋太正常了。你懂吗？”

“哥，你到底要干吗？”

“关旭婉玉差点自杀了，我不能不管她。”

“哥——”

王俊强忍着内心的痛苦，一字一言地说：

“谢谢你。和你在一起的这段时间我非常开心，可是这一切都该结束了。我累了。对不起了！”

王俊说着说着就哭了，他发动汽车，想要离开。

王昭君哭着跑过来。

王俊倒车，迅速旋转方向盘，驱车离开。

王俊开车来到关旭婉玉的楼下，可是王昭君的电话一直打过来，王俊迟迟下不了决心上楼。就在这时候，王俊看到一个小男生骑着自行车载着女孩回家。

男孩在一栋很破很破的楼前把女孩放下，然后看着女孩上楼。直到女孩到家了，在自家窗前冲男孩招招手，男孩才转身离开。王俊随着男孩走到街道上，看着男孩在小卖部买了包烟。

男孩走过王俊身边的时候，问王俊："哥们儿，有火吗？"

"有。"

王俊递给男孩一个打火机，然后问男孩：

"那女孩是你女朋友？"

"对啊。"

"我看你年纪轻轻的，咋还不怎么开心呢？"

"大学毕业了，我要去北京读研究生，她要留下来上班。"

"不错呀，去北京读书。你考的是什么学校？"

"很垃圾的一个学校。"

"北京还有垃圾学校？"

"北大。"

“哦，原来你们是这么理解的啊。”

王俊也点燃一支烟，他突然觉得男孩挺有意思的，就问：

“就因为暂时要分开，你就这么不开心？”

“我不在的时候没人照顾她了。”

“那我问你，你以后想为女孩做什么？”

“我想娶她做老婆呀！我还一定要让她搬出来，住一个大房子。我以后要让谁也不敢瞧不起她，让她雨淋不着，风吹不着。”

“对于你这个北大的学生来说，养活一个姑娘一点都不难。那我问你，如果她嫁给了别的男人呢？”

“我就借个火，你怎么这么多问题？知识付费也没你这么玩的！”

王俊拍拍男孩，套套近乎，说：

“你别急。我学历不高，本科肄业，很多事情都想不明白。”

“那你也应该听懂我的话呀。我说了，我娶她，然后养她，我这么做，她能嫁给别的男人？嫁给你吗？你麻省理工的啊？”

“你看你这人，怎么还讽刺人呢。我是想问啊，如果她有点儿不爱你了呢？”

“我也会给她换个房子，她开心就好了。如果她背叛了我，我还是要让她活好，但是我不会爱她了，因为她既然背叛我，就是不爱我了，明摆着的事儿嘛。我总不能娶个不爱我的人吧！”

“为啥？”

男孩骑车准备要走，最后说：

“就你这智商还恋爱呢？赶紧回家洗洗睡吧！”

王俊看着男孩远去的背景，喃喃地说：

“嘴可真毒，这年头知识分子果真不关心老百姓了。”

男孩骑着自行车刚走出没几米，就看到了王俊的车里有几个易安天下房地产公司的袋子。男孩继续骑行一段路，又打个圈儿折回来，一条腿杵着地，问王俊：“喂！哥们儿，你回来一下。”

王俊转过身，看看男孩，说：“啥事？烟灭了？”

“这车是你的吗？”

“对啊。”

“不错啊。”

“你喜欢？喜欢也不跟你的自行车换。”

“我问你，你是易安天下的员工？”

“对啊。”

“王启明王总你认识吗？”

“挺熟的，那是家父。”

男孩赶紧从自行车上下来，走过来紧紧握住王俊的手，激动地说：“不好意思，原来是恩人啊，刚才见怪了啊！”

王俊一脸疑惑地看着男孩，问：

“我是你恩人？我怎么就是你恩人了？”

“当年是令尊资助我读的书，这事儿您知道吗？”

王俊恍然大悟，赶紧说：“我知道这事儿。你可真出息啊，考了北大了。那学校可不垃圾，挺出名的。”

男孩拉着王俊在马路旁边的栏杆上坐下，递给王俊一根烟，说：“大哥，你是不是遇到事儿了？”

“我刚才不是问你了吗？”

“你问得不清楚嘛，你好好说说，到底啥事？”

王俊沉吟了一会儿，说：“长话短说吧。我前女友呢，跟别人结婚了，然后又迅速离婚了。现在她说她还喜欢我。我觉得自己不爱她了，但是又放不下。就前天，她为我自杀了——准确地说，其实应该是为自己不光明的人生而自杀了。”

“哦——死了吗？”

“万幸，没死成。”

“所以……大哥你就不知道该怎么办了是吗？”

“可不是嘛，遇见玩命的了。”

男孩吐出来一个大大的烟圈，一张宽广无比的白净的脸上显现出了一丝傲人的睿智，然后说：

“这种事儿，旁观者清。你还真就得多问问。”

王俊点点头：“的确，当局者迷。”

“大哥，如果不介意的话，我就说说我的见解吧。”

“请讲，我觉得你说话挺有意思的。”

“那就要从头开始说了，我的思维具有超强的连续性。我老家在宜昌，那里雨水很多，水电之都嘛，我就住在江边。楼下的青草茁壮生长，每一场雨水都改变它的姿态，让它们更绿。我还照顾楼下的流浪狗，小黑、小黄、小花，好几个，还在继续生。我发现，狗狗们的生活环境稍微一改变，比如和我走近一点，性情就变得十分温柔，纯粹随环境而不自觉地变化着。我看着它们傻乎乎的样子，我就觉得其实它们便是我们……”

“你养狗养出心得了呀！”

“可不是嘛，天天骨头伺候着。”

“狗狗那么可爱，不能吃差了。你继续说。”

“通过观察我发现，其实生活在西江的人，生活在宜昌的人，生活在丹东的人，都差不多。大部分人都生活在筒子楼里，一个破小区，或者好一点，一个好一点的破小区。虽然人人语调不一样，表情不一样，但是大部分人的区别就是小黑狗和小白狗的区别。只不过，记住了，只不过，他们生活在一起了，就有了威慑力。大家挤在一起，像草结种子长一大片草，狗生娃娃生很多娃娃，特能吓唬人，可是……”

“可是虽然看起来很好，但是没意思。”

“对！太对了！不过我就不一样了，我虽然把自己看成一条狗，但是我立志要活得不一样，哪怕稍微不一样。我谈恋爱，就是想让我以后的家里充满爱和交流，在安稳中寻找一丝乐趣。这是我的尊严所在。很多人意识不到这一点的重要性，直到在筒子楼里被钉住了，邋遢踏实了，才开始反思，或者压根儿一辈子不反思，浑浑噩噩完事。大哥，你的爱人如果无趣，如果你以后不看书了，也不吹牛了，那以后你的人生将是多么枯燥啊。”

“和你比起来，我大概就是一条货真价实的狗了。”

“对啊。不对！你不能是狗啊！你别一开始就㞞了呀，那我不白说了吗！”

“对对，我不能像一条狗，那……那我怎么办呢？”

“不知道你有没有发现，其实世俗的东西也丰富多彩，比如你说的一哭二闹三上吊，丰富吧？太丰富了。再加上结婚的时候找个好饭店，买个钻戒，然后度蜜月、生孩子，生活简直美好到不行了。所以呢，你接受世俗的一套东西，和你接受不世俗的一套东西，心里都很紧张，很激动，说不定你在走向庸俗的过程中还很有成就感呢。社会是怎么阉割人的你知道吗？就是在你枯燥的生活里注入婚丧嫁娶的热闹，让你觉得这种生活也不算太坏，或者就是出一点乱子吓唬你，让你为了息事宁人，而选择固有的一套存活模式。可是啊，你不能因为有人闹洞房就结婚，不能因为要解决一个小问题就搭进去自己的一生！你要为人生添光彩，保持自己的一点东西，千万不能被狗和草吞噬了、同化了。”

“小兄弟啊，你说得太对了。”

“这是我发表的一篇文章，我都背下来了。”

“你真有文化，以后北大都不一定能框住你。”

“对了大哥，你周围有没有让你觉得特别有意思的姑娘或者事情？没有的话，你就找一找。”

“我有。”

“你看，你这就是被牵着牛鼻子了。好的不要，非要不好的。要我说，如果眼前这份爱情让你沦为一棵安安稳稳的草，傻乎乎的狗，那你就放弃吧。”

王俊深深地点点头，说：

“哥们儿，你这不是旁观者清，你这是看透了啊。”

“过奖了！我这人就是讨厌那些俗套的东西，讨厌含金量不高的爱情，觉得没劲！没意思！”

王俊站起来，觉得这位兄弟说得太对了。关旭婉玉已经不是自己的恋人了，而是一件事了，自己难不成真要为了处理一件事儿，或者说为了求一个于人于己的息事宁人而出卖自己的一生？

男孩要回家了，临走之前要了王俊的电话，说升学宴一定要请王俊到场。男孩重新骑上自行车，远去的时候，撂下来一句话：

“哥！你一定要有趣呀！”

王俊回应道：“好嘞！有趣，一定有趣！”

“还有，你一定要参加我的升学宴！我要感谢你——爹——”

刚说着，自行车撞到垃圾桶上了。男孩打了个踉跄，重新骑上自行车，撅起屁股猛蹬几下，绝尘而去。

王俊目送男孩离去，然后回到车上，翻了翻自己的包，拿出所有的卡到自动取款机上取钱，不够，又回公司取了一些现金，约莫二十万。

已经是晚上十点多了，王俊敲开了关旭婉玉的门，把一包钱扔进去，说：“这些钱给你吧！”

关旭婉玉瞪大眼睛看着王俊，问：“你这是?”

“我们正式分手吧。下午的时候我有点迷糊了，没想明白。其实我们的恋爱早就结束了，你早就不是我心目中的女朋友了。”

“你真要娶那个王昭君?”

“对！如果她愿意嫁给我的话。”

“她还小，不懂事，而你都马上就三十了，过两年别人会问你活得怎么样了，你该怎么回答?”

王俊纳闷了：“我要回答什么呢?”

“最简单的，你孩子呢?”

“在我的未来。我还有未来呀，你们有吗?”

关旭婉玉抓着王俊，说：

“王俊，你别吓唬我了。如果你觉得委屈，你以后可以有很多情人，你随便去找。你会发现每个女孩都很有趣，不止她一个王昭君。如果你愿意，你真可以随便找。我不生气。”

王俊达观地笑一笑说：“我觉得我做了个正确的决定，你果真已经不爱我了。我告诉你啊，我找王昭君不是因为我喜欢她的身体，而是她这个人——比我高明。”

王俊伸手，止住关旭婉玉想说的话，继续说：

“如果是十年前的你，你肯定不会这么说。你可能在一楼自习室跟我说这些话吗？再见吧!”

“我爱你。”

关旭婉玉还在深情告白，王俊快步走下了楼梯。

就在王俊与北大研究生促膝长谈之时，王昭君在任倩的陪伴下，在图书馆一楼的餐厅里喝了好多酒，然后来到河边。

王昭君喝一口啤酒，哭道：“竟敢甩我！这什么世道啊，我跟你说哈任倩，这就是现在的社会太好了，营养过剩！王俊他能要得了我?”

任倩抢过关旭婉玉手里的啤酒瓶，说：

“你别喝了，再喝你就喝死了！”

王昭君任由啤酒被抢走，指着河水，语无伦次地对任倩说：

“你知道吗，这河里有一只甲鱼。就是鳖，b-i-e，很丑的那种，煲汤的那种，清蒸八宝甲鱼，鸡火甲鱼汤。那是王俊他兄弟！乌龟的兄弟是什么？”

“王八。”

“对！没良心啊，坑人坑到我这里来了。这种男人下辈子就该——呕——”

任倩拉着王昭君，生怕她掉进河里喂了王八，同时说：

“咱不理他了好不好，来，跟我回宿舍。”

“不，我要等他兄弟。我问问他兄弟，失恋难受不？”

“社会上那帮臭男人，皮糙肉厚跟穿山甲似的，你跟他们一般见识干什么？”

“不！我就要——”

任倩使出吃奶的劲儿，把王昭君硬往宿舍方向拉。

终于到了女生宿舍楼下，一帮男生正在路边对着楼上喊美女的名字。王昭君趁着最后的一丝清醒，冲着男生们说：

“都滚犊子！大半夜的号什么号！”

然后彻底瘫了。任倩招招手，让男生们搭把手，把这姑娘抬上楼。

王俊完事之后就来找王昭君，电话打了无数个，没人接。打任倩的电话，也没人接。

王俊直接把车开到女生宿舍楼下，在车里待了一晚上。

第二天，还是打不通俩女孩的电话。一直等到上午十点多，王俊饿得不行了，困得也不行了，就到南门小吃摊随便吃口饭，然后回公司休息。

就在王俊离开之后没一会儿，王昭君拎着大号行李箱下楼来。王俊刚要在办公室里补个觉，任倩的电话打了过来：

“负心郎早上好，你给我打电话干吗？”

王俊赶紧清醒一下，说：“你怎么这么叫我呢？”

“呦，冤枉你了？”

“没有，叫得好。她去哪儿了？”

“去旅游了。”

“哪里？”

王俊听到目的地，半天没反应过来，赶紧问任倩是哪趟车，然后上网查了一下，看完之后，默默地说：

“玩得挺大啊，一去万里呀。”

12

回到家，王俊拖着疲惫的身体洗了个澡。

书房里有张单人床，这是王俊为以后的孩子准备的。王俊躺在小床上，脑袋枕在手臂上，看看书房里的书和摆件。王俊再次回忆起头天晚上和男孩之间的对话，觉得仍有一丝后怕。男孩说得对啊，太多人的生活已然了无生趣。那无穷无尽的平凡和落寞，只缘后继有人，故而愈加可怖。自己之前以为没有类比的生活让人觉得孤独，所以潜意识里趋同。直到现在王俊才明白，没有类比的人生恰恰会让人觉得温暖。

温暖只是一点，似细微光线——这是种什么感觉呢？就是昨天晚上自己在女生宿舍楼下晃荡了一宿。有那么一刻，王俊很是想念王昭君。女生宿舍前面不远处有个山丘，山丘上有少量树木。王俊就觉得王昭君在树的后面，在那一处幽密之处。王俊就真的过去找王昭君了。

王俊知道自己在陆地上是铁定追不上王昭君了，干脆睡了一大觉，第二天早晨吃饭的时候对母亲说：

“我这几天要出去一趟。”

“你怎么也要走?”

“我去给你找儿媳妇。”

“王昭君?”

“还能是杨贵妃吗?”

“小姑娘去哪儿了?”

“问了她同学，坐着国际列车北上了。现在应该出境了，途经好几个国家，目的地是我们的老朋友——俄罗斯。”

“你们年轻人怎么谈个恋爱还动用国际列车呢?国内不够你们闹腾的吗?”

“人家毛线够用，婚姻线就扯得长呗。”

“你什么时候出发?”

“下午的飞机。我今天就不去公司了，今年的事儿基本上就这么定了，奖金多发点吧，兄弟们都累坏了。”

陈淑荞收拾一下去上班，临走的时候说:

“需要我问问你陈姨，要一下她的电话号码吗?前几天小君就说要换卡，说是为出国做准备。”

“当然需要啊。”

上飞机之前，王俊在机场候机大厅里远观这个熟悉的城市。

折腾一年了，王俊觉得自己基本上认识这个城市了。这城市很奇怪，臭逻辑和坏思维被写在畅销书上，刻在人心里，饶是难以纠偏。生活里的种种疫症、桀结，并未被解决，而是渐渐化为刀斧。这日艳阳高照，但王俊深刻体会到冬天一点都没有要走的意思。冬天总有漫长的黑夜在折磨人，那天上掉下来的黑色，盖住整个大地。每个傻呵呵的黑色分子都笑嘻嘻，精于扼杀诸多的乐趣和可怜的希望，同时又营造蔚为大观的美好局面。这就更让人安于麻痹了。

王俊提前两天来到王昭君的目的地，在王昭君定的宾馆里住下，守株待兔。白天没事的时候，王俊就出去散步。这里可真冷啊，刺骨的气流穿透衣衫，让人在恍惚中好像进入了另一个世界。不过好在教堂修建得很漂亮，花花绿绿的墙壁也好看，这就很让人安心了。王俊看看周围的高鼻梁老百姓，觉得他们都活得好安逸，女曰鸡鸣，士曰昧旦，宜言饮酒，莫不静好。

在陌生的街道上，男人用嘴巴里的温热气息吹开了玻璃上的冰，看见屋子里的女人在画画在做饭在发呆。姑娘腰如细柳，脸白似雪，高耸的胸部，柔顺的长发，太性感了。

第三天一早，王俊透过窗户看着王昭君远远走来，到前台办理入住手续，在自己的隔壁住下。

中午的时候，王昭君一个人出门，坐在河边的长椅上发呆。

偶尔抬眼看风景。远处，圆的屋顶，尖的塔尖，挑起来一片烟雾；近处，河水上面有很厚的冰，河水里的鱼估计也要生点火儿取暖。

王俊走出宾馆，走进风中。看到彼此的那一刻，王俊和王昭君都有些激动。王俊在王昭君身边坐下，说："对不起啊。我就不多铺垫了。那边的事儿我都处理好了，同时我也想通了，我其实还是最喜欢你。我如此反复，你还相信我说的话吗？"

王昭君面无表情地看一眼王俊，又转过头来继续看江面，说："没关系，您就喜欢着吧。您爱喜欢谁就喜欢谁。"

"我妈让我来找你，让咱们回去就订婚。"

"这可委屈你了，我哪配得上你啊。"

王俊倒也不在意王昭君的反唇相讥，继续絮叨着：

"哎，我不知道你懂不懂古人说的那句道可道非常道，我现在觉得这话说得太对了。之前我不大会恋爱，觉得如果我说我爱你，就等于我在说谎，总之吧，我潜意识里觉得许多事儿都是政治任务，玩转了有小红花，玩不转就要赖皮。可是这几天里，有那么一分、一秒，我真是太想念你了，然后我说我爱你，就是道可道了。我也总感慨这世界太过浮躁，不过还好，滚滚红尘终究是耐不住大浪淘沙，你这一块真金胜过无数沙石，就被我找到了。你说我牛不牛？"

“那我太荣幸，这么小一块金子，被你划拉出来了。”

“您客气了，我其实也很荣幸。来找你的路上，我最后看了一眼西江市。现在我终于知道我要怎么超越那些小区里的灯光了，我要的不只是灯光，我还要天上的星星，我要……”

王昭君哆嗦了几下，说：“要不我陪你走走？坐着冻腿。”

王俊陪王昭君一起走下河堤。刚走了两步，自己想说的话就忘了，课算是白备了。王俊随便找个话茬，说：“你那天晚上说了我不少坏话吧？我最烦别人在我兄弟面前说我坏话。何况是我不求同年同月同日生，但求同年同月同日死的鳖兄。”

“呦，说你还不行啊？那你来找我干吗？说话好听的姑娘多了去了，你赶紧去请你鳖兄喝你的喜酒去呀！”

“那天我有点激动，谁没个激动的时候呢？你不要得理不饶人。”

“你没必要道歉。我告诉你哈，失恋不难受，也就一顿酒的事儿。”

王俊不跳进王昭君挖的坑里，故意不去提那天晚上的事儿了，问道：“我刚才说了那么多，表达清楚了吗？”

“听出来个大概。”

“那就好，那就好。”

王俊伸手搂着王昭君继续前行。两人默默走了许久，王俊觉得还得把事儿说死，免得事后有变，就问王昭君：

“你今年多大了？”

“二十二周岁。”

“够年龄了吗？”

“什么？”

“你们女的多大可以结婚？”

“不知道啊，我又没结过。”

“十八岁吧？”

“文盲吧你，十八岁是成年。我感觉你少上了两年大学差不少事儿。”

王俊拿出手机来查了一下，说：“二十！你够了！”

王昭君停下来，看着王俊说：“你找我到底啥事？”

王俊从兜里掏出来一枚钻戒，半跪着，说：“嫁给我吧。”

王昭君赶紧缩手，说：“别！冻手！”

“没事，把手套拿下来，戴上戒指再戴手套。”

“你这戒指跟树杈子似的，你觉得带上了还能戴手套？”

“意思一下，意思一下，快，戴一下放兜里。”

求婚成功之后，王俊和王昭君就搬到一起住了。简单的两居室，开辟出了一个大书房。阳光照进来就不舍得出去了，把整个屋子烘烤一番，在空气里荡漾起微小的灰尘，烘托着看书的一对男女淡淡的睡意。

刘晓庆来找陈淑荞，问这事儿靠谱不，陈淑荞说：

“什么靠谱不靠谱，小孩子懂什么呀，瞎玩呗。不过有咱们姐俩管着，他们还能上天呀？”

“小君还在上学呢，你觉得现在结婚合适吗？她同学怎么看啊。”

陈淑荞不愧是谈判高手，但见她一脸轻松地看着刘晓庆，说：“妹妹呀，现在不比从前了，孩子们办事都不按套路出牌。万一咱们姑娘怀孕了，这婚还没结，您脸上好看吗？”

刘晓庆看看陈淑荞，不知道怎么回答这个问题。

陈淑荞宜将剩勇追穷寇，再添一把火，说：

“我反正不在乎，我们家是儿子。”

刘晓庆思考了一两秒，无奈地说：

“就按您说的来吧！结婚吧！”

婚礼上，王俊笑嘻嘻地招待各方来客。

王昭君的研究生新同学也来参加婚礼，大家都说上学是越来越上不起了，还没开学就破财，江湖险恶。

结婚一年后，王昭君待产。橙子、挺着大肚子的吴茜、王俊，两家的亲戚合计二三十个人，扎堆儿在产房外面等待新生命。大家无聊地猜测到底是男孩还是女孩。

橙子凑过来小声问王俊：

“你和你家丫头结婚之后，生活庸俗吗？”

“你问这个干什么？”

“我这媳妇呀，年龄大了就开始贪心了。我几个店铺赚的钱养活她一个人都费劲。孩子还没出生呢，就天天催我换个大点的房子，你那里有房源吗？”

“你可真俗，我们俩从来不谈钱的事儿。”

“真的？”

“你们呀，都太小心眼。看着我们文艺青年喜结连理，就盼着我们有朝一日鸡犬不宁，好显示你们的庸俗才是正道。我早就看透了，你们总是用猎狗来抓兔子，就觉得猎狗是最好用的，看我们手里牵着猛虎，就觉得我们肯定要饿肚子。不过事实不是这样的，老虎可以一口吃掉兔子，所以我们处理起生活的点点滴滴来更有手段。真的，你别不服，别这么看我，我和王昭君从来不谈钱，也不谈房子，生活里全是你爱我我爱你什么的。”

“真羡慕你，我要是再找，我就找个高中生。”

“你咋不说找个幼儿园的呢？”

过了不大一会儿，护士抱着孩子出来了，是女儿！

王俊赶紧凑过来看看刚出生的女儿。小姑娘一头浓密的头发，眼睛大大的，脸蛋肥嘟嘟的，特可爱。王俊高兴得说不出话来。

护士要带着小孩去处理一下胃里的羊水。大部队全跟小孩走了，王俊继续在产房外面等王昭君。又过了一会儿，王昭君也被推出来了。王俊赶紧上前帮忙推车，带老婆回产房休息。

躺稳之后，王昭君终于有力气说话了。王俊把耳朵凑过去，王昭君用极其虚弱的声音说：

“哥，我们有女儿了，咱们换个学区房吧!”